978-8170557258
D1860740

आगे रास्ता बंद है

कांटे की बात-4

कांटे की बात-1
न लिखने का कारण

कांटे की बात-2
अनपढ़ बनाये रखने की साज़िश

कांटे की बात-3
गुलामी का आनंद और स्वतंत्रता के ख़तरे

कांटे की बात-4
आगे रास्ता बंद है

कांटे की बात-5
खामोश, चिंतन चालू आहे !

कांटे की बात-6
स्थगित यात्राएँ

पिछले 30 वर्षों में लिखी गयी समीक्षाओं, टिप्पणियों, अनुवीक्षाओं, 'हंस' के संपादकीयों से चुनाव

वाणी प्रकाशन
नयी दिल्ली–110002

आगे रास्ता बंद है

कांटे की बात-4

कांटे की बात-1

न लिखने का कारण

कांटे की बात-2

अनपढ़ बनाये रखने की साज़िश

कांटे की बात-3

गुलामी का आनंद और स्वतंत्रता के ख़तरे

कांटे की बात-4

आगे रास्ता बंद है

कांटे की बात-5

खामोश, चिंतन चालू आहे !

कांटे की बात-6

स्थगित यात्राएँ

पिछले 30 वर्षों में लिखी गयी समीक्षाओं, टिप्पणियों, अनुवीक्षाओं, 'हंस' के संपादकीयों से चुनाव

वाणी प्रकाशन
नयी दिल्ली–110002

कांटे की बात-4

आगे रास्ता बंद है

राजेन्द्र यादव

समायोजन

विद्यानिधि

वाणी प्रकाशन

वाणी प्रकाशन

4695, 21-ए, दरियागंज, नयी दिल्ली 110 002

शाखा

अशोक राजपथ, पटना 800 004

फ़ोन: +91 11 23273167 फ़ैक्स: +91 11 23275710

www.vaniprakashan.in
vaniprakashan@gmail.com
sales@vaniprakashan.in

(Kante Ki Baat-4)
AAGE RASTA BAND HAI
by Rajendra Yadav

© लेखकाधीन

प्रथम संस्करण : 1998

मूल्य : ₹ 395

इस पुस्तक के किसी भी अंश को किसी भी माध्यम में प्रयोग करने के लिए प्रकाशक से लिखित अनुमति लेना अनिवार्य है।

शुभम् ऑफ़सेट, दिल्ली-110 032 में मुद्रित

वाणी प्रकाशन का लोगो मक़बूल फ़िदा हुसेन की कूची से

प्रभा खेतान को जन्मदिन पर

एक : पत्रकारिता

दो : किताब

तीन : फिल्म

संगति की तलाश

दर्शन, उपदेश, कला, शब्द और स्वप्न कभी हवा में नहीं होते. वे प्रत्युत्तर, प्रतिक्रिया और प्रतिपक्ष में ही जन्मते-पनपते हैं क्योंकि दोतरफा संवाद के बिना ज़िंदगी को समझना-समझाना संभव नहीं होता. विडंबना यह है कि हम ऐसे माहौल में जी रहे हैं, जहां सफलता, प्रभुत्व, संपर्क जैसे शब्दों की सत्ता है और सिद्धांत, आदर्श, योग्यता जैसे शब्द अर्थ खो चुके हैं, जहां सृजन का अस्तित्व ही संकट में है और स्वस्थ संवाद बनाना न तो संभव ही रहा है, न अभिप्रेत ही. यह ऐसी भयावह स्थिति है जब आगे के सभी रास्ते बंद हैं, कहीं से खुली, उन्मुक्त हवा का एक झोंका तक नहीं आता.

किताब, पत्रकारिता और फिल्म जैसे माध्यमों के ज़रिए राजेन्द्र यादव ने स्थितियों की इसी जड़ता को तोड़कर एक रचनात्मक संवाद बनाने की कोशिश की है. व्यावहारिक समस्याएं कई हैं—रचने और छपने की, जीविका और प्रकाशन की, पाठक तक पहुंचने की, उससे प्रत्युत्तर पाने की, साहित्यिक और व्यावसायिक पत्रकारिता के द्वंद्व की, बाज़ारू संस्कृति और हिंसा-रोमांस के फिल्मी स्वप्नों को तोड़कर नया यथार्थ गढ़ने की.

यह पुस्तक बंद गलियां और अंधे कुएं छोड़कर इन्हीं खुले रास्तों का अनुसंधान करती है जिससे कला और संस्कृति को जीवन और उसके सामाजिक संदर्भों से जोड़ा जा सके और लेखक अपनी पूरी स्वतंत्रता और गरिमा के साथ अपने होने की पहचान को रेखांकित कर सके.

— विद्यानिधि

सच कहना मना है

सारे दरबारियों को सख़्त आदेश दे दिये गये। जो कुछ राजा या मंत्रिमंडल चाहेगा, वही बोलना होगा। स्वतंत्र-मत, दूसरा पक्ष, मतभेद, आत्मा की आवाज जैसा कोई भी बहाना नहीं सुना जायेगा। ये विरोधियों यानी सत्ता लोलुपों की शब्दावली है। यहां तो़ गलत हो या सही, हरेक को हां-में-हां मिलानी होगी। आखिर अनुशासन भी तो कोई चीज है। दरबार से बाहर, या अपने व्यक्तिगत जीवन में आप तुर्रम खां हों तो बने रहिए–यहां तो 'पायलागी महाराज' कहते हुए ही आना होगा। राष्ट्र, समाज, जनता, भविष्य, वर्तमान सबका आपके लिए एक ही अर्थ है, राजा और राजा की इच्छा ! राजा किसी भी शंका, आलोचना और जवाबदेही से ऊपर होगा...हां–तो आज की बहस का मुद्‌दा है, राजा के दैवी वस्त्रों की तारीफ...

चूंकि सारे दरबारी बहुमत में थे, फिर ऊपर से आदेश का यह 'कोड़ा' (ह्विप) लगा दिया गया था। सब एक स्वर से वाह-वाह करने लगे। सियारों जैसी इस हुआं-हुआं में बाकी सब आवाजें दब गयीं...लेकिन बच्चा हंस रहा था। शरमाकर बोला, "अरे राजा तो नंगा है, सारे लोग उसके किन वस्त्रों की तारीफ कर रहे हैं ?" सुनते ही सारे सियार हंस पड़े...

आगे की कहानी बहुत छोटी है। बच्चे को वहीं भालों से छेद दिया गया, उसके मां-बाप को हाथी से कुचलवा दिया गया और जिस पाठशाला में वह पढ़ता था उसके प्राचार्य को बीच मैदान में आधा गाड़कर कुत्ते छुड़वा दिये गये और कोड़ों की मार से हंसने वाले दरबारियों की चमड़ी उधड़वा दी गयी।

जी नहीं, पुरानी कहानी नहीं, यह घटना है, और घटित हुई पटना रेडियो पर ...बाहर के चुनावी नारों को सुन-सुनकर सारी सावधानियों के बावजूद छः साल की बच्ची फिर बोल पड़ी, "गली-गली में शोर है, राजीव गांधी चोर है।" उसकी यह आवाज़ प्रसारित हो गयी और बन गयी एक महत्त्वपूर्ण खबर...नतीजे में प्रोग्रामकर्ता और रेडियो अधिकारी निलंबित-प्रलंबित कर दिये गये...बच्ची हो सकता है अब तक स्कूल से ही न लौटी हो...सारे "हुआं-हुआं" बोले, हमारी ही आकाशवाणी ऐसी बात प्रसारित करे बहुत गलत और शर्मनाक बात है। मगर वह पत्रकारों और संचार-जगत

के लिए एक सुर्खीदार दिलचस्प घटना थी।

अगर इतिहास के प्रारंभिक विद्यार्थियों से पूछा जाता है कि "मैं अपनी झांसी नहीं दूंगी," "अपनी नियति से मुलाकात का हमारा पुराना वादा था", "हे राम !" या "मेरे खून का आखिरी क़तरा देश को समर्पित है" किसने, किस अवसर पर और कहां बोले थे तो पूछने वाले की न निंदा की जाती है, न प्रशंसा ! क्योंकि ये सामान्य ज्ञान के तटस्थ सवाल हैं।

मगर सागर विश्वविद्यालय के डा. प्रदीप कृष्ण अत्रे ने पत्रकारिता में प्रवेश लेने वालों से पूछ लिया–"राजीव गांधी चोर है"–ये वाक्य कब और किस आकाशवाणी से प्रसारित हुआ था ? और लीजिए साहब कहर टूट पड़ा। डा. अत्रे को अपमानित-प्रताड़ित ही नहीं किया गया, उनका मुंह काला करके परिसर में घुमाया गया, शायद नौकरी से निलंबन भी...उधर विश्वविद्यालय के कुलपति से ठीक उसी तरह से इस्तीफा मांग लिया गया जैसे पटना रेडियो के प्रोग्राम अधिकारी और निदेशक से...डा. अत्रे पत्रकारिता का मोटा-सा सिद्धांत भूल गये कि "सच या (खबर) यह है कि जिसे कोई कहीं भरसक दबाने की कोशिश कर रहा है।" उस बेचारे ने तो यह मानकर ही सवाल पूछा था कि पत्रकारिता के कोर्स में आने वाले प्रत्याशी को सामान्य घटनाओं की इतनी जानकारी तो होनी ही चाहिए कि कब और कहां किस मुख्यमंत्री का मुंह काला किया गया। किस देश में सेना सलामी के समय राजीव गांधी पर बंदूक के कुंदे से हमला हुआ, या उन्होंने कब और कहां ह्वेल मछली को बचाया।

जब बाबरनामा में बाबर बेहद इत्मीनान और लापरवाही से अनेक जगह यह लिखता है कि मुझे अमुक गांव के अमुक व्यक्ति पर सरकश और बागी होने का शक था इसलिए मैंने उस गांव और आसपास के पांच-सात गांवों में आग लगवा दी, तो हमें उस समय के शासक बेहद निरंकुश, क्रूर और बर्बर लगते हैं क्योंकि वे जिसे चाहते थे जन-बच्चों सहित कोल्हू में पेरवा देते थे...

हम चूंकि लोकतंत्र में हैं इसलिए हमारे तरीके ज्यादा शायस्ता हैं। हम विद्वानों, बुद्धिजीवियों, लेखकों-पत्रकारों को पिटवाते हैं। मुंह काला करके उन्हें सड़कों पर घुमाते हैं। बर्ख़ास्त करते हैं। या तो एक्सीडेंटों में ठिकाने लगावा देते हैं या गायब करा देते हैं। यानी ठोक-ठोक कर यह समझा दिया जाता है कि ऐसी बौद्धिक या पेशे की अपनी ईमानदारी का क्या अचार डालना है जो राजदरबार तक न ले जा सके। ऐसी कोई सच्चाई बर्दाश्त नहीं की जायेगी जो बताती हो कि 'राजा नंगा' है। न दुनिया पलट रही है, न भविष्य गड्ढे में जा रहा है...अस्सी करोड़ की आबादी वाले देश में पच्चीस-पचास हजार का भूख-बीमारी-बाढ़ में मरना क्या अर्थ रखता है ? स्टेटिस्टिकली स्पीकिंग (आंकड़ों के हिसाब से) यह तो जीरो-जीरो-जीरो-जीरो दशमलव तक नहीं हुआ। जब तक यह राजा है सब कुछ ठीक है। दूसरा राजा आ जायेगा तो वह भी ठीक ही होगा।

आप ही बतायें कि इस परम 'राष्ट्रीय' माहौल में प्रतिपक्ष या अखबारों द्वारा नाम ले लेकर भ्रष्टाचार, बेईमानी, घूस, गबन की कीचड़ उछालना कहां तक जायज़ है ? प्रजातंत्र के बाकी सारे स्तंभ तो हमने संभाल लिये। उन्हें और भी कस देंगे, मगर अखबार ही प्रतिपक्ष का काम करने लगें तो राज-काज कैसे चलेगा ? चलिए मान लिया कि 'प्रेस-विधेयक' जैसी सीधी-सीधी कुल्हाड़ी नहीं मारेंगे, वर्ना आप लोग चिल्लपों मचाने लगेंगे–जुलूस-प्रदर्शनों पर उतर आयेंगे। मगर कुछ तो करना ही होगा। इस दुश्मन के पंख तो कतरने ही हैं, चलिए धीरे-धीरे करेंगे। हम अखबारी और दूसरे कागज के दाम तो बढ़ाते ही जा रहे हैं, और बढ़ा देंगे। डाकखर्च को भी दुगुना चौगुना कर देंगे...छापो अखबार-किताबें और रख लो अपने गोदामों में। जनता को क्यों दिमाग खराब करने वाला कचरा पढ़ने दें ? जिस सत्य को वास्तव में अवाम को जानने की जरूरत है, उसका 'दूरदर्शन' काफी नहीं है ? आइए, अब एक और पंख उखाड़ते हैं और मानहानि विधेयक लाते हैं। यानी नाम लेकर, या इशारे से कुछ भी कहने वालों को वह सबक सिखायेंगे कि नानी याद आ जायेगी। जेल-जुर्माना भुगतना पड़ेगा तो सारी चौकड़ी भूल जायेंगे...बहुत लंबी जबान हो गयी थी इनकी, जिसको जो चाहे बोल देते हैं। देश के सर्वोच्च नेता और उनके देशी-विदेशी खाते की बातें करने लगे थे ससुरे...हजार दो हजार करोड़ की भूल-चूक का सुराग आपको मिल भी गया तो क्या पहाड़ टूट पड़ा ? किस देश में और कब नहीं हुआ ? घूस, भ्रष्टाचार, बेईमानी कोई पहली बार और पहली जगह तो हो नहीं रही ? इतिहास गवाह है कि यह वर्ल्ड फिनौमिना यानी सार्वदेशिक सार्वकालिक तत्व है ! मगर आपने किसी का नाम लेकर उंगली उठायी तो आंखें फोड़ दी जायेंगी...जब तक छोटे-मोटे प्रादेशिक-प्रांतीय अखबार नाम ले-लेकर ब्लैक-मेलिंग या चरित्र-हनन करते थे, तब तक तो कोई बात नहीं थी। मगर अब तो बड़े अख़बार भी ऊंची से ऊंची कुर्सी वालों को नहीं बख़्शते ...अब देखेंगे कैसे अफवाहों, अनुमानों या परिस्थितिगत साक्ष्य पर किसी के खिलाफ कुछ लिखते हैं ? जब तक अखबारों की अपनी डिटेक्टिव एजेंसियां न हों, लंबी-चौड़ी रकमें खर्च करके पक्के प्रमाण और फाइलें कब्जे में न हों, जो खुद सर्वसत्तावान सरकार दबाये बैठी हो, ऐसे दस्तावेज न हों–तब तक किसी के बारे में कुछ भी लिखने के नतीजे भोगेंगे तो मालूम होगा, पत्रकारिता क्या है ? जरा-सा धुआं देखकर आप आग का अनुमान लगा लें, मजमा जमा कर लें और इसी दौरान भीतर सुलगते भट्टे का पर्दा-फाश कर दें–यह सुख अब हम आपको नहीं लेने देंगे। पहले सिद्ध कीजिए कि धुएं का आग से क्या संबंध है...? मूर्ख थी इंदिरा गांधी, लिया और धांय से एमर्जेंसी लगा दी। अरे वही सब काम क्या धीरे-धीरे नहीं किया जा सकता था ? अब बोले कोई अखबार, लाये हमारे खिलाफ अदालती फैसला, लिखे हमारे बारे में कुछ ऊल-जलूल ! हम किसी को कपड़े पहनने देंगे तभी तो आप हमें नंगा कहेंगे न ? लीजिए सारे देश को हमाम बनाये देते हैं, देखें, कौन किसको क्या कहता है ? मस्ती

से छपाछप करो, न कोई किसी को देखने वाला, न मुंह उठा कर कहने वाला...कैसी रही ?

पचास साल पहले फ्रांसीसी कथाकार ज्यां जैने ने अपनी आत्मकथा 'एक चोर का रोजनामचा' में एक सटीक बात कही थी : "हिटलर के शासन काल में जर्मन पुलिस ही दुनिया में ऐसी थी जिसने यह कमाल कर दिखाया था कि वह पुलिस और अपराधी दोनों ही एक साथ थी। विरुद्धों का यह समन्वय, सचाई का यह ठोस स्वरूप इतना खौफनाक, साथ ही एक ऐसे चुंबकीय आकर्षण से भरा था कि युग-युगों तक हमें भीतर से मथता और झिंझोड़ता रहेगा..." आज ज्यां जैने क्या इसे सिर्फ हिटलर का चमत्कार मानकर इतिहास की बीती घटना के रूप में ही याद करेगा ? अपने देश को अंधों, बहरों और गूंगों में बदल डालने वाला हिटलर इतना अकेला तो नहीं है ...सॉरी, माफ कीजिए, मैंने बिना पुख़्ता प्रमाण के हिटलर का नाम ले दिया, अब किसी के खिलाफ कुछ नहीं बोलूंगा। बकौल दुष्यंत, "मत कहो आकाश में कुहरा घना है। यह किसी की व्यक्तिगत आलोचना है..." और यही 'व्यक्तिगत आलोचना' आज वैधानिक अपराध यानी 'मानहानि' है !

['मेरी तेरी उसकी बात,' हंस, अक्तूबर, 1988]

अभिव्यक्ति के ख़तरे

बेईमानियों, भाषणों, और यातनाओं के अंधेरों से भरा नया वर्ष हम सबको मुबारक.. ।

पिछले वर्ष के अंत की ओर उठा हुआ सबसे महत्त्वपूर्ण सवाल रहा है 'प्रेस की आजादी' और 'अभिव्यक्ति की स्वतंत्रता' का...इंडियन एक्सप्रेस समूह के बहाने ...'जनसत्ता', एक्सप्रेस इत्यादि 48 दिन बंद रहे–बंद कर दिये गये... । सरकार के लिए बहुत असुविधाजनक जो हो गये थे।

'जनसत्ता' के पोंगा-पंथी संपादकों की ही भाषा में किसी ने कहा कि 'निर्बल रूपकुंवर की मरी खाल' से निकली 'हाय' ही 'जनसत्ता' को खा गयी–ज़िंदा लड़की को जलाये जाने पर किलकारियां मारते ये ही लोग तो शास्त्रीय घंटा-घड़ियाल लेकर वंदना के स्वरों में अपना सुर मिलाने पहुंचे थे...कुछ ने कहा कि यह मालिक और मजदूर के बीच का एक औद्योगिक विवाद है, या आर्थिक घपलों में फंसे, अंतर्राष्ट्रीय षड्यंत्रों के केंद्र, एक बेहद महत्त्वाकांक्षी उद्योगपति का निजी मामला है और इस सबका प्रेस की आजादी से कोई वास्ता नहीं।

लेकिन मैं समझता हूं कि सरकार और शासक-पार्टी के भ्रष्टाचारों का जिहादी उत्साह से भंडाफोड़ करने वाले अखबार-समूह को एक विशेष समय, और विशेष तरीके से बंद कर दिया जाना कुछ बहुत ही आधारभूत सवाल उठाता है : एक लोकतंत्र में अखबार की आज़ादी की सीमा क्या है ? कितनी है ? और किसके लिए है ? दूसरा, अखबारी उद्योग में संपादक की हैसियत क्या किसी भी उद्योग के व्यवस्थापक की है ?

बात दूसरे सवाल से ही शुरू की जाये । बेशक, बड़ा अखबार आज एक उद्योग है । मगर उससे अधिक वह सब भी है, जो और उद्योग नहीं हैं । अखबार के निर्माण, व्यवस्था, वितरण की प्रक्रिया वही है जो किसी भी औद्योगिक इकाई की है–मगर इस इकाई का उत्पादन साबुन, सीमेंट, टी. वी., जैसा निर्वैयक्तिक नहीं है, जहां लागत, मूल्य और क्वालिटी (गुणवत्ता) ही बुनियादी शर्तें हों और बाज़ार की स्वीकृति ही एक मात्र लक्ष्य हो । अखबार जुड़ा है शब्द से, यानी समाचार, विचार, विश्लेषण से ।

दूर-दराज, देश-विदेश में फैले, इस 'सॉफ्ट-वेयर' (अमूर्त सामग्री) का केंद्रीय व्यवस्थापक है संपादक। कहना चाहिए, अखबार उद्योग की सारी कार्यप्रणाली ही दुमंजिला है : मालिक या मालिक का प्रतिनिधि-व्यवस्थापक और विचार-समाचार के लिए 'बाज़ार' या जनता का प्रतिनिधि संपादक। इस उद्योग के अपने अस्तित्व के लिए आदर्श स्थिति तो यही है कि ये दोनों व्यवस्थाएं एक दूसरे के हित में तालमेल बनाये रहें। मगर समस्या वहां खड़ी होती है जहां ये अंदरूनी व्यवस्थाएं एक दूसरे पर हावी होने लगें–यानी व्यवस्थापक (या प्रत्यक्ष-अप्रत्यक्ष रूप से मालिक) यह तय करने लगे कि संपादक औरों की तरह हमारा नौकर है और उसे कुशल वकील की तरह वही करना या कहना है जो हम चाहेंगे। अक्सर ही वह अपने हितों या सनकों को अखबार के हित के रूप में पेश करके संपादक को नियंत्रित करता है। दूसरी तरफ संपादक का दावा है कि उसकी जवाबदेही दोनों तरफ है, वेतन-सुविधाएं देने वाले मालिक की तरफ भी और विशाल पाठक वर्ग से जुड़े अपने पेश के लिए भी। संघर्ष का यही वह मुद्दा है जहां से अखबारी उद्योग के मूलभूत सवाल उठते हैं। अनेक उद्योगों-वाला मालिक, संपादक को अपना जन-संपर्क अधिकारी और अखबार को घरेलू-पत्र (हाउस-जर्नल) बनाकर रखना चाहता है, वह संपादक को सिर्फ उतनी ही आज़ादी देने को तैयार है जिससे सत्ता या शासन पर दबाव डालकर अन्य उद्योगों को अधिक पनपाया जा सके। या असुविधाओं से बचाये रहा जा सके...ज़ाहिर है ऐसे उद्योग-समूह में अखबार या संपादक की स्वतंत्रता बहुत सीमित या मिथ ही हो सकती है–और उसकी हदें, मालिक की स्थिति के हिसाब से सिकुड़-फैल सकती हैं। 'टाइम्स ऑफ इंडिया', या 'हिंदुस्तान टाइम्स' को सबक सिखाने के लिए सरकार को सीधे अखबारों पर हमला बोलने की जरूरत नहीं है, मालिकों के किसी भी दूसरे बड़े उद्योग को परेशान करके 'अखबार' को ठीक रास्ते पर लाया जा सकता है। अखबार खुद इस विषय में चौकन्ने रहते हैं।

दिक्कत ऐसे अखबारों को लेकर है जिनके मालिक मुख्य रूप से उद्योगों से नहीं जुड़े। एक्सप्रेस-समूह, आनंद बाजार, हिंदू, मलयालम-मनोरमा, इनाडु या अधिकांश भाषायी अखबार आज ऐसे उद्योग हैं जिनके मालिक या तो स्वयं प्रकाशक-संपादक रहे हैं या अखबारी सनक (पेंशन) के शिकार रहे हैं। अखबारी स्वतंत्रता की बात इन्हीं के संदर्भ में की जा सकती है, क्योंकि साहसी, डरपोक, दबंग, जिहादी, मिशनरी या ब्लैकमेलर जैसे विशेषणों के जिम्मेदार वे खुद हैं–उनकी डोरियां किन्हीं और हाथों में नहीं हैं। लोकतंत्र का चौथा स्तंभ भी शायद ऐसे ही अखबारों को कहा गया है। इन्हीं से उम्मीद की जाती है कि वे सरकार-पूंजीपतियों के राष्ट्र विरोधी कार्यों को उजागर करें...साहस के साथ लगभग प्रतिपक्ष की भूमिका अदा करें। स्वाभाविक है कि ऐसे उद्दंड अखबार सरकार और बहुउद्योगी पत्र-समूह दोनों की आंख की किरकिरी या चुनौती बन जायें। यहां यह मुद्दा उठाना भी प्रासंगिक

है कि इन स्वतंत्र अखबारों के संपादकों की छूट या स्वतंत्रता की सीमाएं क्या हैं और क्या उन्हें राष्ट्रविरोधी, सांप्रदायिक, अवैज्ञानिक और अमानवीय होने की छूट दी जा सकती है ? कल ड्रेकुला या कोई परम भारतीय अघोरी कापालिक साधु या ईदी अमीन, या हिटलर किन्हीं अखबारों के संपादक हो जायें तो प्रेस की आज़ादी, अभिव्यक्ति की स्वतंत्रता के नाम पर क्या उन्हें यह निरंकुशता दी जायेगी कि वे आदमी का खून पीने, बच्चों को रांधकर खाने या रक्तशुद्धि के लिए गैस-चैंबर बनवाने की वकालत करें—इनके पक्ष में धार्मिक, शास्त्रीय या वैज्ञानिक तर्क दें ?

बहरहाल, पिछले दिनों सरकार विरोधी एक्सप्रेस समूह ने कुछ ऐसे राष्ट्रीय-अंतर्राष्ट्रीय भंडाफोड़ किये कि बड़े-बड़े नेता-अभिनेता चपेट में आने लगे। सरकार बौखलाकर अपने असली रूप में उतर आयी। अचानक पता चला कि आर्थिक, औद्योगिक, वैधानिक और चल-अचल संपत्ति संबंधी दर्जनों मुकदमे अखबार समूह और मालिक गोयनका पर झपट पड़े हैं, यही नहीं, प्रेस में हड़ताल हो गयी है और अखबार निकल सकना असंभव है। आज की भारतीय अर्थ-व्यवस्था लाइसेंस-टैक्स प्रणाली में ये ऐसे मुद्दे या अपराध हैं जिनसे कोई भी उद्योग बरी नहीं है—सबकी आल्मारियां ऐसे प्रेतों से लदी पड़ी हैं। बहादुरशाह जफर मार्ग के सारे अखबार उन्हीं अपराधों से भरे पड़े हैं जिनके लिए एक्सप्रेस समूह को चुना गया है। चिंतनीय मुद्दा सिर्फ यही है कि इस विशेष समय पर ही इन सारे प्रेतों को क्यों जगा दिया गया है ?

यह सही है कि सब मिलाकर एक्सप्रेस वालों का खेल भी उतना 'स्वतंत्र' या मासूम नहीं है जितना दिखाई देता है—उसके पीछे अमरीकन षड्यंत्र और सी. आई. ए. की बारीक चालों की बात भी कही जाती है। कुछ बड़े उद्योगपतियों की आपसी गला-काट प्रतियोगिता किस तरह सरकारी तख़्ता-पलटने की अंतर्राष्ट्रीय राजनीति का हिस्सा बनने लगती हैं, किस तरह घनघोर दक्षिणपंथी ताकतें, भ्रष्टाचार-ग्रस्त विचार और दिशाहीन शासकों की कमजोरी का फायदा उठाकर एकमात्र विकल्प के रूप में उभरने लगती हैं—इस पूरे शतरंजी खेल में निर्णायक शक्ति बनने वाला एक्सप्रेस-समूह सिर्फ एक 'विरोधी आवाज' भर नहीं है। ये हदें तो वह काफी पीछे छोड़ आया है। ज़ाहिर है कि राजीव गांधी सरकार की जगह एक्सप्रेस जिस विकल्प का समर्थक है—वह भी सामंती, लोकतंत्र विरोधी और पुनरुत्थानवादी ताकतें हैं—जो अखंडता और स्थिरता के नाम पर अंततः अमेरिका समर्थित सैनिक-शासन में ही ले जाती हैं।

इसलिए एक्सप्रेस-समूह के दबाये जाने के विरोध का अर्थ कभी भी एक्सप्रेस की नीतियों का समर्थन करना नहीं लिया जाना चाहिए। हमारे कहने का अर्थ सिर्फ इतना ही है कि अखबार को कुचलने का जो तरीका अपनाया गया है वह ठीक वही माफ़िया हथकंडा है जिसे श्रीमती गांधी ने संजय-युग में प्रशंसनीय महारत से साधा

था। उन्हें पता था कि उनके निकट लोगों में अधिकांश गुंडे, बदमाश, तस्कर, हत्यारे, घूसखोर भरे पड़े हैं। उनसे ही उन्हें सही-गलत काम कराने हैं, खूंखार जानवरों से घिरीं वे कुशल रिंग-लीडर की तरह एक को दूसरे की 'काट' के रूप में इस्तेमाल करती थीं। उन सबकी गुप्त फाइलें इंदिरा जी के पास होती थीं। जहां कोई भी 'असुविधाजनक' होने लगता था वहीं उसकी फाइल खुल जाती थी और वह खुद किसी न किसी दुर्घटना का शिकार हो जाता था। उपराज्यपाल कृष्ण चंद्र, कर्नल आनंद, पी. एस. भिंडर ने आत्महत्या कीं, सुंदर डाकू मुठभेड़ में मारा गया—ललित नारायण मिश्र बम विस्फोट में मर गये, नागरवाला, चारू मजूमदार जेल में चल बसे और दर्जनों पुलिस या जांच-अधिकारी सपरिवार या अकेले सड़क दुर्घटनाओं के नाम लिख दिये गये।

इसलिए एक विशेष मौके पर एक्सप्रेस-समूह की फाइल खुलना बहुत बड़े खतरे की घंटी है। सावधान, किसी ने गुस्ताख निगाहों से देखने की जुर्रत की तो याद रहे, हरेक की फाइलें हमारे पास हैं। मैं समझता हूं कि यह समय 'प्रबंधन और व्यवस्था' में संपादक की भूमिका 'सक्रिय प्रतिपक्ष और संपादक' जैसी बारीकियों में जाने का नहीं, सबसे पहले खतरे की इस घंटी को सुनने का है जो हर आपातकाल से पहले बजा करती है। हम खुश हो सकते हैं कि नरभक्षी, धर्मांध, पोंगापंथी, अमानवीय 'जनसत्ता'-संपादक को अच्छा सबक मिला है—अब बुलाये न अपने शास्त्र ज्ञाता धर्माचार्यों को, दिखाये अपनी आध्यात्मिक और मंत्र-शक्तियों के कमाल, खुद-संथारा और स्वैच्छिक आत्मदाह से करे जीवन की निरंतरता और सनातनता प्रमाणित ! ...या बहु-उद्योगी अखबारों के घर जा बैठे संपादक परम बौद्धिक मुद्रा में शास्त्रार्थ कर सकते हैं कि संपादक के कर्त्तव्य और स्वतंत्रता की परिभाषाएं क्या हैं ?—ये सब कुछ तो बाद में हो सकता है, पहले ज़रूरी है आवाज कुचलने के इस सरकारी शिकंजे का विरोध...वर्ना ब्रैख्त की वे पंक्तियां सच होकर रहेंगी—जहां वह कहता है कि एक-एक कर दूसरों की गिरफ्तारियों पर खुश होने वालो सोच लो, कल तुम्हारा नंबर है और जब तुम्हारे साथ यह होगा तब न तुम्हारा कोई बचाव होगा, न गवाह ...

संपादकों पर हमले और एक विशेष क्षण में एक्सप्रेस समूह पर शासन के सारे कुत्तों को दौड़ा देने का साफ अर्थ है कि पत्र-समूह को कुचल देने में कोई रियायत नहीं बरती जायेगी। पड़ोसिनें खुश हैं कि "बड़ी सती-सावित्री बनती थी, भूल गयी थी कि औरत है और उसके शरीर में भी वही सब है जो हमारे शरीर में है। लाइन में रहती तो ये दिन क्यों देखना पड़ता ? अब बलात्कार हो रहा है तो भुगते..." वे खुद भूल जाती हैं कि गुंडे कल उनकी सीढ़ियां भी चढ़ेंगे...

['मेरी तेरी उसकी बात,' हंस, जनवरी, 1988]

आगे रास्ता बंद है...

आज हिंदी की सारी पत्रकारिता या तो सनसनीखेज़ है या प्राणहीन। दोनों ही स्थितियों में न इसका कोई चरित्र है और न ही प्रभाव। हिंदी पत्रकारिता में जो घुन लग गये हैं, उनकी जांच-पड़ताल राजेंद्र माथुर ने 'टाइम्स ऑफ इंडिया' के तीन अंकों (मई 82) में विस्तार से की है। मगर कारणों और लक्षणों पर विचार करते हुए कुछ अत्यंत ही महत्त्वपूर्ण तथ्यों को या तो उन्होंने नज़रअंदाज़ कर दिया है या जानबूझ कर उनसे कन्नी काट गये हैं। मेरे ख़याल से समय आ गया है कि हम मुंहदेखी बातें न करके सच्चाई को उसकी असलियत में, आंख से आंख मिला कर देखने की कोशिश करें।

राजेंद्र माथुर खुद देश के एक अत्यंत सफल, विस्तृत प्रसार-संख्या वाले, सबसे सुंदर हिंदी दैनिक (नई दुनिया, इंदौर) के संपादक हैं, इसलिए उनके तर्क काफी वजनदार और निदान अचूक हैं। फिर भी मैं उनकी इस बात को स्वीकार नहीं करता कि हिंदी-पत्रकारिता के बेजान-मुर्दा होने के पीछे हिंदी-गद्य की कच्ची उम्र है (उनके हिसाब से केवल 150 साल) यह तर्क तो सारी भारतीय भाषाओं पर लागू होना चाहिए। सही यह है कि देश के कोने-कोने में बिखरा हुआ विभिन्न धरातलों, पेशों और वर्गों में बंटा हुआ अनजान और नाम-हीन पाठक-वर्ग, किसी सांस्कृतिक केंद्र (या राजधानी) की अनुपस्थिति, अनपढ़ या साहित्य-विरोधी राजनीतिक नेतृत्व और मूढ़ संपादन ही वे मुख्य कारण हैं, जिनसे पीड़ित हिंदी पत्रकारिता का कोई भी उल्लेखनीय स्तर नहीं बन पाया है।

सबसे पहले हिंदी-पत्रकारिता की प्रबंध-व्यवस्था को देखें। इंडियन एक्सप्रेस को छोड़ कर राजधानी के सारे पत्र उन घरानों से निकलते हैं, जिनकी पहली प्रतिबद्धता या प्राथमिकता पत्रकारिता नहीं है। पत्रकारिता की ओर उनके सारे रवैये कुछ बाहरी प्रभावों और लिहाजों से निर्धारित होते हैं, और निश्चय ही उन प्रभाव-क्षेत्रों में अंगरेजी अधिक उपयोगी भाषा है। अंगरेजी के साथ निकलने वाले इन हिंदी-पत्रों की प्रसार संख्या काफी है, आर्थिक रूप से उनकी आमदनी भी कम नहीं है, इसके बावजूद हिंदी-पत्र बड़ी उपेक्षा और गले पड़ी मुसीबत की तरह निकाले जाते हैं। एक ही संस्था

इन हिंदी-पत्रों को वे सुविधाएं, पारिश्रमिक, पृष्ठ संख्या और कर्मचारी नहीं देना चाहती, जिन्हें दिल खोल कर अपने अंगरेजी पत्रों को लुटाती रहती है। हिंदी के लेखकों, पाठकों, पत्रकारों का क्या है, जो दे दो-वही बहुत है। हां, अंगरेजी वाले इज़्ज़तदार लोग हैं उन्हें थोड़ा-बहुत कैसे दिया जा सकता है ? दुर्भाग्य से किसी भी दूसरे उद्योग के मुकाबले, पत्रकारिता उतना निर्वैयक्तिक और निरपेक्ष उद्योग नहीं है। बिना एक सुनिश्चित चरित्र और व्यक्तित्व के इसका पनपना मुश्किल है। और यह व्यक्तित्व आता है उस व्यक्ति के द्वारा, जो पत्र की रीढ़ बन कर उसके पीछे होता है। आज की सारी हिंदी-पत्रकारिता इसी व्यक्तित्वहीनता और चरित्रहीनता से ग्रस्त है, क्योंकि इसका संपादक बेचेहरे का व्यक्ति हो गया है। ठीक उसी तरह, जैसे फुटपाथ पर बिकने वाला बाज़ारू, सस्ता और गुमनाम प्रेत-लेखकों द्वारा लिखा गया 'साहित्य'। पत्रकारिता के क्षेत्र में वे गुमनाम प्रेत कौन-से हैं, जो यह सारा तमाशा खड़ा किये हुए हैं ? एक बार इनके भूगोल पर भी निगाह डालना बहुत ज़रूरी है। हिंदी गरीब आदमी की भाषा है, इसलिए संस्था के मालिक इसका हर काम दरिद्र मनोवृत्ति से ही करते हैं। जहां वे अंगरेजी पत्रों में पत्रकार-जगत और पेशे के अच्छे-से-अच्छे व्यक्ति और बड़े-से-बड़े नाम को लेना चाहते हैं, वहीं बहुउद्योगी संस्था से निकलने वाले हिंदी पत्र के संपादक का चुनाव अनिवार्यतः उसके गुणों या उसकी योग्यता के आधार पर नहीं किया जाता।

अंगरेजी के इस आतंक के पीछे वही गुलाम-मनोवृत्ति काम करती है, जहां गोरा आदमी हमेशा काले से बेहतर होता है। वह आका है। उसके सामने सेठ जी की टांगें कांपती हैं। कलकत्ता में ही बड़े उद्योगपति जब अपने बच्चों के लिए अंगरेजी ट्यूटर लगाते हैं, तो इस बात का बेहद ध्यान रखते हैं कि वह किसी अच्छे स्कूल में पढ़ाता हो, उसकी भाषा, आचार-व्यवहार चुस्त-दुरुस्त और अनुकरणीय हो और उसे अपने विषय का गहरा ज्ञान हो, मगर हिंदी के मामले में ऐसा नहीं है। वहां किसी भी हिंदी बोलने वाले से काम चलाया जा सकता है, भले ही उसका उच्चारण भ्रष्ट हो, व्याकरण भयानक हो और उसे बाबा आदम के जमाने के साहित्य की सुनी-सुनाई जानकारी भर हो। उन घरानों में यह व्यक्ति पीर, बावर्ची, भिश्ती, खर सभी कुछ होता है। कथा कराने, मंत्र और चौपाइयां सुनाने, ज्योतिषी के रूप में भविष्य बताने या पूजा-पाठ से लेकर साहित्य गोष्ठियों या अन्य मनोरंजनों तक की व्यवस्था कराना उसकी स्वाभाविक जिम्मेदारी है। वह घर के ताम-झाम का बहुत स्वामिभक्त हिस्सा है। दूसरे शब्दों में एक तरह का घरेलू नौकर। इन्हीं लोगों के आधार पर यह सेठ (बाबू) हिंदी वालों के बारे में अपनी राय बनाता है। बहुत खुश हो जाने पर यह मालिक अपने इस घरेलू नौकर को किसी पत्र का संपादक बना देते हैं (अंधेर नगरी, चौपट राजा)। किसी और उद्योग में तो अनुभव, विशेषज्ञता या प्रशिक्षण और योग्यता की आवश्यकता है, वहां बैठा कर क्या सारा धंधा चौपट कराना है। नहीं,

वहां यह खतरा नहीं उठाया जा सकता। परिणामतः मालिक की व्यवसाय व्यवस्था की सफलता का सेहरा जब इस खुशामदी बुद्धू को पहना दिया जाता है, तो यह खुद भौचक्का हो उठता है। अकल्पनीय वेतन के आतंक से दबा, अपने अंगरेजी भाषी साथियों की तुलना में भयानक हीनता-दंश से पीड़ित यह 'संपादक' अपनी उन्नति और सुरक्षा के लिए उन्हीं सारे हथकंडों को आजमाता है, जिन्हें वह अभी तक घरेलू नौकर की तरह इस्तेमाल करता रहा था– 'और कोई आज्ञा बाबू ?'

संस्था के अंदर वह बाबू 'अपने आदमी' के रूप में काम करता है, बाबू की मंशाओं और इच्छाओं को प्रचारित करता है और एक तरह बाबू का भेदिया होता है। सच पूछिए तो चाहे मालिकों के हित या दृष्टिकोण हों, या शासन में बैठे राजनीतिज्ञों और बड़े अफसरों का इशारा, वह सभी का अत्यंत कुशल और बेहद चालाक अनुवादक होता है। जो जहां 'बड़ा' है, उन सबको खुश करने की कला में उसे महारत हासिल है। रीढ़ और दृष्टिकोण ये दो ऐसी अपरिचित चीजें हैं, जिनका उसने कभी नाम तक नहीं सुना। इस बेचारे रेंगने वाले जीव से पत्रकारिता की मांग करना और तेवर या व्यक्तित्व जैसी चीजों की उम्मीद करना बांझ से संतान चाहना है। मूलतः वह संपादक की तनख्वाह पर पलने वाला मालिकों का जनसंपर्क अधिकारी है।

इस संपादक में अपने काम के प्रति न्याय करने की न तो योग्यता है और न ही दमखम। उधार और दान की महिमा में सांस लेने वाले इस प्राणी को हर चीज अपने सहयोगी अंगरेजी-पत्रकार से उधार लेनी होती है। यहां तक कि अफसरी भंगिमा भी। सब मिला कर वह खुद 'अनुवाद' ही नहीं होता, उसके द्वारा तैयार 'माल' से भी अनुवाद की सड़ांध आती है। 'संसार में हिंदी के सबसे अधिक बिकने वाले' किसी राष्ट्रीय पत्र को आपने किसी भी मुद्दे पर कोई दृढ़ रुख (स्टैंड) अपनाते हुए देखा है ? या कभी ऐसा हुआ है कि उसने किसी समाचार, दृष्टिकोण या विश्लेषण में सबसे आगे बढ़ कर पहल की हो ? चाहे सांस्कृतिक घटनाएं हों या नाटक, पुरस्कार, पुस्तक सम्मान या मृत्यु हो...हिंदी संसार की सारी खबरें पहले-पहल उचित स्थान और प्रामाणिकता के साथ अंगरेजी अखबारों में ही दिखाई देती हैं। इसके बाद कहीं निहायत बेमन, घटिया ढंग से उन्हें हिंदी-कचरे में प्रकाशित होते देखा जा सकता है। भाषा से लेकर तथ्यों तक हर चीज नकली अप्रामाणिक और उबाऊ होती है। ऐसे कचरा-पत्रों से सिर्फ व्यावसायिक हिंदी-फिल्में ही टक्कर ले सकती हैं, जो न किसी विशेष वर्ग की होती हैं और न किसी विशेष वर्ग के लिए होती हैं।

बात यहीं समाप्त नहीं होती। दूसरी तरफ जब हम रचनात्मक लेखकों की नयी पीढ़ी को पत्रकारिता के क्षेत्र में हाथ-पांव मारते देखते हैं, तो तस्वीर का और भी निराशाजनक पहलू सामने आता है। श्री माथुर ने यह बात बिल्कुल सही कही है कि ये 'रचनात्मक या सृजनात्मक' लेखक पत्रकारिता के लिए कतई प्रशिक्षित या

दीक्षित नहीं होते। न इनमें प्रतिक्रिया-तत्परता होती है, न पृष्ठभूमि के साथ तत्काल नतीजे निकाल सकने की क्षमता और न सरल, आसान भाषा में अपने को पाठक तक पहुंचा सकने की भाषा। मगर इस सबसे इनके इस मुगालते में कहीं कोई कमी नहीं आती कि वे भाषा के मालिक हैं, मौलिकता और विचारों के आदि स्रोत हैं। इन लेखकों के पास शायद ही कभी कोई सामाजिक दृष्टिकोण या सपना होता है। बल्कि किसी भी सामाजिक, राजनीतिक या आर्थिक वास्तविकता को समझने से ये हमेशा कन्नी काटते रहते हैं। चूंकि इनके अनुसार राजनीति साहित्यिक मनीषा को भ्रष्ट करती है यानी साहित्यिक शुचिता पर हमला है, इसलिए पत्रकारिता के ये मूलभूत तत्व उन्हें हमेशा 'राजनीति' के पर्याय लगते हैं। इस प्रकार ये लोग पत्रकारिता को अभिव्यक्ति का माध्यम या विचारों के प्रचार-प्रसार का मंच नहीं, बल्कि अपने खुद के व्यक्तित्व को ताज-मुकुट और दुशाले उढ़ाने का मुफ्ती गोदाम मान कर आते हैं। यह उनके ऊपर उठने की सीढ़ी है। इनमें से कुछ को अपने पुराने क्षेत्रों में कहीं कोई मान्यता नहीं मिली थी, इसलिए अब ये इस अखाड़े में यही सिद्ध करने आये हैं कि इस सारे सम्मान और मान्यता को वे दूसरी तिकड़मों से यानी पत्रकारिता के कंधों पर चढ़ कर प्राप्त कर लेंगे। चूंकि राजनीतिक रूप से ये कहीं भी प्रतिबद्ध नहीं होते और दूसरों तक पहुंचाने के लिए इनके पास कोई विचार या आदर्श नहीं होता, इसलिए इन्हें अपने आपको प्रसारित करने से अधिक सुविधाजनक कुछ भी दिखाई नहीं देता।

इन भूतपूर्व लेखकों द्वारा संपादित पत्र में किसी भी प्रकार के मतभेद की कहीं कोई गुंजाइश नहीं है। जिस भी विधा का लेख आप लिख रहे हैं, उसका सिरमौर इस पत्र के संपादक को बताये बिना आप इसमें अपनी कोई रचना प्रकाशित नहीं करा सकते। इस संपादक के लिए अपने किसी साथी लेखक की रचना या पुस्तक की चर्चा करना भयानक मर्मांतक यातना से गुज़रना होता है। किसी भी जीवंत भाषा के पत्र या रविवारीय परिशिष्ट में पुस्तक-समीक्षा एक अनिवार्य हिस्सा है। मगर यहां, बड़ी आसानी से उसे दफना दिया गया है। हिंदी पत्रकारिता की इस घिनौनी और दयनीय स्थिति पर विचार करने के लिए अंगरेजी पत्रों का सहारा लेना पड़ता है, क्या यह तथ्य अपने आप में हजारों पत्रों से अधिक नहीं बोलता।

इस मुद्दे को बिना संपादक को अपवाद बताये, बेबाकी और साफगोई से आप किसी भी हिंदी दैनिक या साप्ताहिक में नहीं उठा सकते (दुर्भाग्य से हिंदी में इस समय कोई अच्छा मासिक पत्र नहीं है)। लोकतांत्रिक समाज का एक मूलभूत सिद्धांत वह आत्मीय पारस्परिकता है, जो पत्रकारिता और राष्ट्रीय नेतृत्व के बीच होती है, अर्थात वे पारस्परिक संबंध-सूत्र जो शासन करने वालों और स्वेच्छा से शासित होने वालों के बीच एक महत्त्वपूर्ण संवाद सेतु कायम करते हैं। यह सेतु या संवाद प्रस्तुत करने वाला सिद्धांत बड़े घरानों की हिंदी पत्रकारिता में आ कर बाकायदा एक खुशामदी और चाटुकारिता का रूप धारण कर लेता है। यहां रचनात्मक लेखकों और अनपढ़,

मूढ़ संपादकों के बीच कोई मतभेद या भेद नहीं है। राजनेताओं ने टुकड़खोरी, खुशामदी और मूर्खता का बाकायदा मानकीकरण किया है, तो इन तथाकथित बुद्धिजीवियों ने इसे एक तार्किक और वैचारिक आधार दे कर संप्रदाय बना दिया है।

पत्रकारिता में आने वाला यह महान लेखक मजबूरी या आर्थिक लालच में ही इस दिशा में कदम रखता है। उसके लिए यह सिर्फ एक नौकरी है। एक ऐसी नौकरी, जिसके लिए न तो उसके पास योग्यता है, न प्रशिक्षण और न ही तैयारी। चूंकि इस लेखक के अपने मानसिक कला-संसार में 'चुका हुआ' लेखन एक परम पवित्र सिंहासन पर आसीन होता है, इसलिए पत्रकारिता को अत्यंत ही तुच्छता की दृष्टि से देखना इसकी आदत है। अपने आपको लेखन जगत से निर्वासित मानते हुए वह इसी सपने को छाती से लगाये रहता है कि किसी भावी अमरकृति के लिए लेखन-क्षमता को बचा कर रखना है। पत्रकारिता का कीचड़ कहीं उसे गंदला न कर दे। इस प्रकार मन ही मन इस नौकरी को अत्यंत उपेक्षा और अवमानना की दृष्टि से देखने वाला यह लेखक खंडित-व्यक्ति होने के लिए अभिशप्त है। उसके व्यक्तित्व के दो हिस्से हैं–एक हिस्से को वह पत्रकारिता के दबावों और तनावों से बचा कर रखना चाहता है, तो दूसरा इस भ्रांति का शिकार है कि लेखन संबंधी कोई भी कार्य उसके लिए बायें हाथ का खेल है। इस मानसिकता को ऐसे सामंती पति के मनोविज्ञान के द्वारा शायद ज्यादा अच्छी तरह समझा जा सकता है, जो अपनी तिरस्कृत, घुलती और घुटती हुई कानूनी पत्नी के सम्मान और इज़्ज़त के लिए तो बेहद तुनक-मिजाज है, मगर बाज़ारू औरत के प्रति हर प्रकार के व्यवहार की छूट को अपना अधिकार मानता है। शायद इसी खंडित व्यक्तित्व का नतीजा है कि पत्रकारिता के सारे नैतिक मूल्यों के साथ बिना किसी संकोच या आत्मा की कचोट के खुल कर बलात्कार किये जा सकते हैं, क्योंकि वह अपना वास्तविक क्षेत्र तो है नहीं।

अब हम कह सकते हैं कि हिंदी-पत्रकारों का एक वर्ग न अपने पेशे की परंपराओं से परिचित है और न नैतिक मूल्यों से। उधर दूसरा वर्ग पत्रकारिता के किसी भी नैतिक मूल्यों से बंधना अपनी शान के खिलाफ समझता है। परिणामतः रचनात्मकता से कटे हुए ये दोनों वर्ग अपने आसपास की रचनात्मकता के जानी दुश्मन हैं। जो छूट या स्वतंत्रता इनसे छीन ली गयी है, वह किसी भी दूसरे को किसी हालत में नहीं दी जायेगी। रचनात्मकता के इस हवनकुंड को इन लोगों ने मूर्खता और अहंकार के चहबच्चों (गटर) में बदल कर रख दिया है। इनके पत्र अपनी दृष्टिहीनता और खुशामदी रवैयों के कारण सरकारी-प्रचार-सामग्री (हैंड आउट) जैसे लगते हैं।

मेरा विश्वास है कि पेशे की अपनी गरिमा और गौरव को सही रूप से प्रांतीय पत्रकारिता द्वारा ही स्थापित किया जा सकता है। ऐसे पत्रों के पीछे की प्रेरणाएं चाहे जो भी हों, लेकिन यह सच है कि इनका मुख्य सरोकार अपने पाठकों के प्रति होता है। इसीलिए जगह-जगह से निकलने वाले ये पत्र अपनी विषय-सामग्री,

प्रस्तुतीकरण और यहां तक कि साज-सज्जा में भी इन बड़े घरानों से निकलने वाले 'महान पत्रों' से भारी पड़ते हैं। चूंकि इनकी पहली जिम्मेदारी किसी अंगरेजी पत्र, सेठ, नेता, अफसर के प्रति नहीं बल्कि पाठक के प्रति होती है, इसलिए वे मुख्य रूप से स्थानीय प्रतिभाओं को प्रोत्साहित करने, बढ़ावा देने या तैयार करने का काम करते हैं। भारी उधारी पर तड़क-भड़क दिखाने की बजाय ये पत्र अपनी प्रामाणिकता के लिए भरसक सही और अधिकारी स्रोतों, प्रामाणिक लेखकों की तलाश करते हैं। यही कारण है कि इनकी भाषा अधिक पठनीय और ताजी होती है और उससे अनुवाद की दुर्गंध कम आती है। कम-से-कम यहां अहंकार या मूर्खता दिशा-निर्देश करने वाले ध्रुव नहीं होते।

हो सकता है, पत्रकारिता में आज 'मिशन' बहुत घिसा-पिटा और पुराना शब्द हो गया हो। मगर इस पेशे की भी अपनी गरिमा, नैतिकता या मूल्य जैसी कुछ मान्यताएं हैं, जो अभी भी फालतू नहीं मानी जातीं–डाकुओं और भिखारियों तक की अपनी कुछ मूल्य-मर्यादाएं होती हैं। वहां भी आपको पता होता है कि क्या उचित और क्या अनुचित है। हिंदी पत्रकारिता को भी यह विवेक, सही पेशेवर लोग ही दे पायेंगे–घुसपैठिये और बहुरूपिये नहीं।

एक साप्ताहिक मौत

पिछले दिनों तीन महीने 'धर्मयुग' बंद रहा। 'टाइम्स ऑफ इंडिया' संस्थान में हड़ताल के कारण। तीस वर्षों से मैं इस पत्र का प्रायः नियमित पाठक रहा हूं। किसी ने कहा था कि दैनिक-साप्ताहिक पत्र प्रायः हमारी आदत बन जाते हैं, ठीक एक घर में रहने की तरह। अधिक आरामदेह घर का चुनाव सामने होने पर भी, आदमी में अभ्यस्त घर से ही चिपके रहने की प्रवृत्ति होती है। मगर आश्चर्य ही हुआ कि पत्रिका की अनुपस्थिति ने कोई बेचैनी पैदा नहीं की। उत्सुकता भी नहीं हुई कि कब निकलेगा। जब अखबार वाले ने सूचना दी कि पत्रिका फिर आने लगी है तो मना कर दिया। इतने लंबे साथ के बाद जिस चीज की कमी आपको न कचोटे, वह शायद जरूरी नहीं रही है। एक महत्त्वपूर्ण पत्रिका का इस तरह अप्रासंगिक और गैरज़रूरी हो जाना कुछ गंभीर सवाल उठाता है।

मैं जानता हूं, सबसे पहला सवाल पत्रिका की ओर से ही आयेगा। "आप या आप जैसे दो चार लोगों के लिए पत्रिका का गैर-जरूरी हो जाना क्या अर्थ रखता है ? बंद तो नहीं हो जायेगी। न लें आप, एक या दस प्रतियां...उसका सर्कुलेशन ...लाख है। क्या फर्क पड़ता है !" और सचमुच कोई फर्क नहीं पड़ता। यहीं पिछले दिनों इंग्लैंड की एक घटना है–'सांवले साहब' नीरद चौधरी ने किसी मुद्दे पर नाराज़ होकर घोषणा कर दी कि वे अब 'डेली टेलिग्राफ' (या हो सकता है टाइम्स) नहीं लेंगे। इंग्लैंड के पुराने पत्र का सर्कुलेशन (दसियों लाख) और एक प्रति की कमी...लेकिन अगले दिन ही पत्र का प्रतिनिधि नीरद बाबू के घर था। क्यों नहीं पढ़ना चाहते आप हमारा पत्र ?...यह पत्र-जगत की 'घटना' है और वहां समाचार बनाती है। खास तौर से उन दिनों जब 'टाइम्स' के मालिक-संपादक का यह झगड़ा सारे समाचार पत्र-जगत पर छाया हुआ हो कि पत्र में किसके विचार और दृष्टिकोण प्रमुख हों–मालिक के या संपादक के ? यानी संपादक अपने किसी भी मुवक्किल का कैसा भी केस योग्यता से प्रस्तुत करने वाला वकील है या स्थितियों का जज ? उसकी प्रतिबद्धता अपने पेशे और पाठकों के साथ है या पैसा लगाने वाले के ? अगर उसे लगे कि पाठक और मालिकों के हित विरोधी हो गये हैं तो वह खुद अपने आपको

कहां जोड़ता है ?

लंबी जनतांत्रिक परंपराओं वाले देशों और अभी तक गुलाम या उपनिवेश रहे देशों की मानसिकताओं का अंतर यहीं अपने नंगे रूप में सामने आता है। अगर इस बात में कहीं राजनैतिक गंध हो तो आप कह लें कि आज पश्चिमी देशों और एशियाई देशों की मानसिक बनावटों में मूलभूत अंतर है। वहां व्यक्ति अपने अधिकारों के प्रति सचेत ही नहीं है, व्यवस्था की तरफ से भी उसके अधिकारों, आकांक्षाओं और विचारों का सम्मान है। इधर व्यवसाय या व्यापार में हमारा दृष्टिकोण है–हम जो देंगे वही आपको लेना होगा, वह नहीं लेना तो अगली दुकान देखिए। ग्राहक अगर चीज के स्तर और शुद्धता की शिकायत का आग्रह करता है तो उसे बाकायदा अपमानित और लांछित किया जाता है। उद्योगपति से लेकर छोटे दुकानदार तक का रवैया यही है–"आप नहीं लेंगे तो क्या हमारी दुकान बंद हो जायेगी ?" पश्चिम में अच्छे व्यवसायी का नारा है–"ग्राहक ही हमेशा सही होता है उसे छोटा नहीं, बड़ा बनाकर ही हम व्यवसाय करेंगे... ।" बात यहां ग्राहक की नहीं, उस व्यक्ति की है जो सारी मानसिक और भौतिक दिक्कतों को पार करके आपके पास आया है। चूंकि वह अकेला है, इसलिए उसे टुच्चा, कमीना और फालतू बना देना नैतिक नहीं है। ...ग्राहक के स्तर और क्षेत्र का चुनाव पूरी सावधानी से हो। मगर फिर उसे ऐसा 'कूड़ादान' तो न समझ लिया जाये, जहां आपकी सारी कुंठाएं, अयोग्यताएं और प्रदूषण फेंके जाने हैं...बौद्धिक और सांस्कृतिक भोजन देने की आत्मतोषी शाबासियां देने वाले, लोगों की सुरुचि और स्वस्थ मनोरंजन की जरूरतें पूरी करने की शेखियां उछालने वाले, या जनरुचि के निर्माण संस्कार और दिशा देने के दावेदार पत्र को तो नीरद बाबू की ही सबसे पहले ज़रूरत है–पांच या दस लाख पाठकों से पहले।

जैसा कि मैंने कहा, यह दो मानसिकताओं का अंतर है। किसी भी जगह बैठा व्यक्ति यहां इतना आत्मकेंद्रित और आत्मग्रस्त हो जाता है कि उसके लिए दूसरा व्यक्ति होता ही नहीं। बाकी सब भीड़ और निराकार जनता में बदल जाते हैं। यह व्यक्ति समाजवाद का नाम सुनते ही बौखला उठता है, क्योंकि वहां 'अपने द्वीप' को वैसा ही बनाये रखने का वायदा नहीं है। अजीब अंतर्विरोध है कि जो व्यक्तिवाद के घोषित-अघोषित हिमायती हैं उनके लिए दूसरे के व्यक्तिवाद का स्वीकार ही मौत की सज़ा पाना है। यह कैसा व्यक्तिवाद या 'व्यक्तित्व की चेतना' है जो दूसरे व्यक्तित्व को खाकर ही अपने को जीवित रखती है ? जो सिर्फ शीशमहल में बंद होकर अपनी ही परछाइयों को निहारने में ही 'स्वतंत्रता' महसूस करती है ? मेरे खयाल से तो सच्चा व्यक्तिवादी वही है जो दूसरे 'व्यक्ति' को भी ईमानदारी से स्वीकृति, सम्मान और मान्यता दे। वह व्यक्तिवादी झूठा, नकली और ढोंगी है जिसे समाजवाद में तो अपने व्यक्तित्व को कुचलने का भूत दीखे, लेकिन दूसरे के व्यक्तित्व को बर्दाश्त करना अपने अहंकार का अपमान लगे। जो कुछ अपने लिए चाहते हैं, वही छूट और

अधिकार आप दूसरे को भी दें–व्यक्तित्व के सम्मान का इसके अलावा कोई अर्थ नहीं है। 'जिसकी लाठी उसकी भैंस' का जंगली कानून व्यक्तिवाद नहीं, 'फासिस्ट' और नृशंस होना है, यानी सिर्फ शक्ति और सत्ता की भाषा बोलना और जीना है। "मैं जैसा हूं, जहां हूं, वही अन्तिम सत्य है"–यह भाषा व्यक्तित्व चेतन या आत्म-सम्मानी की नहीं, सत्ता और कुर्सी की है। बड़ी जगह बैठे एक छोटे और डरे हुए आदमी की है। इस शेखीखोरी को व्यक्तियों और शक्तियों के अनुरूप बदलते देखना एक दयनीय दृश्य है।

सवाल यहां 'धर्मयुग' का नहीं है, सारे साप्ताहिक और पाक्षिक पत्रों का है। एमर्जेंसी हटने के बाद ही रहस्योद्घाटनों और भंडाफोड़ों का ऐसा 'इन्वैस्टिगेटिव' विस्फोट हुआ कि पत्रों के सर्कुलेशन दुगने-तिगुने हो गये और सारी भारतीय पत्रकारिता ने सनसनीखेज़, स्टंट फिल्मों के कागज़ी युग में प्रवेश किया। हत्याओं, मुठभेड़ों, घूस, कमीशन, तस्करी, दहेज-दानव की कहानियां अधिक से अधिक नाटकीय और लोमहर्षक बनकर पेश की जाने लगीं। उधर संपादक और पाठक सामाजिक सरोकारों से जुड़े लोग नहीं, धीरे-धीरे नरभक्षी सेडिस्टों के रूप में उभरने लगे। दोनों को अपनी भूख के लिए रोज एक नयी दुर्घटना की जरूरत थी–वर्ना सुबह नीरस और रूखी होने का डर था। इलाहाबादी पत्रों ने तो तथाकथित सामाजिक सरोकार का मुखौटा भी उतार फेंका। वे सीधे अपराध और रहस्य-रोमांच की चमत्कारी कहानियों को चटखारे लेकर पेश करने लगे। अपनी शूरवीरता के पुलिस के पास एक से एक रोमांचक किस्से थे। जैसे, पिछले युग में अपने मातहतों द्वारा दो-चार ज़िंदगिया खोकर मारे गये शेरों और भैंसों पर पांव रखकर राजा या अंग्रेज अफसरों की तस्वीरें आया करती थीं, ठीक उसी अंदाज़ में पुलिस अफसरों की तस्वीरें इन पत्रिकाओं में छा गयीं–'मुठभेड़' में मारे गये 'डाकुओं', 'बागियों' और 'देशद्रोहियों' की लाशों के साथ...। इनमें कौन कितना भीषण था यह सब पुलिस के बयानों से ही तय होता है। पुलिस की जीपों या उसके संरक्षण में घूमने वाले 'स्वतंत्र पत्रकार' इन किस्सों को ज्यादा प्रामाणिक बनाकर प्रतिष्ठित पत्रिकाओं में छपाने लगे...। पुलिस को ऐसे मुफ्ती, प्रभावशाली और स्वतंत्र जनसंपर्क अधिकारी और कहां मिलेंगे ? इन विवरणों में न कहीं घूस, और पुलिस लूट या नृशंसताओं का संकेत होता है और न राजनैतिक दबावों का। समाचारों के पीछे न कोई दृष्टि होती है, न परिप्रेक्ष्य।

यह मात्र संयोग नहीं है कि स्टंट पत्रकारिता के उदय के साथ ही संपादक की उपयोगिता और व्यक्तित्व दोनों समाप्त हो गये हैं। मद्रासी फिल्मों की स्टोरी, बाई स्टोरी-डिपार्टमेण्ट की तरह कैंची और गोंद ही संपादकों के पद पर बैठा दिये गये। न तो ये लेखक थे, न पेशेवर पत्रकार। इसलिए इनकी प्रतिबद्धता कहीं नहीं थी। बल्कि दोनों के प्रति इनके मन में एक प्रतिहिंसात्मक खुंदक थी। दोनों ने इन्हें घास नहीं डाली थी। इसलिए इन दोनों के मुंह पर इन्हें थूकना था। इनके लिए न

साहित्यिक-नैतिक मर्यादाएं थीं, न नैतिक-राजनैतिक सत्ता। राजनीति का यह वही युग था जब मंत्री-प्रधानमंत्री या गवर्नर बनने की एक मात्र योग्यता 'स्वामिभक्ति' थी। राजनेता, नौकरशाह और अपराधी का त्रिगुट एक दूसरे में अपने संरक्षण और सहारे व सहयोग तलाश कर रहा था। सत्ता अपने विरोधियों या 'असामाजिक तत्वों' को मुठभेड़ में मार रहा था और ये संपादक भीतर की नैतिकता, मूल्यबोध और मर्यादाओं को मारकर उनकी लाशें गायब करने में लगे थे। सत्ता के समानांतर इन्होंने स्वयं पत्रकारों की दुनिया में भी किसी ऐसे को नहीं पनपने दिया जो कल इनके लिए स्वयं खतरा बन जाये...अंग्रेजी में तो आज एक दर्जन से अधिक ऐसे दबंग पत्रकार हैं जो जिन पत्रों में कालम लिखते हैं, आसानी से उन्हीं के संपादक बनने के हकदार हो सकते हैं–या पिछले दिनों रहे हैं। हिंदी पत्रकारिता ने दहशत के मारे ऐसा माहौल भी नहीं बनने दिया कि कल अगर उनमें से किसी को अपनी कुर्सी छोड़नी पड़े तो सम्मानपूर्वक अपनी रोजी रोटी कमा सके। परिणामतः खुद इनके पास इसके सिवा कोई चारा नहीं है कि जैसे-तैसे उन्हीं कुर्सियों से चिपके रहें। वे अच्छी तरह जानते हैं कि कल नीचे से कुर्सियां हटा ली जायें तो इनके 'कद' कितने रह जायेंगे। जब तक बने, चमड़े का सिक्का चला लो, वर्ना सिंहासन हटते ही फिर भिश्ती के भिश्ती। कौन पूछेगा ?

सौभाग्य से 12-13 साल पहले तक धर्मवीर भारती की स्थिति यह नहीं थी। वे एक प्रतिभाशाली कवि और गद्यकार की तरह 'धर्मयुग' को अपना अंशदान करते थे। तब वह हिंदी का जीवंत और शक्तिशाली साप्ताहिक था। बंगलादेश-निर्माण के समय तक भारती के पत्रकार का स्वर्णयुग रहा। मगर इस 'चरम विजय' के अहंकार ने भारतीय राजनीति को ही निरंतर निरंकुश और स्वेच्छाचारी नहीं बनाया, पत्रकारिता को भी दंभी और खुशामदपरस्त बना दिया। 'इलस्ट्रेटेड वीकली' में आ बैठे खुशवंत सिंह। आते ही उन्होंने पत्रकारी भांगड़ा नाच शुरू कर दिया। सर्कुलेशन के लिए कभी किसी प्रांत, देश पर विशेषांक निकाले तो कभी जातियों पर। समृद्ध पृष्ठभूमि से आये थे, इसलिए सभी तरह की आर्थिक स्वतंत्रताएं मालिकों से झाड़ लीं। दस पैसे की चीज को नौ पैसों में लाकर मालिकों को खुश करने की कुंठा के शिकार नहीं थे। 'धर्मयुग' स्तब्ध...भारती बहुत दिनों तो अपने को यही कहकर समझाते रहे कि नहीं, हम इस सांस्कृतिक कुत्साकरण के आगे नहीं झुकेंगे, हमारी एक गरिमा और मर्यादा है। मगर बदले में गंभीर पत्रकारिता का आदर्श रखने की बजाय भारती ने पत्र में या तो खुद अपनी तारीफें कीं या करवाईं...80 तक आते-आते तो स्थिति और भी विकृत हो गई। 'सूर्य का स्वागत' करने के पाप का प्रायश्चित्त, जनता मंत्रियों को धुआंधार मंच देने से होता न होता कि सूर्य फिर वापस आ गया। नतीजे में फिर वही पुराने कपड़े, मेकअप विशेषांक निकालने पड़े...बौद्धिक जगत में ऐसे तान-पलटे औरों की निगाह में अविश्वसनीय और अनिर्भरणीय तो बनाते ही हैं, बार-बार के

इस बदलाव के साथ 'खूबसूरती' से चोला बदलना अपने आपको भी तोड़ता-मरोड़ता है। राजनीति और पत्रकारिता दोनों में ही फोकस बनने लगे। साम्यवाद के खिलाफ–नंद किशोर मित्तल, उपन्यासों का संहार–चन्द्रकांत बांदिवडेकर, कविता में भारती प्रशस्ति डा. विनय, शत्रुओं का संहार–शरद जोशी। हरेक के कार्य क्षेत्र तय हो गये लेकिन अपनी इस विश्वस्त मंडली के बावजूद स्थिति नहीं संभली। बगल में बैठे खुशवन्त अपने वर्जनाहीन खुलेपन और साहित्य-संस्कृति में अशोक वाजपेयी की गतिशीलता निरंतर भारती के 'वर्चस्व' को अप्रासंगिक बनाये जा रही थी और आठ-सात सांचोपांजा मिलकर भी सम्राट की गिरी प्रतिभा को पुनर्स्थापित नहीं कर पा रहे थे। लेखक भी जान गये थे कि लिखो कुछ भी, बस घुमा फिराकर संपादक की रचना का ज़िक्र कर दो और प्रचार पारिश्रमिक पाओ...वे होड़ बंद कर भैंसाखेड़ी में 'नीली झील' और झुमरी तलैया में 'अन्धायुग' कई विश्वप्रसिद्ध मंचन की सचित्र टिप्पणियां भेजते रहे। यहां तक कि 'धर्मयुग' में कहानियों के छपने की शर्त हो गयी कि कहीं न कहीं नायिका को 'गुनाहों का देवता' पढ़ते हुए दिखाना होगा...

खैर, जैसे-तैसे खुशवंत से जान छूटी। "हम इतने छिछले और बाज़ारू स्तर पर नहीं उतर सकते" का तर्क कुछ सहारा देता लगा। लेकिन अब सहसा आ गया प्रीतीश नंदी...गंभीर विषय, सूझबूझ, ब्रिलियेन्स और एक से एक प्रामाणिक नाम. ..अब क्या हो ? मुझ से छोटा है या बड़ा, इस हिसाब-किताब में 'न' पड़कर "मुझे भारत के हर क्षेत्र का सर्वश्रेष्ठ चाहिए" वाली अशोक वाजपेयी की नीति ने भारती को वैसे ही बौना बना दिया था, प्रीतीश नंदी ने तो एकदम कुचलकर रख दिया..."मैं दूसरे कवि, साहित्यकार या उसकी रचना को क्यों प्रचार-प्रसार दूं" का तर्क भहराकर गिर पड़ा...प्रीतीश ने दिखा दिया कि पत्रिका को महत्त्वपूर्ण या लोकप्रिय बनाने के लिए ज़रूरी नहीं है कि हर तीसरे महीने क्रिकेट या फिल्म-विशेषांक ही निकाले जायें, साहित्य कला की गंभीर समस्याओं से बचा ही जाये या लोकप्रियता सिर्फ होली, दीवाली, व्रत-त्यौहार, भविष्यफल, व्यंजन, कपड़ों और अमिताभ, शत्रुघन की आरती उतारने का ही दूसरा नाम है...यह 'डोज' सचमुच भारती के लिए ज़रूरत से ज्यादा थी। बूढ़े बैल की तरह उन्होंने हाथ-पांव डाल दिये। अब मुझ से कुछ नहीं होता...राजनीति सब जगह होती है, लेकिन साहित्य की राजनीति से क्षुब्ध होकर कला-संस्कृति साहित्य के बहिष्कार का तर्क किसी नैतिक बोध के कारण भारती ने नहीं किया था, उसके पीछे सिर्फ यही कुंठा थी कि साहित्य मेरी बताई लीक पर क्यों नहीं चल रहा ? बार-बार इलाहाबाद के किशोर सपनों को खोदने-खंगालने से शुरू या समाप्त होने वाले लेख, युद्ध-भूमि में रूसी और नेपोलियन की लड़ती सेनाओं के बीच एक खूबसूरत छोटे-से फूल को निहारते इस 'पियेर' को महान क्यों नहीं बना रहे हैं ? और इस तरह धुरीहीन होकर रथ का टूटा पहिया, हिमालय की महान बर्फानी यात्रा में खो जाने की गरिमा को प्राप्त हुआ। यानी 'धर्मयुग' का संपादक सामग्री

मैनेजर होकर रह गया। तरह-तरह की योजनाएं, लोगों से लिखाना, रचनाओं से जुड़े होना–ये सब बीतें दिनों की बातें हो गयीं...अब तो आप पत्रिका पढ़िए, न पढ़िए कोई अंतर नहीं पड़ता। बुरा हो प्रीतीश नंदी तेरा, तूने किस कुठांव पर एक खतरनाक समानांतर लाकर रख दिया...कैसे तू दूसरे कवियों, लेखकों को भी ऐसे धूम-धड़ाके से छाप लेता है ? तेरा दिल नहीं कचोटता ? हम तो ज्ञानपीठ पुरस्कार वालों को भी ऐसी प्रमुखता नहीं दे पाते...जो कुछ सिर्फ हमें मिलना चाहिए वह हम खुद दूसरों को क्यों दें ?

हिंदी में प्रबुद्ध पाठक नहीं है, या हिंदी में अंग्रेजी जैसी गंभीर पत्रकारिता नहीं हो सकती–इस मिथ को हिंदी के कुछ दैनिकों तक ने तोड़ कर रख दिया...बिना सनसनीखेज, राजनैतिक अश्लीलताओं, या चारणवादी हुए भी वे ही आज हिन्दी के सारे साप्ताहिकों से ज्यादा पठनीय हैं, ज्यादा गंभीर और विचारपूर्ण हैं।

वस्तुतः भारती की एकमात्र मजबूत धरती थी साहित्य...वहां वे किसी भी भारतीय लेखक, पत्रकार के बराबर होकर खड़े हो सकते थे। हुए भी थे। मगर साहित्यकार मुझसे बड़ा कौन है ? मैं क्यों दूसरों की रचना को उछालूं, क्यों दूसरों की किताबों को प्रसार-प्रचार दूं ? मैं बनाने और बिगाड़ने वाला हूं। साहित्य को मेरी शर्तों पर ही चलना होगा...उधार की सत्ता के इस अहंकार में वे रचना और रचनाकार से व्यवहार की सारी मर्यादाएं भूल गये...भारती जैसे व्यक्ति के लिए इससे ज्यादा अपमानजनक और क्या होगा कि राजेन्द्र अवस्थी जैसे गैर-साहित्यिक व्यक्ति को उनका आदर्श या मॉडल बताया जाने लगे...नतीजन 'भाड़ में जाये साहित्य और चूल्हे में जायें किताबें' की परिणति तक तो उन्हें आना ही था...ताकि अंतिम शरण घर सजाने, व्यंजन बनाने और जाड़े-गर्मी के कपड़े तैयार करने में पाई जा सके...यह 'धर्मयुग' का 'गृहशोभा' बन जाना नहीं है, पीछे के व्यक्ति की सारी गतिविधियों का अपने और अपने घर तक सिमट जाना है...बाकी दुनिया को टुच्चा, बदमाश, स्वार्थी, घोषित करते हुए...

भारती और उनकी मंडली के हिसाब से मार्क्स दुनिया के लिए चाहे जितना बड़ा 'अभिशाप' सिद्ध हो, मगर एक बात शायद उसने सच ही कही है कि उत्पादन से कटा हुआ परोपजीवी वर्ग मूल्यहीनताओं का अखाड़ा होता है। उस लेखक या संपादक को तो मरना ही है जो आस-पास की रचनात्मकता से कोई लगाव, जुड़ाव, या सरोकार महसूस नहीं करता...सारी मूल्यहीनताएं इस रचना-विरोध से आती हैं।

कितनी वीभत्स लगने लगती हैं लंबी खिंचती कुछ लाइलाज बीमारियां...इसी स्थिति में शायद काफ्का ने कहा था, "किल मी ऑर एल्स यू आर ए मर्डरर..."

"मुझे मार डालो, वर्ना तुमसे बड़ा हत्यारा कोई नहीं होगा..."

['रविवार' से]

लेखक चला संपादकी चाल

इस समय हिन्दी के प्रायः सभी साप्ताहिक-मासिक या एकाध दैनिक के संपादक ऐसे लेखक हैं जिन्होंने कभी कुछ महान् और सार्थक करने के सपने पाले थे, महत्त्वपूर्ण लेखक होने के आश्वासन दिये थे। एकाध लघु-पत्रिका या गोष्ठियां, संस्थाएं चलाने के अलावा पत्रकारिता का विशेष अनुभव या प्रशिक्षण तो नहीं था, मगर रचनात्मक माहौल, समय और देश की समस्याओं से जूझने का वातावरण बनाने के वलवले ज़रूर उनके मन में थे। शुरू के एकाध साल उन्होंने वैसा किया भी। मगर जैसे-जैसे कुर्सी की गर्मी पैंदे से सिर तक पहुंची कि उनके चेहरे बदलने लगे। डा. राजेन्द्र प्रसाद जैसों को जब कुर्सी जकड़ बैठी तो ये किस खेत की मूली थे। कांग्रेसी 'सेवक' शासक बनने के बाद भुक्खड़-अफ़सर बना तो उनके समान्तर ये 'साधक' भी बाक़ायदा साहित्यिक कोतवाल बने। 'असहमति' और 'असंतोष' दोनों अफ़सरों को समान रूप से 'अनुशासनहीनता' और 'असामाजिक तत्त्व' लगने लगे। इसलिए बिल्कुल आश्चर्य नहीं होना चाहिए कि सारी असन्तुष्ट या सुझावभरी आवाज़ों के पीछे इन्हें अपना दोष नहीं, विरोधी की व्यक्तिगत कुण्ठा ही दिखाई देती रही। चूंकि इनमें से किसी ने भी अपने साधनों और श्रम से पत्रिका चलाने के पापड़ नहीं बेले हैं और सभी किन्हीं बड़े संस्थानों के नौकर हैं, इसलिए अपने-आपको और मालिकों को समझाने के लिए यह तर्क काफ़ी था कि सारा देश हमारे सुख और प्रभाव से जलता है। सुनते हैं; भयानक, असहायताओं, यातनाओं और अपमानों से गुजरने वाली वेश्या जब नायिका बन जाती है तो सबसे क्रूर और हृदयहीन उन्हीं के प्रति होती है जो दस-बीस साल पहले वह खुद थी। 'रास्ते पर न आने वाली' विद्रोही, नालायक़ लड़की इस मालकिन के सारे ज़हर को हाथों और व्यवहार में उतार लाती है–देखें, कब तक यह सही नहीं होती ! ...इस नौकर लेखक-संपादक के लिए हर जैनुइन या स्वतन्त्र-लेखक अपना व्यक्तिगत अपमान या चुनौती बनकर आता है। इसी को तो अपने भीतर मारकर उसने अपनी वर्तमान 'महानता' का ताजमहल खड़ा किया है। भीतरी मौत का यह ज़िन्दा रिमाइण्डर क्यों बार-बार आकर उसकी उपलब्धियों को अपराध-बोध में बदलता है ? इसलिए इसे या तो रास्ते पर आना होगा–वर्ना इसकी

समाधि हम बनायेंगे।

कैसे उत्सव का दिन होता है इस लेखक-संपादक के लिए किसी स्वतंत्र और जीवन्त लेखक का मरना ! अब वह बिना सींग-पूंछ हिलाये उनकी शतरंज में फ़िट होगा और वे उसे महान् बनायेंगे। तब वह मृत-लेखक ही महान् नहीं होता, उसके क़लम, काग़ज, मित्र-मकान सभी रातोंरात महान् होते हैं। मेरी समझ में यह चमत्कार आज तक नहीं आया कि एक लेखक कल भी था और आज भी है—बीच में सिर्फ़ मौत का ही हादसा हुआ है, लेकिन इन दस-बारह घण्टों में ही ऐसा क्या हुआ कि वह महान् हो गया ? कल तक तो वह टुच्चा, घटिया, कुण्ठाग्रस्त और उपेक्षणीय था और अपने हिसाब से आप ही तो कल तक उसे उसके ज़िन्दा, जीवंत या विद्रोही होने की सज़ा दे रहे थे। आज उसके न रहने का आनन्द मना रहे हैं। सचमुच अपने किसी साथी के न रहने पर इन लेखक-संपादकों का शोक-विह्वल उल्लास खुद इन्हें अपने भविष्य के प्रति आश्वस्त या आशंकित ही करता होगा।

संपादक की कुर्सी पर बैठते ही यह 'सादिस्त' हृदयहीनता कैसे किसी लेखक पर हावी होती चली जाती है, इस प्रक्रिया का अध्ययन बहुत दिलचस्प विषय है। करना तो इसे किसी डा. श्यामाचरण दुबे जैसे समाजशास्त्री और मनोवैज्ञानिक को चाहिए, लेकिन सामग्री तो वे भी हम लोगों से ही लेंगे।

स्वतन्त्रता के बाद आये हुए हम सभी लेखक प्रायः मध्य और निम्न-मध्य वर्ग के लोग हैं। अपनी सारी प्रतिभा और शैक्षणिक योग्यताओं के बावजूद हम सभी ने भयानक अर्थ-कष्ट भुगते हैं, अपमान झेले हैं और ट्यूशन या ऐसे-वैसे काम किये हैं। उस समय हमारा सबसे बड़ा सपना था—डेढ़ सौ से लेकर तीन-चार सौ की नौकरी या आमदनी। हिन्दी के चढ़ते दिन थे और हमें नौकरी मिली ढाई हज़ार और चार हज़ार की। नया जोश था और मन में बातें, योजनाएं, उत्साह, सपने थे जो हमें दूसरों में, सारे देश में फूंकने थे। लेकिन लॉटरी पाये आदमी का मनोविज्ञान झटके-से बदलता है। सुरक्षा और शान्ति इसी में दिखाई देती है कि जल्दी से जल्दी इन अभावों के मारे, टुच्चे, ईर्ष्यालु और द्वेषी मुहल्ले-पड़ोस को छोड़कर ऐसे सम्भ्रान्त मुहल्ले में पहुंच जायें जहां इन कुदृष्टियों का डर न हो। गाउन-पहने, कॉफ़ी या सिगरेट चुसकते हुए कभी खिड़की-फाटक के बाहर किसी पुराने परिचित पर निगाह पड़ी कि गुप्प से झुककर कहलवा दिया, "साहब नहीं हैं, फिर आना !" अब चिन्ता है, पुराने रिमाइण्डरों से बचने और इस सुरक्षित समाज का हिस्सा बनने की। एकमात्र समस्या और एकमात्र दुर्दान्त भय, 'सुरक्षा'...इस 'अपने दुश्मन' से बचाव !

यहीं से संपादक बनने वाले लेखक का असली कायाकल्प (मैटामार्फ़ोसिस) शुरू होता है : चेतना दुमुंही होने लगती है—खतरों को ठिकाने लगाओ या उनसे बचो और अपनी स्थिति सुदृढ़, अभेद्य, अपरिहार्य करो ! पुरानी चीनी कहावत है कि "आदमी के हाथ में सत्ता दो और फिर उसका असली चरित्र देखो !" स्थिति या कुर्सी को

सुदृढ़ करने के लिए सबसे पहले जानना यह ज़रूरी है कि यह लटकी किन सूत्रों से है–सूत्राधार कौन और कहां है। वहां अपने को अधिक से अधिक उपयोगी, प्रभावशाली और 'काम का आदमी' सिद्ध करो ! निगाह जाती है मालिक और राजनेता पर, लेकिन मालिक भी तो उधर ही देख रहा है ! यानी असली चीज़ राजनेता। उसके पास शक्ति है इसलिए प्रभाव है। लेकिन उसकी कमज़ोरी या ज़रूरत है प्रचार, जनता में छवि-निर्माण और संपादक को चाहिए प्रभाव। पीली पत्रकारिता में यह प्रभाव डराकर भी लिया जा सकता है, मगर ये सांस्कृतिक लोग हैं–सम्भ्रान्त पदों और लोगों से सम्बद्ध हैं इसलिए प्रभाव का एकमात्र तरीका है नवनीत लेपन और खुशामद ! राजनेता से इनका सम्बन्ध बनता है–राजा और चारण का। कल तक के सारे मन्त्री इन लेखक-पत्रकारों के चाचा, ताऊ, पुराने आक़ा, रिश्तेदार या जाति-भाई थे–आज उन्हीं के प्रति 'बदमाश गये' के नारे लगाते, नयों से मौसेरे भाइयों के रिश्ते बन रहे हैं। कल की प्रधानमन्त्री बिना उनसे सलाह किये किसी भी सांस्कृतिक, साहित्यिक मामले में निर्णय नहीं ले पाती थीं तो आज भी प्रधानमन्त्री अपने चार दिन के कार्यकाल में छः बार डिनर करा चुके हैं। आखिर, किस मन्त्री या नेता को अपनी रंग-बिरंगी तस्वीरें और 'तीनों लोकों का राजा' या 'धरती-आकाश हिला देने वाला' सुनने में बुरा लगता है ? अस्सी-बयासी साल तक दण्ड पेलते गांधीवादी हों या अखण्ड-राष्ट्र के अन्धकार विनाशक दीपक–तालियां और ढोलक बजाते 'दरम्यानी' लोग दरवाज़े पर आ ही जायें तो सेहरा सुनकर बख्शीश तो देनी ही पड़ती है ! उन्हें ही कौन-सा आसानी से यह दरवाज़ा देखना नसीब हुआ है। उन्होंने भी तो आधी शताब्दी शीर्षासन किये थे, या अन्धे-हाथों बटेर पायी थी–वे इनसे क्यों पूछेंगे कि कल तक आप उनके दरवाज़ों पर बीस और पच्चीस सूत्रीय क्रान्ति कर रहे थे तो आज यहां कौन-सी 'समग्र क्रान्ति' करने आये हो ? काम कमर हिलाना हो या कलम, पेशे का सम्मान करना तो राजनेता का धर्म है। फ़र्क सिर्फ़ यही है कि अबू सईद और करंजिया ('सूर्य' के अगस्त अंक में) खुलकर कहते हैं कि वह या यह सब हमने पेट की खातिर किया, क्योंकि हमें अखबार बेचना है–ये लोग दार्शनिक धूल झोंकते हैं। "हम लोग नौकर थे, विवश थे या यह सब करते भी वहां हमारा मन नहीं था।" आज का यश-लिप्सु नेता भी यह असुविधाजनक सवाल नहीं पूछता कि कल हम लोग भी उतर जायेंगे तो आपका मन यहीं अटका रहेगा ?

तो सबसे पहले इन लेखक-संपादक बन्धुओं ने इस सत्य का साक्षात्कार किया कि राजनीति या सत्ता की दुनिया में नेता के लिए पत्रकार एक ज़रूरी उपकरण है, लेखक नहीं। पत्रकार को पाठकों और समाज में प्रभावशाली प्रतिष्ठित होने का गौरव तो मिलता ही है, मालिकों की निगाह में 'उपयोगी' होने की धाक भी बैठती है। 'ख़तरे की गन्ध आ रही है, कल ही चरणसिंह का सचित्र इन्टरव्यू लीजिए', पत्रकार को और क्या चाहिए; लपककर बोलता है, "जी हां, उद्योग-मन्त्री तो अपने ही खाने-पीने

वाले आदमी हैं, उनका एक फ़ीचर इसी इशू में निकाले देते हैं।"—अब प्रधान और गृहमन्त्री के रंगीन चित्रों में आकर्ण गौरव ओढ़े हमारे लेखक-पत्रकार महोदय भी नत्थी हैं—न्यूज़ वीक, टाइम्स में आपने बीसियों इण्टरव्यू पढ़े होंगे—इण्टरव्यूकार को इस तरह गौरवान्वित देखा है ?

संपादकों के बीच लेखक, लेखकों के बीच संपादक, राजनेताओं के बीच सुलझा और समझदार और मालिकों की निगाह में उपयोगी—इन चार-चार नावों पर सवार हिन्दी का यह साहित्यिक पत्रकार सबसे अधिक घिघियायी स्थिति में है। मैं यहाँ उन दो-एक ऐसे लेखकों को इसमें शामिल नहीं करना चाहूंगा जिन्होंने पत्रकार रहते हुए भी लेखकीय गरिमा का निर्वाह किया है, या व्यक्तिगत स्तर पर अपने को राजनेताओं के सामने इतना दयनीय नहीं बनाया है—भारती, कमलेश्वर, रघुवीर सहाय। पढ़ने-लिखने या सोचने, प्लैन करने जैसे फ़ालतू कामों के लिए बाक़ी के पास फ़ुर्सत कहां है ? उसकी आधी ज़िन्दगी और पेट्रोल तो मन्त्रियों के दरबारों में चक्कर लगाने या उनके सेक्रेटरियों-अफ़सरों से सम्पर्क बढ़ाने के लिए है। एक-एक दिन में तीन-तीन रिश्तेदार या पुराने मित्र (जो संयोग से आज मन्त्री हैं) निपटाने पड़ते हैं। बीसों काम कराने होते है, दर्जनों की इच्छाएँ पूरी करनी पड़ती हैं। कहां, किस साहित्यिक गोष्ठी या मित्रों के बीच जायें—सब साले गाली देते हैं। हां, अध्यक्ष या मुख्य अतिथि बना देते हैं तो भागते-दौड़ते कृतार्थ कर आते हैं। कहीं कुछ ग़लत हो जाये या स्थिति बिना सूचना दिये बदल जाये तो मालिकों की लताड़ अलग ! लेकिन लेखक कहलाने का पुराना मर्ज़...आप उनसे कहिए, "जयशंकर प्रसाद..." आपकी बात बीच में ही लपककर बोलेंगे—"हां, हां, दो-तीन बार मेरे पास भी उनका फ़ोन आया था। बिचारे बुरी स्थिति में हैं। यार, कहां-कहां जायें। अपने जन्मदिन पर अध्यक्ष बनाना चाहते हैं। अब हमें घाटमपुर के अखिल-विश्व-जूता-संघ का उद्घाटन भी करना है। बेचारे कह रहे थे कि हम मन्त्री-वन्त्री किसी को नहीं बुला रहे—एक साहित्यकार को वहां आना चाहिए ..."

अंग्रेज़ी पत्रकार प्रायः न ऐसे वर्ग से आया है कि उसे इस कुर्सी का मिल जाना लॉटरी खुलने जैसा लगे और न इतना बेपढ़ा है कि नेताजी के बच्चों की नाक पोंछकर सुरक्षा पाये—इसलिए वहां का प्रूफरीडर भी जिन जगहों पर जाना अपनी ग़ैरत के ख़िलाफ समझता है, वहां हिन्दी के ये स्वनाम-धन्य महान् लेखक और 'भारत की सर्वश्रेष्ठ साहित्यिक' पत्रिकाओं के संपादक लोट लगाते पाये जाते हैं। आख़िर अगर आज इस कुर्सी से उतार दिये जायें तो क्या गांव में वापस लौटकर प्राइमरी स्कूल की मुदर्रिसी करनी है ?

मालिक खुश, नेता मुलायम—अब तीसरे नम्बर पर आता है साहित्यिक यश ! उपयोगी, प्रभावी और समृद्ध होने के कवच-कुण्डलों के पंख फैलाये अब ये साहित्य के मंच पर ठुमुक-ठुमुककर क़दम रखते हैं। अपनी ही महानता से आक्रान्त,

अकल्पनीय सफलता से गद्गद, पत्रिका के महत्त्व से पीड़ित, मंच के केन्द्र में अकेले या नेता-युक्त बैठे ये साहित्यकार-शिरोमणि बोलने के लिए तैयार हैं। विषय कोई भी हो, भाषण स्टॉकहोम से ही शुरू होता है, "सार्त्र वैसे तो बीमार हैं, किसी से मिलते नहीं। शायद आपको पता हो, आजकल उन्हें दिखाई भी कम ही देता है। लेकिन जैसे ही उन्हें मेरा पता लगा, बेचारे सिमॉन द बोउवा का हाथ पकड़ मिलने चले आये।" अब आप सोचिए, इतना बड़ा चिन्तक, नोबेल पुरस्कार ठुकरा देनेवाला लेखक मेरे सामने–एक भारतीय लेखक के सामने सिर झुकाये बैठा है। हालांकि मुझे भारतीय दूतावास के अभिनन्दन में जाने को देर हो रही थी, मगर इतना शिष्टाचार तो निभाना ही पड़ता है। आख़िर हम लेखक हैं और लेखकों का सम्मान हम नहीं करेंगे तो और कौन करेगा ? तो मैंने तो उनसे कह दिया, "देखो यार, सार्त्र अस्तित्ववाद वग़ैरा तो सब ठीक हैं, मगर असली चीज़ है स्वतन्त्र होना..." अब भीड़ में पति, उपपति, गृहपति, लखपति, कुलपति सभी मुंह फाड़े एक-एक शब्द लपक रहे हैं, कृतार्थ और कृत-कृत्य हैं। सबको अपने-अपने इण्टरव्यू, लेख, चुटकुले, चित्र उस पत्रिका में छपाने हैं ...संपादकजी के नगर में जाकर कवर-कन्याओं के कटाक्षों की छाया में अकबरी कवाब खाने हैं....फिर संपादकजी कोई ऐसे-वैसे आदमी हैं, उन्होंने भैयाजी, बाबू, बहूजी, बीबीजी से भेंट करा देने का वायदा किया है। यहां एक बार उन्हें बुलाकर स्वागत कराते ही देखो, सेंटर में अपना काम कैसा फटाफट होता है। गांव के भुच्च धोती-प्रसाद 'अथी' को नॉर्थ साउथ एवेन्यू की सीढ़ियां चढ़ा-उतारकर, डूप्ले और तुग़लक रोड के फाटकों में घुमाते हुए चाणक्यपुरी के न्याय-नीति-शान्ति पथों की हवा लगाते हुए अशोका, अकबर, जिमखाने के लक़दक़ रेस्त्राओं-कमरों में ले जाइए–उसके तो सात पुरखे स्वाहा हो जायेंगे। अगर बीच में कहीं से फ़ोन कर सकें अपने दफ़्तर, यह सुनाते हुए "अच्छा-अच्छा चन्द्रशेखर का (या पिछले दिनों बरुआ का) फ़ोन आया था तो उन्हें बोल देते कि दोस्तों के साथ हैं, रात को ग्यारह बजे घर पर बात कर लेंगे ..." तो उस भोंदू के होश ही फ़ाख़्ता हो जायें–अपने शहर पहुँचकर वह बजरबट्टू तो न केवल आपके महान् अभिनन्दन का आयोजन करेगा, विद्यार्थियों के सिर आपकी किताब थोप देगा और वायुमार्ग से बुलाकर आपको आचार्य या डाक्टर की उपाधि से भूषित करेगा...अगर खुद किसी कमेटी में है तो आपको भी घसीट लेगा ...

मालिक, मन्त्री, अफ़सर, अध्यापक–ये सब तो अपनी जगह ठीक हैं, लेकिन इन कम्बख़्त साहित्यकारों की दुनिया बेहद बीहड़ है। यहां एक से एक कुण्ठित, कुपित, क्रोधी, ईर्ष्यालु, घुन्ने और अपने को सुकरात लगानेवाले लोग बैठे हैं। नेताओं की तर्ज़ पर बुज़ुर्ग लेखकों की तस्वीरें छाप दो तो वे खुश होकर 'प्यारे भैये' के सम्बोधन से पत्र लिखने लगेंगे–नौकरी या छपने की तलाश में व्याकुल नवोदितों या नौजवान साहित्यकारों की एकाध कविता-कहानी-चुटकुला छाप दो, वे मस्तराम होकर वंशी

की तरह बजने लगेंगे—लेकिन इन मक्कारों का क्या हो, जो बाक़ायदा अपने को लेखक लगाते हैं, दाई की तरह पेट और पैण्ट की हर ऐंठन को ताड़ते हैं और किसी भी दिन हमारी कुर्सी के हक़दार होने का ख़तरा लिये हैं। इन संपादकजी का सबसे बड़ा सिरदर्द यही समकालीन, सहयोगी और लेखक-मात्र है ! मेरी समझ में यह कभी नहीं आया कि समाज के इतने मूर्धन्य लोगों से मुकुट-मालाएं, प्रशस्ति-प्रशंसा, भूषण-विभूषण पानेवालों की यह कौन-सी दुखती रग है कि इन सड़क-छाप, कृपाकांक्षी, फटीचर, असफल लोगों के बीच सम्मान न पाना इनकी नींद हराम किये रहता है...

लेकिन नहीं, यहीं तो साम-दाम-दण्ड-भेद के वे सारे पैंतरे और दांव इस्तेमाल करते हैं जिन्हें राजनेताओं के अखाड़ों की मिट्टी गोड़ और अपने घुटने तोड़कर पाया है। उन पहुंची हुई दरगाहों के पत्थरों पर माथा पटककर जो नूरानी गट्टा लूटा है उसका चमत्कार तो इन्हीं बदमाशों को दिखाना है। नेपथ्य की इतनी मोर्चा-बन्द कर चुकने के बाद अब भारत के ये महान् साहित्यकार रेशमी चोग़ों की बग़ल में छुरियाँ और आस्तीनों में सांप छिपाये 'बेचारे लेखकों' की तरफ़ मुख़ातिब हैं। उधार की महिमावाला व्यक्ति ज़बान का बहुत पक्का होता है, यानी एक ही ज़बान जानता है—वही सुनता है और वही बोलता है—"जी हां साब, यस सर..." उसे या तो अन्नदाता और मालिकनुमा लोग चाहिए या चमचे...यह मित्र-वित्र क्या होता है !

राजनीति और व्यवहार की दुनिया ने उन्हें एक ही चाणक्य-नीति दी है : सिद्धान्त, आदर्श, नैतिक-अनैतिक कुछ नहीं; असली चीज़ है सफलता और इसे अधिक से अधिक पाने के लिए हर सम्बन्ध, सम्पर्क का सीढ़ी की तरह इस्तेमाल। लेकिन जिस सीढ़ी का इस्तेमाल करो, पहला मौक़ा मिलते ही उसे तोड़ो। जो हाथ आपको ऊँची कुर्सी पर लाकर बैठाता है उससे हमेशा चौकन्ने रहो—सम्भव हो तो उसे काट दो—ताकि कोई और न देख सके कि आप किसी सीढ़ी या हाथ के सहारे यहां तक आये हैं। दूसरे रास्ता देख लेंगे। कल वही हाथ किसी और को भी ला सकता है, आपको वहां से हटा सकता है और अगर किसी दिन उसने कुछ मांग लिया तो न देते बनेगा, न इन्कार करते। चूंकि हमारे इन मित्रों ने साहित्य को सिर्फ़ इस्तेमाल किया है इसलिए इनकी सबसे बड़ी दुश्मनी साहित्य और साहित्यकार से है ! हम इतने सफल, महान्, उपयोगी और प्रभावशाली पत्रकार—साहित्य को या तो हमारा चंवर ढुलाना होगा वरना हम उसे मार देंगे। इसलिए बड़ी निष्ठा से वे अब साहित्य और साहित्यकार को मारने में लगे हैं—कोई और कुछ न कह दे, इसलिए उनकी दुर्दशा पर सबसे ज़ोर-शोर से छाती-माथा-कूट सियापा कर रहे हैं।

यह कुण्ठित और विकृत मनोविज्ञान न तो नया है, न बहुत अधिक जटिल। कल तक डा. नगेन्द्र इसके प्रतीक और पुरोधा थे। काश्मीर से लेकर कन्याकुमारी तक जहां भी हिन्दी है, दिल्ली दरबार की इन्हीं सुरंगों से वे वहां मौजूद थे। ऊपर

चूंकि दद्दा-ज्ञान का राष्ट्रपतीय वरदहस्त था इसलिए बाक़ी सब कीड़े-मकोड़े या लुंगे-लफाड़े थे। उनकी महानता और वैचारिक आत्यन्तिकता में शंका या संदेह करने वाले के लिए उनके पास एक ही उपेदश था–"कुचलकर रख दूंगा। भूखा मार दूंगा। देखता हूं, कहां हिन्दी में नौकरी मिलती है।" इस अनुशासनात्मक दृढ़ता से उन्होंने दिल्ली विश्वविद्यालय को ऐसा पुख्ता कर दिया कि आज तक यहां से न कोई पढ़ा-लिखा विद्वान् निकला, न रचनाकार। हां, उन्हीं के दांवपेंचों में निष्णात उनके एक से एक गुरु ज़रूर निकले। "जनता से कहो, तालियां बजाये, वर्ना बुलडोज़र चला दिये जायेंगे।" संजय गांधी की यह दहाड़ आज भी हमारे कानों में गूंज रही है। उसी सुर में ये पत्रकार कहते हैं, "साहित्य से कहो, आरती उतारे...वर्ना..."

वर्ना दुर्भाग्य यही है कि साहित्य को न तो ये महान् साहित्यकार-संपादक नौकरी दे सकते हैं, न साहित्य उनकी प्रजा है। अपने हिसाब से ये सिर्फ़ उसका अपमान और उपेक्षा कर सकते हैं। मालिकों की फटकार या बीस बार फ़ोन करके मिनिस्टर से समय न ले पाने के अपमान के दंश को आख़िर बेचारे निकालें भी तो कहां ? अपनी भाषा के साहित्य का जितना अपमान इन लेखक-संपादकों के हाथों हुआ है उतना शुद्ध पत्रकारों के हाथों नहीं। भारती, कमलेश्वर, रघुवीर, सर्वेश्वर, अवस्थी–किसके अपने समकालीनों और सहयोगियों से अच्छे संबंध हैं ? कौन-सा स्वाभिमानी लेखक है जिसे रचना भेजने के बाद 'अगले अंक की सामग्री' की सूचनाओं से लेकर प्रकाशन के तरीक़े, प्लेसिंग या बाद के पारिश्रमिक को लेकर क़ोफ़्त नहीं है ?

इनकी कुण्ठाओं का पहला शिकार हुई है खुली, उन्मुक्त हवा। दिमाग और पत्रिका के सारे खिड़की-दरवाज़े इन्होंने धूप और रोशनी के लिए बन्द कर दिये हैं। जिस तरह विदेशों से जाने कितने प्रतिभाशाली युवा, देशभक्ति और अपने समाज की सेवा की बीमारी के मारे लोग अपना शानदार भविष्य, धुआंदार आमदनी छोड़कर भारत चले आते हैं और फिर दर-दर की ख़ाक छानते हैं–उसी तरह न जाने कितने लोग हैं जो अपनी भाषा में नया और मौलिक कुछ देना चाहते हैं। हर क्षेत्र और हर पेशे के विशेषज्ञ हैं जो अपनी देशव्यापी ख्याति छोड़कर, या मौलिकता के मारे अपनी भाषा में कुछ लिखते हैं। इनके साथ शुरू से लेकर बाद के पारिश्रमिक तक हमारे इन लेखक-बन्धुओं का व्यवहार देखिए। एक उदाहरण प्रभा दीक्षित का है। 'दिनमान', 'इलस्ट्रेटेड वीकली', 'सैमिनार' या अन्य अनेक शोध-पत्रों में अपनी मौलिक, ऐतिहासिक खोजों, तेजस्वी तर्कों और तथ्यों की चौंका देनेवाली नयी व्याख्याओं के साथ राजनीति और इतिहास पर लिखनेवाली इस महिला का पहला लेख मैंने हिन्दी में भारती को 'धर्मयुग' में भेजा था। हस्बमामूल अगर-मगर लगाकर जब यह लेख भारती ने लौटा दिया तो झल्लाकर प्रभा ने यही कहा था, "ये आपके हिन्दीवाले जूठन पर पलनेवाले लोग हैं, कोई भी नयी और ताज़ी चीज़ इनके गले नहीं उतरती। अब

मैं अंग्रेज़ी में लिखूंगी और झख मारकर ये सिर्फ़ अनुवाद करेंगे। वहां, देखिए, नये विचारों के लिए कितनी ग्रहणशीलता है।" और जब ऑक्सफोर्ड-प्रेस से 'शक्ति का संघर्ष, साम्प्रदायिकता', नाम से उसकी पुस्तक आयी तो अपने आप उसे पढ़कर खुशवन्त सिंह का बधाई का पत्र आया। लेख मांगा गया और धूम-धड़ाके से वीकली में छपा। लेख पाते ही प्राप्ति और बधाई का तार दिखाकर उसने यही कहा था, "आपके इस अगर-मगरी व्यवहार और बाद में सौ-डेढ़ सौ रुपल्ली के लिए मुझे कुत्ते ने काटा है जो मैं हिन्दी में लिखूंगी ?" कहना न होगा कि बाद में चैक पांच सौ का आया था। यह सम्मान, बढ़ावा और नये के लिए लगाव ! यह है अन्तर ! अब वही प्रभा दीक्षित महीनों पुस्तकालयों-संग्रहालयों के अंधेरों में पुरानी फ़ाइलें-दस्तावेज़ देखती हैं और उसके विवेकानन्द या ऐनीबेसेण्ट पर लिखे लेखों ने बौद्धिक जगत् में तहलका मचा दिया है। हो सकता है उसका दृष्टिकोण नकारात्मक, मूर्तिभंजक और एकांगी ही हो—मगर नया, कड़कदार, तेजस्वी और प्रामाणिक तो है। लेकिन नये विचार-विमर्श के लिए भी, हिन्दी के मूलतः रूढ़िवादी, दकियानूसी और 'बन्द' लेखक-संपादक के गले वह कैसे उतरता !

बात पारिश्रमिक के साथ लेखक के सम्मान की आयी है। हिन्दी में आज भी वह दान-भाव से ही दिया जाता है, परिश्रम के एवज़ में नहीं। मैं यह मानता हूं कि हमारे ये पत्रकार, लेखक रहे हैं और हो सकता है खुदा-न-खास्ता कल वे फिर लेखक ही रह जायें (वैसे जब तक जान में जान है, ऐसा होगा नहीं) इन्होंने अपने सिवा लेखकों के लिए क्या किया ? एक कहानी या लेख के लिए सौ या ढाई-सौ रुपये दिलाकर वे लेखक को उम्रभर के लिए अहसानमन्द बनाने या खरीदने का दम्भ पालते हैं। अंग्रेजी अख़बार के डेढ़ कॉलम पर वह मिलता है जो यह अपने किसी बहुत प्रमुख लेखक को विशेष पारिश्रमिक के नाम पर अता फर्माते हैं। मुझे हमेशा अपने अंग्रेज़ी अनुवादों पर अनुवादक का हिस्सा काटने के बाद मूल रचना के पारिश्रमिक से ज़्यादा मिला है। सन् तीस-छत्तीस में प्रेमचन्द-जैनेन्द्र या बाद में यशपाल को पच्चीस से लेकर चालीस रुपया एक कहानी का 'सुधा-माधुरी-चांद' से मिला करता था। तब घी एक रुपया किलो था और सोना बाईस-पच्चीस रुपया तोला। आज घी तीस है और सोना साढ़े छः सौ। मोटे रूप में साढ़े-सात या आठ सौ रुपया तक एक कहानी के पारिश्रमिक का मतलब सिर्फ़ यही है कि हम सन् तीस-पैंतीस वाला पारिश्रमिक पा रहे हैं। यहां यह याद रखना चाहिए कि उन सभी पत्रों के सर्कुलेशन दो से लेकर सात-आठ हजार से अधिक नहीं थे। सोलह हज़ार के 'चांद' के सर्कुलेशन को आर. सहगल ने हिन्दुस्तान की पत्रिकाओं में सबसे अधिक बताया था। आज एक से लेकर तीन-साढ़े तीन लाख के सर्कुलेशन का दावा करनेवाली पत्र-पत्रिकाएं हिन्दी में एक दर्जन के आस-पास हैं। अगर पत्र-उद्योग ने व्यवसाय का ही रूप ले लिया है तो भी उसमें हिन्दी पत्रिकाओं का योगदान कम नहीं है। माया और सरिता-ग्रुप का तो

प्रायः सारा ही प्रकाशन मुख्यतः हिन्दी में है।

मगर जैसा मैंने कहा, चूंकि इन साहित्यकार पत्रकारों को खुद विश्वास है कि ये अपनी प्रतिभा और योग्यताओं पर वहां नहीं, प्रभाव और सम्पर्कों पर वहां हैं, इसलिए सारे दिन ड्यूटी करने के बाद शाम को मालिक की साग-सब्ज़ी लाने की मनोवृत्ति से पीड़ित है। किसी भी मालिक की निगाह में वह आदमी बहुत काम का है जो दस की चीज़ दो में दिलाता है। काश, ये लोग हिन्दी-अंग्रेज़ी के व्यावसासिक अनुपात के अनुसार पारिश्रमिक की बात शर्त के रूप में नहीं, आग्रह और तर्क के साथ रखते !...यहां मैं फिर दुहराऊंगा कि पारिश्रमिक की राशि का लेखकीय मानापमान से कोई सम्बन्ध नहीं है--बात दो भाषाओं के पत्रकारों की अपने संस्थान या लेखकों के प्रति रवैये की है। लेखन को पारिश्रमिक के साथ ही जोड़ा गया होता तो खुद अपने साधनों या बिल्कुल ही बिना साधनों के निकलनेवाली लघु पत्रिकाओं में बड़ा से बड़ा लेखक क्यों लिखता ? दुकानदार और लेखक में यही तो फ़र्क है कि अपनी आर्थिक क़ीमत न मिलने पर लेखक उपभोक्ता को भूखा नहीं मार सकता। सवाल साधनों का है। जब संपादक से लेकर मैनेजर-चपरासी तक आज के हिसाब से वेतन-पारिश्रमिक पा सकते हैं तो लेखक को ही सन् तीस से पहले के स्तर पर क्यों रखा जाये ? यहां यह कह देना भी अप्रासंगिक नहीं होगा कि न जाने मित्रों की कितनी ऐसी लघु पत्रिकाएं है जिनमें हमने अपनी अच्छी से अच्छी रचना देने के साथ-साथ उनके ग्राहक बनाये हैं, विज्ञापन दिलाये हैं। बल्कि कहना यही चाहिए कि प्रायः साहित्य की महत्त्वपूर्ण रचनाएं ऐसी ही पत्रिकाओं में आयी हैं।

बात व्यक्तिगत उद्यम और साधनों या बिल्कुल ही बिना साधनों वाले छोटे संस्थानों या लघु पत्रिकाओं की आ गयी है तो एक दिलचस्प मुद्दे पर और ध्यान दीजिए। दूसरों के बड़े साधनों से निकलनेवाली पत्रिकाओं के ये सारे लेखक-संपादक एक सिरे से लघु पत्रिकाओं को अपना शत्रु मानते हैं और अक्सर ही सही लघु पत्रिका के अर्थ और उद्देश्य बताते रहते हैं। इससे कौन इन्कार करेगा कि 'निकष', उन दिनों की 'आलोचना' या 'इंगित' और यहां तक कि 'नयी कहानियां' जीवन्त पत्र थे--क्योंकि उन्हें निकालनेवाले रचनाकारों की पहली प्राथमिकता साहित्य थी--आज के इन महारथियों की तरह साहित्य उनके लिए तीसरे दर्जे की प्राथमिकता नहीं थी। अगर आज भी 'साहित्य के लिए बहुत कुछ छोड़नेवाले' वे भारती-कमलेश्वर 'निकष' या 'इंगित' निकालें तो 'साहित्य के सब कुछ पानेवाले' ये भारती-कमलेश्वर ही उनके सबसे बड़े दुश्मन होंगे। अकारण नहीं है कि आज राजेन्द्र अवस्थी ने 'पहल' के खिलाफ़ और भारती ने 'पूर्वग्रह' के विरुद्ध जिहाद छेड़ा हुआ है। चीफ़ या प्रधानमन्त्रियों या सम्बन्धित अधिकारियों को उचित कार्यवाही के आग्रह के साथ अपने पत्रों में छपे लेखों-संपादकीयों की कटिंग भेजकर ये विद्वान् मित्र अक्सर ही लघु पत्रिकाओं पर लेख-परिचर्चा आयोजित करते रहते हैं (जिनके लिए नेशनल बोर्जुआज़ी मार्क्सवादी

अर्थशास्त्र या राजनीति का शब्द नहीं, अपने 'परम प्यारे और महान् नेताओं' को दी जानेवाली गाली है। मूर्ख थे नेहरू जिन्होंने खुद अपने-आपको या उस समय के अधिकांश नेता-वर्ग को नेशनल-बोर्जुआज़ी से आया हुआ बताया था)।

अक्सर इन परिचर्चाओं में जोर इस बात पर रहता है कि इन लघु-पत्रिकाओं को तमीज़ से व्यवहार करना चाहिए, जो हम बताते हैं उसी हिसाब से अपने लक्ष्य या क्षेत्र तय करने चाहिए या जिस सत्य को हम कुचल देना चाहते हैं उस तरफ़ से एकदम आंखें मूंद लेनी चाहिए।... 'गैर-ज़िम्मेदार', 'असामाजिक', 'खिसियानी-बिल्ली' –छाप पत्रिकाएं या उनके पीर-बवर्ची क़िस्म के लेखक-संपादक इसीलिए बदमाश, सरकश, गुण्डे हैं कि वे इन सर्वगुण-सम्पन्न महान् लेखकों और काल-चिन्तकों और समान्तर ठेलों के हिमालयों का भक्ति-गद्गद जय-जयकार नहीं करते। यूं उनमें ऐसा करने वाले भी कम नहीं हैं–जिनसे तू मेरी और मैं तेरी वाला रिश्ता है। मगर अधिकांश कल तक अपनी रचनाएं छपवाने के लिए जो इन महानों के यहां चक्कर काटते थे, हर चीज़ पर 'तीन लोक से न्यारी' के पत्र भेजते थे, आज 'विद्रोही' बने हैं! छोटे-से दफ़्तरी चपरासी से लेकर बड़े अफ़सर या छोटे दुकानदार से लेकर बड़े से बड़े ब्लैक-मार्केटियर तक सभी का तर्क एक ही है–कल तक साबुन की एक टिकिया के लिए खुशामदें करते थे, आज चीज़ों की महंगाई और न मिलने पर हाय-तोबा मचा रहे हैं! यानी अगर बस-कण्डक्टर दो घंटे बाद आयी बस में आपकी खुशामद, ज़रूरत, दया या अपनी ही व्यक्तिगत उदारता के कारण आपको बैठा लेता है तो आपको पूरे बस-सिस्टम पर कुछ भी कहने का हक़ नहीं है। आप तो बस-कण्डक्टर का जय-जयकार कीजिए...(ये सारी खुली बातें सुनकर अब कौन बस-कण्डक्टर मुझे, मेरे परिचित या किसी भी रिश्तेदार को बस में बैठने देगा–वही गली-मुहल्लेवाली औरतों का तर्क, "तेरे भाई के चचिया ससुर ने उस दिन हमारे साथ ऐसा कर दिया, तब तू कहां मर गयी थी?")

हिन्दी का यह लेखक-संपादक जिस दयनीय, बेशर्म और घिनौने स्तर पर 'जय-जयकार' का भूखा है उसकी शायद ही कोई मिसाल दुनिया में मिले। ऐसा हो ही नहीं सकता कि पाठकीय पत्रों, लेखों, गोष्ठी-इण्टरव्यू, समाचार या सचित्र ख़बरों में अपनी ही पत्रिका में उनकी प्रशस्ति न गाई या गवाई गयी हो! अगर मालिक लोग आपत्ति न करते तो इनमें से हर लेखक-संपादक पत्रिका के एक-एक पन्ने पर, चैकों पर बैंकों के नामों की तरह, अपनी ही राम-नामी छाप लेता। मैं अक्सर सोचता हूं कि इन तेज़-तर्रार मेधावी लोगों की निगाहों पर कौन-सा सावनी चश्मा चढ़ा है कि उस लेखक की असलियत नहीं समझ पाते जो वायुमण्डल, गर्मी-सर्दी की बातें करते-करते 'आंधी' और 'मौसम' की बात करता है, आंखों और पुतली की बनावट बताते हुए 'अन्धा-युग' घुसा देता है, फ़रक्का के राजनैतिक समझौते में 'प्यासी नदी' देख लेता है या कुत्तों की जात या पूंछ पर विचार करते हुए 'बकरी' फ़िट कर देता

है। या शायद यह कहना ठीक होगा कि दोनों पक्ष एक-दूसरे की कमज़ोरी और मजबूरी खूब समझते हैं और अपने-अपने दांव पर उन्हें इस्तेमाल करते हैं। पाठकीय प्रतिक्रिया से लेकर, चुटकुलों, पहेलियों, सांस्कृतिक समाचारों, नाट्य-वृत्तान्तों या लेखों में आपको हर जगह संपादक या उदारतावश उन्हीं सजातीय संपादकों, लेखकों का जिक्र मिलेगा जिनसे पत्रिका के संपादक के सम्बन्ध सही हैं। न भी होगा तो राजेन्द्र अवस्थी या हिमांशु जोशी की तरह अपने हाथों से जोड़ लेंगे ! यानी आपको उन लेखक महोदय द्वारा सम्पादित पत्रिका को पढ़कर ही पता चलेगा कि वे कितने गम्भीर चिन्तक, कुशल-वक्ता, कालजयी लेखक, कितनी भाषाओं में अनूदित, कितने देशों में निमन्त्रित कवि, समीक्षक, यात्री, इण्टरव्यूकार, दिशा-दाता निर्भीक पत्रकार हैं। जो भी इन गुणों पर छोटी या बड़ी शंका करता है उसे 'सबक' सिखाने के तरीक़े हैं–जिनमें एकमात्र ब्रह्मास्त्र 'ख़बर लो', काटकर फेंक दो, 'गुमनामियत के तहखाने में डाल दो' से लेकर मालिकों या बॉस को बताना तक शामिल है कि आपके यहां का अमुक आदमी कितना 'ग़ैर-जिम्मेदार' हो गया है। यह किन लोगों की ज़बान या मनोवृत्ति है, मेरा ख़्याल है इसे आप बिना 'गॉड-फ़ादर' पढ़े या हिन्दी-फ़िल्में देखे भी पहचान सकते हैं। (अभी-अभी 'दिनमान' में छपी एक टिप्पणी पर ऐसा ही एक पत्र मालिकों और मैनेजरों को गया था।) वही पुरानी धमकी, 'कुचल दूंगा, भुस भर दूंगा, कहीं का नहीं...'

एमर्जेंसी में सेन्सरशिप को लेकर विधवा-विलाप करनेवाले इन किसी भी पत्र-संपादक से आप उम्मीद कर सकते हैं वह अपनी आलोचना, असहमति या 'दूसरा, अलग या विरोधी दृष्टिकोण' अपनी पत्रिका में छापेगा ? जी नहीं, यह अंग्रेज़ी पत्रकारिता की ही इण्टेग्रिटी और परंपरा है–'पांय लागी' और 'जीते रहो' के प्रान्तों से आनेवाले ये नर-पुंगव भारतीय संस्कृति का ऐसा अपमान नहीं कर सकते। इसीलिए भारती, कमलेश्वर, सर्वेश्वर, रघुवीर सहाय, अवस्थी की पत्रिकाओं में आप ऐसा कोई पत्र या विचार कभी नहीं देखेंगे जिसमें उनकी लिखी किसी भी पंक्ति को झूठ, ग़लत या बकवास बताया गया हो ! ...इस मामले में भारती के दिमाग़ में हर व्यक्ति की पूरी जन्म-पत्री या डोसियर इस तरह सुरक्षित है कि क्या चित्रगुप्तजी के दफ़्तर में 'काला-रजिस्टर' होगा। (मित्रों की राय है कि उन्हें 'धर्मयुग' या हिन्दी के बहुत ही सीमित क्षेत्र में अपनी शतरंजी फैलानी पड़ती है, 'रॉ' जैसी संस्था में इस प्रतिभा का ज़्यादा सही उपयोग होगा कि किसका कब, कहां, क्या करना है या किसने, कब कहां, क्या, किया था।) कमलेश्वर सन्त आदमी हैं और आश्रम की उसी गरिमा तथा निष्ठा से 'गुरुवाणी' निकाल रहे हैं जैसे भगवान रजनीश, भगवान मुक्तानन्द, भगवान साईं बाबा निकालते हैं। नास्तिकों, अविश्वासियों और विधर्मियों का वहां कोई काम नहीं है। ऋद्धि और सिद्धि उनकी चेली हैं, इसलिए वे सब कहीं उपस्थित हैं, भक्तों का दैहिक-दैविक ताप हरते हैं। जगह-जगह ध्यान-केन्द्र हैं, साधक बैठे हैं, वे उनके वचनों, बानियों और लीला-प्रसंगों की चर्चा करते हैं, भटके हुओं को ठिकाने लगाते

हैं। सर्वेश्वरजी के पास सिर्फ़ उन लोगों के पते नोट हैं जो उन्हें नमस्कार नहीं करते—उन्हें वे साहित्यिक-समीक्षा में किसी हालत में नहीं फटकने देंगे—बहुत गुस्सा आया तो रगड़कर रख देंगे। सबसे दयनीय स्थिति अवस्थी की है : वैद्यों, तान्त्रिकों, ज्योतिषी, नेता, अफ़सर, मिनिस्टर, डायरेक्टर, फ़िल्म डायरेक्टर, चित्रकार, नृत्यकार—सबके हार्दिक सहयोगों के बावजूद खुद ही अपनी पत्रिका में अपने बारे में लिखना पड़ता है। कब कहां गये, किसके साथ कितनी देर बातें कीं, किस संस्था या कमेटी की अध्यक्षता की, किस भाषा या लिपि में उनकी महान् पुस्तक का अनुवाद हुआ! अन्धे तक पढ़ लें—ऐसी भाषा में उनका साहित्य आ चुका है, लेकिन ये हिन्दीवाले ऐसे बदमाश हैं कि... । ख़ैर, अवस्थी जी भी धुन के पक्के हैं—लोग नयी कहानी का चौथा सूत्रधार, स्तम्भ, शिखर, मीनार मानें न मानें, पांचवां तो मान ही लेंगे; आखिर एक लाख छपनेवाली पत्रिका है। ब्रह्माण्ड के एकमात्र कथाकार की ऐसी उपेक्षा। 'विचार' आने दो, फिर एक-एक को देख लिया जायेगा। धूर्त-साहित्यकार घोटुली-बटुक की वेद-वीणा सुनें न सुनें, आकार में तो बैल के बराबर मानना ही पड़ेगा—इसलिए देश की गायो, सावधान! लेकिन यार, इस भारती से बहुत शिकायत है। उसके दो लाइन के इन्कारी पत्र को भी मैं बड़े से बड़े लेख की तरह प्रचारित करता हूं, मगर उससे इतना भी नहीं होता कि मेरे डिनर-शिष्टाचार पर एक अच्छा-सा राइट अप ही दे दे। राजनीति, कांग्रेसी डिनरों में होती है, हमारे यहां तो शुद्ध मैत्री और मन्त्री का वातावरण है। अभी बराबर की पत्रिका का संपादक नहीं मानता, 'विचार' के बाद मानोगे बच्चू...

हिन्दी की परंपरा या विश्व के पत्रों को देखकर अगर आप इस ग़लतफ़हमी में हैं कि कोई पत्रिका या संपादक, विचार, स्वतन्त्र-चिन्तन, मुक्त और खुले वातावरण, संवाद या बौद्धिक, सांस्कृतिक माहौल के लिए एक मंच और माध्यम हैं तो आप निहायत ही मूर्ख हैं। यहां गंगा उलट दी गयी है। बौद्धिक-सांस्कृतिक माहौल, लेखन-चिन्तन, लेखक-फ़ोटोग्राफ़र इत्यादि-इत्यादि, यानी सब मिलाकर पत्रिका का एकमात्र उद्देश्य लेखक-संपादक की मूर्ति के ऊपर घी-सिंदूर के पलोथन या पलस्तर चढ़ाना है—ताकि इन संपादकीय ममियों के भीतर लेखक की फ़राऊनी लाश को ज़िन्दा रखा जा सके। सारे लेखन और लेखकों का एक-मात्र कर्तव्य है कि इन अवतारी पुरुषों को ऊंचा उठाये रखने के लिए अपने-अपने कन्धे लगायें। ...बाक़ी कुछ भी हम नहीं छापते, कर लीजिए आपको जो भी करना हो।

दुनिया का कोई भी अच्छे से अच्छा दैनिक, साप्ताहिक, पाक्षिक आपने देखा है जो यह न बताता हो कि चिन्तन और लेखन के क्षेत्र में नया क्या हो रहा है ? हमारे इन मित्रों का पहला शिकार ही इस प्रकार की सूचनाएं हुई हैं। नेता, अभिनेता, फ़िल्म, कपड़े, पुलाव, गुलदस्ते, कढ़ाई, टेनिस—हर चीज़ के बारे में ये लोग आपको नियमित बतायेंगे, आपका मार्गदर्शन करेंगे—सिर्फ़ नहीं बतायेंगे तो किताबों और लेखन

के बारे में ! आप समझते हैं, इन सारे पत्रों से इस कॉलम का एक सिरे से ग़ायब हो जाना या सिर्फ़ सुविधा के समय ही प्रकट होना आकस्मिक और अचानक है ? जी नहीं, अपने समकालीन लेखन और लेखकों के प्रति भयानक भीतरी प्रतिहिंसा और प्रतिशोध ही इसके पीछे हैं ! ये बेचारे क्या इतने गये-गुजरे हो गये कि अपने पत्रों में सिर्फ़ दूसरों के ही लेखन या पुस्तकों पर चर्चा-परिचर्चा कराते रहें ? अधिकांश समकालीनों की ईर्ष्यालु और टुच्ची मनोवृत्तियों से चूंकि ये सब के सब इतने दुखी, खिन्न और वितृष्ण हैं कि इस कॉलम को ही उन्होंने ड्राप कर दिया है ! कभी कृपा या कैलकुलेशन में कोई पुस्तक आ गयी तो बात दूसरी है। क्या करें, हिन्दी में कुछ निकलता ही नहीं। हम लोग यहां इन पत्रों में फंसे हैं, बाक़ी लोग घास पहले भी खोदते थे, अब भी खोद रहे हैं। ऐसे घसियारे हम नहीं हैं उनकी खोदी घास खायें या खिलायें...मराठी, बंगला या फिर अंग्रेज़ी में टाइम, न्यूजवीक से लेकर वीकली या टाइम्स और हिन्दुस्तान टाइम्स में सबसे अधिक परिश्रम, जिम्मेदारी और ध्यान से तैयार किया गया 'पुस्तक समीक्षा' का यह अनिवार्य और अपरिहार्य कॉलम, सिर्फ़ हिन्दी पत्रों में इसलिए नहीं आयेगा कि लेखक को प्रचार और प्रकाशक को बाज़ार देकर हमें क्या मिलेगा ? देखा आपने, हिन्दी की पुस्तकों को लेकर इनके मन में कितनी इज़्ज़त है और पाठकों की रुचि को नियन्त्रित करने का कितना ख़्याल है। 'हमें क्या मिलेगा' के तर्क पर ही अभी कुछ दिनों पहले तक एक दैनिक का संपादकीय विभाग, सूचनाओं और समाचारों, गोष्ठियों-सभाओं की रिपोर्टों पर बाक़ायदा अपना हिस्सा लेता था ! मैनेजमैण्ट विज्ञापनों के पैसे ले सकता है तो संपादक या संपादकीय विभाग लेखन के लिए कुछ भी न ले ? लेखन और साहित्य को इन्होंने विज्ञापन और प्रचार के सिवा और कुछ समझा ही कब ?

लेखन-चिन्तन अपनी जगह सही हैं, लेकिन असली सवाल तो यही है कि बदले में आप क्या देंगे ? मैं आपके नगर में आऊं तो जुलूस निकलवायेंगे, बदले में अपनी पत्रिका में ऐसा ही प्रचार-प्रसार देंगे, मेरे ऊपर लेख लिखेंगे या अभिनन्दन-ग्रन्थ सम्पादित करायेंगे, पुरस्कार देंगे, कोर्स में लगायेंगे, कमेटी में रखेंगे, विदेश भिजवायेंगे, रेडियो-दूरदर्शन में कुछ करायेंगे—या कम से कम मेरे खिलाफ़ न बुरा करेंगे, न सुनेंगे, न सोचेंगे—आखिर बताइए तो सही आप करेंगे क्या ? ...नहीं, आप नाराज़ न हों, इस लेखक-पत्रकार नाम के बेचारे दीन-दुखी प्राणी को जो मिल रहा है उस पर बुरी नज़र न डालें। कल को अगर पत्रिका में न रहे, तो शायद थोड़ा बहुत मिलने की रही-सही उम्मीदें भी धूल में मिल जायें...इसलिए नाम, नामा, नमस्कार, नौमिनेशन, निमन्त्रण जो भी कुछ मिलता है या आप दे सकते हैं, इस बेचारे को मिलने दीजिए। सभी कुछ तो उसे चाहिए...और थर्ड-रेट राजनेता इनमें से जो कुछ दे सकता है वह बड़े से बड़ा साहित्यकार क्या खाकर देगा...वह तो सुसरा वैसे ही देख-देखकर जल-कुक्कड़ हुआ जा रहा है...

इसलिए अगर साहित्य छोटी-छोटी पत्रिकाओं में; पाठक हत्या, षड्यन्त्र-बलात्कार-स्कैण्डलीय पत्रकारिता में और लेखक खुशामदी, ताली-बजाऊ या गुमनाम पाकेट-बुकीय और कुंजी-छाप दुनिया में चला गया है तो इसमें ये बेचारे लेखक-संपादक क्या करें ? साहित्य के स्तर, पाठक की रुचि, लेखकों की स्थिति ऊंचा उठाने के लिए रात-दिन इतना कुछ कर रहे हैं—अब क्या भूख-हड़ताल ही कर दें ! फिर भी अगर आपको शिकायत है कि लेखक और लेखन स्वतन्त्र, निर्भीक, मौलिक, तेजस्वी, इत्यादि-इत्यादि नहीं हैं तो जाइए भाड़ में...पत्रिका मेरी है और मैं उसे आपके लिए नहीं निकालता !

[सितंबर, 1977, 'प्रेमचंद की विरासत' से]

हिन्दी पत्रकारिता और अभिव्यक्ति की स्वतंत्रता

मैं उन दिनों ज्ञानोदय में था, जगदीश जी के साथ। जगदीश जी की लिखाई इतनी सुन्दर थी कि वे उस पर खुद ही सबसे अधिक मुग्ध थे। सफेद झक, कलफ-स्त्री किये हुए कपड़े, और सुलेख...इन दो गुणों से वे कलकत्ता में प्रसिद्ध थे। वे हमेशा कैंची और फुट्टा लेकर कुछ न कुछ लिखते रहते, एक-एक अक्षर महीन और सुन्दर बनाकर टांकते हुए, छोटे साफ कटे पैड पर। फुट्टे से हाशिया खींचते, सफेद पन्ने के नीचे लाइनदार कागज रखते और चावल पर गीता लिखने के भाव से लगे रहते। एक भी अक्षर कट जाता तो पूरा पन्ना दुबारा लिखते—यह जानते हुए कि यह सब राष्ट्रीय संग्रहालय में नहीं, प्रेस में जाना है। लिखाई ही नहीं, उनकी अपनी एक शैली भी थी, चुस्त और कॉमा फुलस्टॉप से दुरुस्त।

बहुत आग्रह अनुरोध से उन्होंने हजारी प्रसाद द्विवेदी का एक लेख मंगाया और प्रसन्न होकर मुझे दे दिया, "इसी अंक में जाना है। इसे आप सम्पादित कर दीजिए।" मैंने लेख में विराम इत्यादि ठीक कर दिये, लाल स्याही से प्रेस के निर्देश लिख दिये, प्रारंभिक परिचय बना दिया। "नहीं भाई, लेख छह पन्ने का है, इसे चार में करना है।" मैंने फिर देखा, पूरे लेख में पांच सात शब्द काटे, समझ में नहीं आ रहा था कि कहां, क्या काटूं। उन्होंने समझाया, "हर पैरा में मतलब के एक या दो वाक्य होते हैं, बाकी तो सब उसका विस्तार होता है। आप चाहें तो इस लेख को दो पन्नों में कर दें...।" मेरा कहना था कि 'मतलब के उस वाक्य' की एक विचार-प्रक्रिया है, संदर्भ है। वह अचानक कूदा हुआ तो नहीं है। उनका कहना था कि "अगर ज़रूरी लगे तो उस प्रक्रिया को संक्षेप में आप खुद लिख दीजिए...।" मैं अड़ गया, यह नहीं करूंगा। पहली बात, लेख हजारी प्रसाद द्विवेदी जैसे जिम्मेदार विद्वान का है, उसे वैसा ही जाना चाहिए; दूसरी बात, भारतीय-संस्कृति के जिस मुद्दे को उन्होंने लिया है उसके बारे में उतनी गहराई से न मैं कुछ समझता हूं न जगदीश जी; तीसरी बात, स्थापित और उत्तरदायी लेखक की अपनी एक चिन्तन प्रक्रिया या प्रणाली है, उसे वैसा ही दिया जाना चाहिए; चौथे, द्विवेदी जी जैसे लेखक और पाठक के बीच हम सेतु हो सकते हैं, छलनी नहीं; पांचवें, हमने लेख अनुरोध करके मंगाया

है, हम उसे या तो छापें या न छापें–सिर्फ यही विकल्प हमारे सामने है। अपने यहां किसी को निमंत्रित करके हम उसके कपड़े नहीं उतार सकते। लेख न भी मगांया होता तब भी स्थापित लेखक की शैली, भाषा को अपने ढंग से छान-फटक कर पेश करने का हमें कोई अधिकार नहीं है। यह काम या तो हम स्वंय उनसे करायें, उनकी सहमति से करें, या बिल्कुल न करें। एक स्थिति के बाद अपनी सहमति-असहमति, यश-अपयश भोगने के लिए लेखक को पाठक के सामने सीधे होना चाहिए। हम कब तक उसे आड़ देंगे, या आड़ में रखेंगे ?

स्वाभाविक ही था कि ज़गदीश जी मुझसे सहमत नहीं थे। उनके तर्क थे कि एक-एक लेखक को हम उतनी जगह नहीं दे सकते, हमारे पास इतने पन्ने नहीं हैं। दूसरे, लेखक तो प्रवाह और मूड में बह कर कुछ भी लिख देता है, उसे चुस्त-दुरुस्त करना ही तो हमारा काम है। तीसरे, उसने कागज में सिर्फ दो पैसे लगाये हैं, हम हजारों रुपये छापने में लगा रहे हैं, उसे यश दे रहे हैं। इसलिए उसे कांटने-छांटने, या अपने मतलब का बनाने का हमें हक है, बल्कि यह उस पर अहसान है कि हम हजारों-लाखों पाठकों तक उसे पहुंचा रहे हैं। आखिर, हमारी तनख्वाह और हमारे यहां बैठने का अर्थ क्या है ? हमारी स्थिति पोस्ट-ऑफिस और सिर्फ प्रूफरीडर की नहीं है, हम संपादक हैं, पूरी पत्रिका को एक विशेष व्यक्तित्व देने की जिम्मेदारी हमारी है। आखिर महावीर प्रसाद द्विवेदी ने भी तो बड़े-बड़ों के लेख सम्पादित, संशोधित किये थे, यहां तक कि उन्हें दुबारा लिखा था। लेखक तो अनगढ़ हीरा है उसे तराश और चमक, संपादक ही देता है...मैंने कहा, "सिर्फ शुरू में..."

पहली बार 'ज्ञानोदय' छोड़ने का कारण यही था। "मैं लेखक के विचार और लेखन का सम्मान करता हूं। इसलिए यह क़साईगिरी नहीं करूंगा।" लेख जगदीशजी ने ही सम्पादित करके तीन पन्नों में किया। बाद में द्विवेदी जी का पत्र दिखाते हुए कहा, "आप बेकार ज़रा सी बात पर बिगड़ रहे हैं। देखिए, द्विवेदी जी ने कितनी प्रशंसा का पत्र लिखा है।" पत्र का सार कुछ इस प्रकार था, "आपने मेरे लेख पर जितना परिश्रम किया, उससे मैं सचमुच चकित हूं। मैं ठहरा लद्धड़ आदमी... आपने तो उसे बहुत ही चुस्त और नुकीला बना दिया है। इतना नया और ताज़ा लगा, जैसे किसी और का लेख हो। अपराध-बोध भी हुआ कि मेरा नहीं, इस पर तो लेखक की जगह उसी व्यक्ति का नाम जाना चाहिए जिसने इतना श्रम किया है।" ज़गदीश जी इसे द्विवेजी जी का आधार-प्रदर्शन ही मानते रहे...उन्हें गर्व था कि उन्होंने मोतीचन्द्र और वासुदेव शरण अग्रवाल तक के लेखों का 'सम्पादन' किया है, यानी उन्हें अपने शब्दों में लिखा है; या 'ज्ञानोदय' का कोई लेख (कुछ कहानियां) असम्पादित नहीं होता, इसलिए नख-शिख से निखरा हुआ होता है–यानी एक ही कलम से निकला हुआ। अब आखिर संपादक सिर्फ कातिल ही तो नहीं है, उसकी भी कुछ रुचियां हैं, कुछ विचार हैं। स्वाभाविक ही है कि ऐसी पत्रिका में विचार या शैली सभी

संपादकीय पसंद से आयेंगे...एकरूपता एकरसता का भ्रम देगी।

सूचनाओं, जानकारियों या वैचारिक प्रतिबद्धता वाली पत्रिकाओं में यह संपादकीय-नीति पत्रिका को एक सुनिश्चित चरित्र देती है। यह पत्रिकाएं उपयोगी होती हैं। जीवंत और विचारोत्तेजक नहीं। महावीर प्रसाद द्विवेदी स्कूल हैडमास्टर की तरह बच्चों से लिखाते और लिखे हुए को संशोधित सम्पादित करते रहे। वे अपनी पत्रिका के सबसे बड़े और केन्द्रीय व्यक्तित्व थे। यही कारण था कि कुछ व्यक्तिवान लेखकों से उनकी प्रायः पट नहीं पायी–प्रसाद, हरिऔध, रामचन्द्र शुक्ल, निराला, उग्र, प्रेमचंद। इन सभी लेखकों के अपने दृष्टिकोण थे, और संपादक उनसे 'सहमत' नहीं था। इसलिए छपने की गुंजाइश ही नहीं थी। द्विवेदी जी की तरह 'संपादकीय नीति' का कड़ाई से पालन करने वाली पत्रिकाएं कालान्तर में या तो सूचना-प्रधान और 'डाइजेस्ट' बनकर रह जाती हैं या निर्जीव, जड़, फॉर्मूलाबद्ध व्यावसायिकता--सरिता ग्रुप की सभी पत्रिकाएं–या कल्याण इत्यादि। महावीर प्रसाद द्विवेदी अनुशासन-प्रिय व्यक्ति थे और ऐसी संस्था से संपादक की तरह जुड़े थे, जो सरकारी छपाई के ठेके लेती थी, इसलिए वैचारिक स्वतंत्रता या क्रांतिकारी दृष्टिकोण के लिए उनकी पत्रिका में बहुत जगह नहीं थी। इस सबके लिए दूसरी पत्रिकाएं थीं–इन्दु, मर्यादा, प्रभा, चांद इत्यादि। बाद में वयस्क हिन्दी पत्रकारिता को वाणी देने वाली ऐसी दो पत्रिकाएं आईं, जहां संपादक की हां में हां मिलाना रचना छापने के लिए ज़रूरी नहीं था, यूं व्यक्तिगत पसंद-नापसंद वहां भी रही होगी–वे थीं 'हंस' और 'विशाल भारत'। इन्होंने विचार और रचना को खुलाव दिया–विरोधी विचार को भी सहने और स्वीकार करने की 'उदारता' दिखाई। बनारसीदास चतुर्वेदी ने 'मॉडर्न रिव्यू' में प्रकाशित, अपने मालिक रामानंद चटर्जी के विचारों का विरोध ही नहीं किया, अपनी पत्रिका में घासलेटी-साहित्य पर बाकायदा बहस चलाई...।

व्यक्तित्व, दृष्टिकोण, चिन्तन और विचार के प्रति सम्मान की यह परंपरा बहुत अधिक नहीं चल पायी, क्योंकि पत्रिकाएं या तो राजनैतिक विचार आन्दोलनों से जुड़ गयीं या व्यावसायिक संस्थानों से। एक ने वैचारिक प्रतिबद्धता के नाम पर अभिव्यक्ति की स्वतंत्रता को दबाया तो दूसरों ने संस्था के 'दूसरे' व्यावसायिक हितों के नाम पर...दोनों को उतनी ही अभिव्यक्ति की स्वतंत्रता की जरूरत थी, जहां सिर्फ अपना पक्ष प्रस्तुत किया जा सके। अभिव्यक्ति की स्वतंत्रता को नारा या मूल्य बनाकर उछाला गया, उस समय जब दोनों को सरकारी अंकुश का सामना करना पड़ा... एमर्जेन्सी में या उससे पहले...। तब अचानक उन सारे दबावों या अंकुशों की जांच-पड़ताल की गयी जो स्वतंत्र अभिव्यक्ति को नियोजित-नियंत्रित करते हैं। –सैंसर, धमकी, प्रलोभन, नौकरी, विज्ञापन, पेपर कोटा, प्रोडक्शन के बढ़ाये जाते मूल्य, भयादोहन, चारणवृत्ति, यात्राएं, सरकारी, गैर-सरकारी सुविधाएं–सभी की बातें हुईं; लेकिन स्वयं पत्रकारिता के क्षेत्र में कौन विचार-स्वातंत्र्य को बधिया कर रहे

थे, इस पर शायद ही कभी कोई बोला हो। उस सामंती मध्यवर्गीय मानसिकता का विश्लेषण कभी नहीं किया गया कि क्यों हर क्रांतिकारी नारा और दावा घर की चहारदीवारी के बाहर ही किया जाता है, घर के अन्दर आते ही सत्यनारायण की कथा, बीवी से पांव दबवाना और व्रत उपवास शुरू हो जाते हैं।

हर पत्रिका की अपनी एक नीति होती है, घोषित, अघोषित उद्देश्य होते हैं। वही उसकी सीमा है और वही शक्ति। ऐसे पत्रों के बारे में आप शुरू से जानते हैं कि क्या वहां छप सकता है, क्या नहीं। पत्रकारिता के क्षेत्र में तटस्थ होना भी एक नीति या राजनीति है—सामग्री के प्रस्तुतीकरण से लेकर उसकी व्याख्याओं तक। सारे सरकारी और गैर-सरकारी माध्यम तटस्थ होने के दावे या प्रतिज्ञाएं चाहे जितनी करते रहें, अन्दर जो कैंची और छुरियां चलती हैं, वे हम सब जानते हैं। ज़रा भी कुछ गलत हो गया तो सरकारी अफसर को सफाइयां, लताड़ और स्थानान्तरण झेलने होते हैं और गैर-सरकारी को नौकरी। नतीजे में भय और आतंक की असुरक्षाओं में रहना वहां स्वभाव बन जाता है। बड़ी या अस्थायी नौकरियां हैं, कल को अगर पटरी पर आना पड़ा तो क्या होगा ? भय, व्यक्तित्व को मारता है और आप अपने कांटे, कोने झाड़कर व्यवस्था का पुर्जा बनते जाने में ही सुरक्षा खोजने लगते हैं, ऊपर से दिए गए 'अंकुश' या सैंसर को अपने लिए दुगुना-चौगुना कर लेते हैं : मालिक के कल्पना-विहीन विस्तार-मात्र बन जाते हैं। जिन बातों को ऊपर-नीचे कहीं भी आपत्तिजनक नहीं माना जाता, वे भी आपको डराने लगती हैं। स्थिति की दयनीयता पत्रकारों में सबसे ज़्यादा दर्शनीय है—क्योंकि सरकारी-तंत्र में एक विशेष प्रकार की बराबरी और सुरक्षा है।

यहां भी हिन्दी और अंग्रेजी पत्रकारिता में अन्तर है। अंग्रेजी पत्रकार प्रायः अपेक्षाकृत अधिक सम्पन्न और स्वतंत्र पृष्ठभूमि से आता है, उसकी बात और राय सुनी जाती है, वह समृद्ध और समर्थ लोगों को सम्बोधित होता है, इसलिए एक विशेष आत्मविश्वास और अहंकार से लैस होता है। जो कुछ उसे चाहिए वह मालिकों से रिरियाकर नहीं, रौब से लेता है। पारिश्रमिक से लेकर वेतन तक। पिछले चालीस वर्षों में उसने अपने लिए इतने विकल्प बना लिये हैं कि शान से 'यहां नहीं तो वहां' जा सकता है। और कुछ नहीं तो अरुण शोरी और खुशवन्तसिंह की तरह स्वतंत्र होकर भी उसी मान-सम्मान से जी सकता है। हिन्दी पत्रकार की स्थिति इससे ठीक उल्टी है—निम्न मध्यवर्गीय अभावग्रस्त परिवार, साधारण स्कूल और कॉलेज की इकहरी शिक्षा, कुंठाग्रस्त, रूढ़िवादी घुटा वातावरण और घर बाहर के संघर्ष में संकुचित मानसिकता, कविताओं-कहानियों की प्रारंभिक अभिव्यक्तियां यानी पत्रकारिता में आने की 'योग्यताएं' (अर्हताएं), असुरक्षा और आत्म-विश्वासहीनता से जर्जर, डरपोक और हिसाबी; शुरू के मिशन का शुद्ध नौकरी की भाषा में अनुवाद—विकल्पहीन वातावरण में दान और कृपा के भाव से लिया गया वेतन और दिया गया पारिश्रमिक।

इस व्यवस्था की प्रक्रिया में सामान्यतः जो चीज़ मेरे भीतर बची नहीं रह पाती, वह हैं स्वतंत्र विचार और आत्म-सम्मान। यह मजबूरी और अनिवार्यता है। मगर मेरे संस्कार ही यहां तय करेंगे कि मैं किस मानसिकता से इस स्थिति को स्वीकार करूं। जो कुछ मैं अपने भीतर नहीं बचा पाया, वह कम-से-कम दूसरों में तो बचे–या उस सबको बचाने के लिए मुझसे जो बन पड़े करूं...दूसरी मानसिकता है कि जो कुछ मुझ में नहीं रहा, उसे दूसरों में बर्दाश्त कैसे किया जायेगा ? पत्रकारिता से जुड़ा हिन्दी साहित्यकार इसी कुंठा का शिकार हैं। अगर इसी व्यक्तिगत मानसिकता के अनुरूप ही वह सारा वातावरण नहीं बना लेता तो आश्वस्त या 'एट होम' कैसे महसूस करेगा ? खुले मन से न तो वह किसी सशक्त विचार को सामने ही आने देना चाहता है, न दूसरे के विचार का सम्मान करना चाहता है। अगर नये विचार को आना ही है तो वह उसे ही केन्द्र में रखकर आये। इसके लिए भले ही उसे दूसरे के लेखन में कुछ भी कांट-छांट क्यों न करनी पड़े। संपादकीय अधिकार, दैनिक साप्ताहिक-पत्र की सीमाएं और स्थानाभाव की 'ट्रम्प और ट्रेल' तो उसके पास है ही। कोई ज्वलंत विचार या किसी अपारम्परिक चिन्तन से ज़्यादा महत्वपूर्ण है–ढोंगी संत का आध्यात्मिक शान्ति बांटने वाला घिसा-पिटा प्रवचन, या राजनेताओं, विशेषकर सत्ताधारियों के शेख-चिल्ली आश्वासन। ('हमारे पाठक यही चाहते जो हैं !')

हिन्दी-पत्रकार मूलतः दकियानूसी और डरा हुआ व्यक्ति है–किसी भीतरी ग्रंथी का मारा, हर पल 'एक्सपोज' हो जाने से आतंकित, इसलिए किसी भी विवाद और विमर्श से बचता हुआ। उसके यहां असहमति के लिए कोई सम्मान नहीं है। आपको इन पत्र-पत्रिकाओं में किसी भी विवादास्पद मुद्दे के विभिन्न पहलू खोलती चलने वाली बहसें नहीं मिलतीं। अक्सर अपने ही लिखे पर प्रशंसापत्र होते हैं। विषय की महत्ता या समस्या वहां महत्त्वपूर्ण कतई नहीं है, उनकी कुंठा सिर्फ इतनी है कि कहीं कोई उसे 'इस्तेमाल' कर रहा है। कहीं किसी मुद्दे, विचार, चिन्तन, सच्चाई के बहाने कोई लेखक अपने पक्ष और प्रचार के लिए उसका 'उपयोग' तो नहीं कर रहा ? जब मालिक अपने पत्र के लिए, नेता अपनी राजनीति के लिए, अफसर अपनी स्थिति के लिए उसका इस्तेमाल कर सकता है तो ऐसा कैसे हो सकता है कि लेखक अपनी रचना के लिए उसका उपयोग न करे...? किसी रचना, चर्चा या विचार को छापकर वह लेखक पर अहसान करता है, हिन्दी पत्रकार इस गांठ से भी कभी मुक्त नहीं हो पाता। अपनी भाषा, साहित्य, लेखक, विचार और सच्चाई के लिए उसके भीतर मर्मान्तक और गहरी घृणा बद्धमूल है। उन्हें वह कसाई के उल्लास से काटता है : उसकी प्राथमिकता है; राजनेता, अफसर, संत, अभिनेता, खिलाड़ी और अपराधी ...यानी वे सब जो विचार से दूर हैं और सिर्फ 'घटनात्मक स्तर' पर रहते हैं। हां, मर कर या किसी दुर्घटना में फंसकर कोई विद्वान 'समाचार' बना दे तो बात दूसरी है, वर्ना लेखक तो वही है जिसे अंग्रेजी-पत्रकारिता स्वीकृति दे। जाहिर है वहां भारतीय

भाषाओं के लेखक नहीं होते...प्रचार-माध्यमों से उछाले गये अंग्रेजी के वे तीसरे दर्जे के लेखक होते हैं जिनकी उनकी अपनी भाषा में पांच-दस साल बाद कोई पूछ नहीं होती।

इसके लिए सम्पादन का अर्थ है 'काटना'। योजना बनाना, प्रामाणिक और अधिकारी लोगों से लिखाना, किसी प्रतिक्रिया के लिए जनमानस और जनरुचि को तैयार करना नहीं, सिर्फ काटना। विश्व के कुछ प्रसिद्ध साहित्यकारों की कब्रों पर उच्छसित होने वाले, या सड़कों पर चलते हुए भावुक हो जाने वाले ऊंचे संपर्कों के एक मंच-संचालक कवि महोदय अभी कुछ दिनों पहले एक कथा-पत्रिका के संपादक बन बैठे। बेचारे हिन्दी पाठकों को कृतार्थ करने के लिए उन्होंने दनादन विशेषांक निकालने शुरू कर दिए...आज सार्त्र पर, कल हैमिंग्वे पर, परसों ताल्सतोय पर। उन्हीं से पता चला कि हैमिंग्वे ब्रिटिश लेखक है, और मदर टेरेसा लॉर्ड बायरन की प्रेमिका रही है। (चित्र और प्रेमपत्र दोनों छापे गये), चेखव ने एक ही कहानी को दो नामों से लिखा है (एक ही अंक में एक कहानी दो नामों से छपी थी) या किसी विश्व कथाकार की कोई कहानी उपन्यास दो ढाई पृष्ठों से अधिक है ही नहीं (बिना किसी टिप्पणी या जानकारी के संपादकीय कैंची का कमाल !) आप जान ही नहीं सकते थे कि कहां से कौन-सी रचना, क्यों और कैसे काट दी गई थी। मज़ा यह कि इस संपादकीय करामात के लिए न कहीं कोई खेद, न नोट, न सूचना। लगता था कि दुनिया के बड़े से बड़े लेखक ने सिर्फ चुटकुले, कहानी-उपन्यासों की रूपरेखाएं या उद्धरण लिखे हैं। यह पाठक को बेवकूफ बनाना और ठगना नहीं है ? इसमें और उस बेईमान-टुच्चे बनिये में क्या अन्तर है जो चाय में चने का छिलका मिलाकर एक किलो की जगह आधा किलो तोलता है ? या बड़े नामों में नकली दवाइयां बेचता है ? मिलावट और कम तोलने के लिए अगर कोड़ों या जेल की सज़ा है तो सार्त्र की 'इण्टीमेसी' को बिना सूचना दो पेज में बेच डालने वाले के लिए 'अभिनंदन' क्यों नहीं है ? संपादक महोदय अपनी करनी पर मुग्ध और मालिक प्रसन्न "बच्चा कमाल कर रहा है। इसकी तरक्की होनी चाहिए।" रचना या रचनाकारों के प्रति ऐसा 'सम्मान' और समझ रखने वाला संपादक अगर काफ़्का पर लिखे मेरे लेख का 'सम्पादन' (यानी कतरब्योंत) करता है तो क्या जरूरी नहीं है कि उसकी औक़ात बतायी जाये ? यह भी मेरी ईर्ष्या है ? जिन अज्ञेय और जैनेन्द्र की रचनाओं से इन्होंने साहित्य का ककहरा सीखा है, उन्हें ही अगर ये लोग 'सम्पादित-संशोधित' करेंगे तो किसी का भी चुप बैठे रहना कायरता है। तर्क कोई भी हो, यह सिर्फ मूर्खता का समर्थन है। किसी को तो कहना पड़ेगा कि हमारी खाल और बोटियां आपके शोरबे के लिए नहीं हैं। आप हमारे आका और उस्ताद नहीं, सिर्फ संयोग से चुन लिये गये मॉनीटर हैं। 'जिसे चाहें टिकट दें, जिसे चाहें यात्रा न करने दें' के अहंकार के बावजूद रेलवे-बुकिंग क्लर्क को अपनी हैसियत नहीं भूलनी चाहिए। और यह हैसियत...सिर्फ वह है जो कुर्सी से हटकर

आपकी रह जायेगी...वात्स्यायन, खुशवंत, रघुवीर सहाय और मनोहर श्याम जोशी आज भी वहीं हैं—और आप ?

आत्म-विश्लेषण हिन्दी पत्रकार जगत के लिए निहायत ही अजनबी और अपरिचित शब्द है। कमरे में बंद संपादकीय मीटिंगों को आत्मविश्लेषण नहीं कहते। कम से कम मैंने पिछले तीस वर्षों में न ऐसा कोई लेख पढ़ा, न सैमिनार या विचार गोष्ठी का ज़िक्र सुना, जिसमें इन पत्रकारों ने अपनी समस्याओं पर खुलकर बहस की हो कि उनकी जटिलताएं और कठिनाइयां क्या हैं, उद्देश्य और अंकुशों में पारस्परिक तालमेल कहां है ? है भी या नहीं ? यहां तो मतभेद और असंतोष सिर्फ भीतर ही भीतर घुटते हैं। अजीब मियां-बीवी की लड़ाइयां हैं, जो कहीं भीतर अन्तः-पुर में चलती हैं, सावधानी बरती जाती है कि 'बाहर वाला' न सुन ले। बाहरवालों को तभी पता चलना चाहिए जब तलाक या कोई और दुर्घटना हो जाये। तलाक पाई हुई बीवियां भी इस बारे में चुप ही रहना पसंद करती हैं। इस बारे में भी अंग्रेजी में जो खुलाव है उसकी हिन्दी में कहीं झलक भी नहीं है। वहां आप विस्तार से जानते हैं कि लंदन 'टाइम्स' के मालिक मॅर्डाख़ और संपादक हैरॉल्ड ईवान्स के बीच झगड़ा क्या है ? ('टाइम्स' की सारी पृष्ठभूमि और अपने झगड़े पर 'गुड टाइम्स : बैड टाइम्स' जैसी किताब किसी ने लिखने की हिम्मत की है।) अरुण शोरी और गोयनका के बीच कहां, क्या मतभेद थे ? (इण्डिया टुडे, जैण्टलमैन, इण्डियन एक्सप्रेस में इनके वक्तव्य आये थे)। 'हिन्दुस्तान टाइम्स' के वर्गीज और के. के. बिरला के बीच क्या हुआ ? मैं आज भी उस दिन की प्रतीक्षा में हूं जब हिन्दी पत्रकार भी इसी तरह खुलकर अपनी बात कह सकेगा, एक दूसरे के बारे में लिखेगा या किसी कामथ की तरह खुशंवत सिंह पर लिखते हुए आडंबरी विशेषणों को फाड़ फेंकेगा। अपराधियों के गुप्त संगठनों की तरह यहां तो ऐसा भाईचारा है कि न तो एक संस्थान के पत्र का संपादक दूसरे के बारे में कुछ लिखेगा, न एक पत्रकार दूसरे के बारे में...अपना डर और कुंठा छिपाने के लिए अचानक बुद्धिजीवी महासंत और सर्वज्ञ बन जायेगा—"हमें मूल्यों और सिद्धान्तों की बातें करनी चाहिए !" काश, राजनेताओं पार्टियों, पुलिस जुल्मों के बारे में भी वह सिर्फ मूल्यों की ही बात करता...उनके चित्र, वक्तव्य, हरकतें और गतिविधियों पर इतना 'ठोस' न होता। क्या उसे बताने की जरूरत है कि मूल्य और सिद्धान्त व्यवहार पर ही कसकर देखे जाते हैं। व्यवहार से मूल्य निकलते हैं और बदले में मूल्य व्यवहार को निर्धारित करते हैं। हवाई मूल्यों पर बातें करना या तो सिर्फ वाग्जाल है, या पलायन।

आप कितने ही बड़े विद्वान, रचनाकार, चिन्तक इत्यादि क्यों न हों, आपको इन्हीं छलनियों से गुजर कर पाठक तक आना होगा। आपस में आप भले ही कहते रहिए कि इन डरपोक, कुंठाग्रस्त, हिसाबी और अनपढ़ छलनियों से लाख दर्जे अच्छी मालिक और सरकारी छलनियां हैं, जहां आप चोर-रास्ते तो निकाल सकते हैं। लेकिन

इन बावर्चियों से आप कैसे बचेंगे जिनके लिए आप सिर्फ मुर्गे हैं; वे जैसे चाहेंगे मुसल्लम या कीमा बनाकर आपको दस्तर्ख़ान पर पेश करेंगे, महत्त्व और 'मूल्य' तय करेंगे और आप बोल नहीं पायेंगे कि 'नहीं मैं यह नहीं हूं।' मज़ा यह कि वे पाठक को भी उतना ही बोलने देंगे, जितना और जैसा वे चाहेंगे। एक हाथ से लेखक की और दूसरे से पाठक की गर्दन दबाये बैठे इस हिन्दी पत्रकार की आत्मतुष्ट मुद्रा को बारम्बार प्रणाम !

[23.1.86]

घाटे का सौदा

मेरे हाथ में एक छोटी-सी पत्रिका है, सुन्दर, सुरुचिपूर्ण–'कृति'। दिल्ली से नरेश मेहता और श्रीकान्त वर्मा के सम्पादन में निकली है। आशंका और धड़कते दिल से सारी पत्रिका पढ़ गया हूं, 'प्रतीक' और 'कल्पना' की परम्परा में एक और स्वस्थ कड़ी; कला और साहित्य की रचनात्मक प्रतिभाओं को फिर एक नया मंच देने का प्रयास। लेकिन आशंका है हर पन्ना पलटते हुए कि इस सुन्दर पत्रिका का यह पहला अंक है या अन्तिम ? हो सकता है दूसरा अंक भी निकल जाये, फिर ? आज की हर अच्छी पत्रिका को देखकर सबसे पहले यही बात मन में उठती है, कितने दिन यह पत्रिका चलेगी ? शायद हिन्दी पत्रिकाओं के वार्षिक ग्राहकों की कमी का भी यही कारण है। वे कहते हैं, "आज अगर हम रुपये भेज भी दें तो क्या गारण्टी कि इस पत्रिका का तीसरा अंक भी हमें मिल सकेगा ?"

और हमारे देखते-देखते 'प्रतीक', 'उत्तरा', 'पाटल', 'अवन्तिका' बन्द हुईं, सो तो हुईं ही, पुराना पत्र 'हंस' और दस वर्ष का 'नया समाज' भी जाते रहे, जिस पर सहारनपुर के 'नया जीवन' ने लिखा, "एक अच्छे पत्र की मृत्यु एक नेता की मृत्यु से कम महत्त्वपूर्ण नहीं है।"–एकमात्र कारण ? घाटा। आखिर घाटे में कोई कब तक चलाये ? हर तीसरे महीने सुनाई देता है –'समिति' अब शायद 'राष्ट्रभारती' को न चलाये, 'कल्पना' का यह अन्तिम अंक है, 'सुप्रभात' पता नहीं निकले या न निकले। और तो और (अगर विश्वास किया जाये तो) इतने विशाल संस्थान से सम्बद्ध, बहुत पृष्ठों के विज्ञापन वाले 'ज्ञानोदय', 20,000 से ऊपर के सर्कुलेशन वाली 'कहानी'–सभी का एक नारा है : "आखिर हम यह घाटा कब तक देते रहेंगे ?" यानी सर्कुलेशन और विज्ञापन दोनों में से कोई भी घाटे को पूरा नहीं कर पाते। घाटा ! घाटा ! घाटा !

यह घाटा क्यों है ? सीधा-सादा उत्तर–"हिन्दी में पाठक हैं ही कहां, जो पढ़ते भी हों, और खरीदते भी हों ?" बात सही है। लेकिन इस लम्बे घाटे का सीधा असर केवल एक जीव पर पड़ता है–वह है लेखक। कागज़ वाला बिना नक़द के कागज़ नहीं दे सकता, प्रेसवाला बिना पैसे के छापेगा नहीं, कला और साहित्य के उत्थान

के लिए रह गये दो प्राणी : लेखक, संचालक। लेखक को मिला 'त्याग' और 'सन्तोष', संचालक के मत्थे पड़ा घाटा। सहयोग या किसी आदर्श-उद्देश्य के लिए जैसे-तैसे निकलनेवाली इक्का-दुक्का पत्रिकाओं के अलावा आज सारी पत्रिकाएं, किसी-न-किसी संस्था या व्यावसायिक संस्थानों से सम्बद्ध हैं, मैं उन्हीं की बात यहां करूंगा।

देश-व्यापी औद्योगिक संस्थानों के मालिक पत्र-संचालक प्रायः कहते हैं : "देखिए, हमें इस पत्र से फ़ायदा नहीं कमाना है। उसके लिए हमारे पास सैकड़ों और व्यापार हैं। हमने तो साहित्य-सेवा के लिए पत्र निकाला है। हम तो केवल इतना चाहते हैं कि यह स्वावलम्बी बनकर चलता रहे। बहुत घाटा देगा तो हारकर बन्द करना ही पड़ेगा। जैसा पारिश्रमिक विदेशी पत्र देते हैं, वैसा हमें देने में कोई आपत्ति नहीं है। आप वैसा सर्कुलेशन बनवा दीजिए।" सुनने में बात सही लगती है। लेकिन इस बात में अन्तर्विरोध है।

निश्चित रूप से जब पत्र-संचालक देशी-विदेशी पत्रों और उनके सर्कुलेशन की बात करता है, तो यह एकदम भूल जाता है कि उसने आग्रहपूर्वक अपने पत्र को 'साहित्य', 'संस्कृति' और 'नयी चेतना' का 'प्रबुद्ध प्रहरी' घोषित किया है, कि उसकी 'भारतीय संस्कृति' लिप्स्टिक लगाने के तरीकों पर लेख छापने की अनुमति नहीं देती, सौन्दर्य प्रतियोगिताएं और बालरूम या रॉक-एन-रोल नृत्य निहायत छिछली और विदेशी मनोवृत्तियां हैं, भोजन और शिष्टाचार के विभिन्न रूप भी कोई छापने की चीज हैं ? वैज्ञानिक आविष्कारों की बातें तो पाठक साप्ताहिक-दैनिकों में पढ़ ही लेते हैं। और सिनेमा ? नहीं जी, सिनेमा-विनेमा पर लेख छापकर हम अपनी पत्रिका को बाज़ारू बनायेंगे ? कुछ 'साहित्यिक', 'सांस्कृतिक', 'कलात्मक' हो। इन पूर्वाग्रहों के साथ संचालक तुलना करता है, 'रीडर्स डाइजैस्ट' और 'पीजैण्ट' से, 'नवनीत' और 'सरिता' से। दूसरी तरफ एक बार वह अपने 'बौद्धिक' पत्र में 'हॉरर-स्टोरी' छापने को शायद तैयार भी हो जाये, लेकिन जो चीज़ उसे किसी भी कीमत पर नहीं चाहिए, वह है 'राजनीति'। "ना बाबा, राजनीति में कब कौन खुश-नाखुश हो जाये, किसका पलड़ा भारी हो जाये,"–कौन भुगतेगा उन परिणामों को ? फिर राजनीति और साहित्य का सम्बन्ध ही क्या ?–साहित्य का तो सीधा सम्बन्ध ही अध्यात्म और दर्शन से है, आत्मिक और सांस्कृतिक उन्नयन से है, पुरातत्त्व और इतिहास से है–उसे राजनीति-वाजनीति से क्या लेना-देना ? (और शायद इन सबका भी राजनीति से दूर-दूर का सम्बन्ध नहीं है।) कला, साहित्य के क्षेत्र में भी वह वाद-विवाद के चक्करों में अपनी पत्रिका को नहीं डालता। वर्ना लोग कहेंगे–"अमुक वादियों का मुख-पत्र है।" साथ ही अत्याधुनिकता से भी पत्र को बचाया जाये, क्योंकि "अजी, यह भी कोई तस्वीर (या कविता या कहानी) हुई ? कुछ बात भी तो समझ में आये।" और तो और–विदेशी पत्रिकाओं की नयनाभिराम रूप-सज्जा भी इन्हें सह्य नहीं है : "वैसी तड़क-भड़क अपनी रुचि को जमती नहीं है। अपनी संस्कृति तो सादगी में महानता

प्राप्त करने की है।" शायद खर्चा ज़्यादा होता है।

देखा आपने, कितनी लक्ष्मण-रेखाओं और सनकों के शिकंजों में पत्र से स्वावलम्बी बनने की मांग की जाती है ? दिक़्क़त यह है कि सरकार का समर्थन आज के स्वतंत्र-विचारक के 'अहं' को स्वीकार्य नहीं है, क्योंकि उसका अर्थ है सरकारी लूट में हिस्सेदारी या सुविधाएं प्राप्त करना—दूसरे शब्दों में विचार-स्वातंत्र्य को बेचना। दूसरी ओर सरकार का विरोध कर सकने की क्षमता नहीं है। एक ओर अहं है, दूसरी ओर स्वार्थ। इसलिए राजनीति की बात ही मत करो। संचालकों की इस 'राजनैतिक दूरदर्शिता' को छोड़कर मुझे उनकी सद्भावनाओं में कतई कोई सन्देह नहीं है, मतभेद उनके रूप से हो सकता है। लेकिन रूप यही रखने की हठ करते हुए भी 'घाटे' की पूर्ति के लिए संचालक महोदय अपनी या अन्य परिचित फ़र्मों से विज्ञापन देने की बात कहना भी (आत्म) सम्मान के विरुद्ध समझते हैं। 'कौन एहसान ले ?'

यहां दो युगों की तुलना किये बिना मन नहीं मानता। कला और संस्कृति का संरक्षण पहले जमाने का सामन्त भी करता था और आज का उद्योगपति भी करने का दावा करता है। लेकिन पहले सामन्त ने तो कभी ताजमहल पर टिकट नहीं लगाया कि उसका 'खर्चा' निकल आये, या वह स्वावलम्बी बना रहे। उन्होंने तो कलाकारों को बाध्य नहीं किया कि 'हमारी रुचि' की कला दो, लेकिन 'त्याग' और 'सन्तोष' को मत भूलो। (उस रुचि को ही सन्त-परम्परा के लोग ठुकराते रहे—यह सवाल दूसरा है। जिन्होंने उसे ठुकराया उन्होंने कभी अपनी मुसीबतों की शिकायतें नहीं कीं)। पहले का नवाब, सामन्त या राजा, गर्वपूर्वक कहता था कि "मेरा यह शौक है और इस पर मैं इतना खर्च करता हूं।" उन्होंने पतंगबाजी और बटेरबाजी जैसी चीजों पर लाखों बहाये—कभी शिकन नहीं लाये। लेकिन आज का व्यापारी उस संरक्षण में भी 'रिटर्न' चाहता है। उसे 'अभिभावक' और 'संरक्षक' का यश तो चाहिए, लेकिन बिना पैसा खर्च किये। वह अपनी विजय-दुन्दुभी दूसरों की सांसों और जेबों की कीमत पर बजवाना चाहता है।

यहीं एक सवाल उठता है : पहले की कला केवल सामन्त या उसके अपने लोगों के लिए थी—जनता को कभी-कभी दर्शन का सौभाग्य छठे-छमाहे दिया जाता था। आज तो ऐसी बात नहीं है। न 'कला' मात्र संरक्षक की है और न जनता तटस्थ दर्शक है—वह हिस्सेदार भी है। जब कला जनता की है तो उसके सरंक्षण में भी वह हिस्सा क्यों न ले ? सुनने में सवाल सही लगता है, लेकिन क्या आज सचमुच हम जिस जनता की बात करते हैं, कला उसी की है ? उसका 'विवेक' अपनी 'रुचि-अभिरुचि' से संचालित होता है या स्वस्थ बौद्धिक विश्लेषण से ? सचाई यह है कि जनता ने अपनी प्रबुद्ध होती चेतना की प्रत्यूषवेला में केवल अपनी 'रुचि' जानी है, 'विवेक' नहीं। और उसी रुचि के नाम पर जनता की सरकार और संरक्षक उसे अपने स्वार्थ और सनक देते हैं। हित अपने पास रखकर वे 'रुचि' में जनता से

बन्दरबांट करते हैं।

इस स्थिति में दो ही रास्ते सामने हैं जिनसे जनता-वनता की बात छोड़कर घाटे को पूरा किया जा सके। सीधा रास्ता तो यह है कि ऐसा घाटे का सौदा किया ही क्यों जाये ? यह रास्ता 'नया समाज' के संचालकों को सीधा लगा और उन्हें राजनैतिक धर्मसंकट और घाटे से मुक्ति मिल गयी। दूसरा तरीका है कि पत्र को शुद्ध व्यापारिक स्तर पर चलाया जाये, 'संरक्षण', 'उत्थान' और 'संस्कृति' जैसे बेमानी शब्दों से पीछा छुड़ाकर शुद्ध बाजार में चलनेवाली चीज दी जाये। व्यापारिक दृष्टि से भी पत्रिकाएं सफल हो जाती हैं, यह आज की एकाधिक 'नयनाभिराम' 'सुरुचिपूर्ण' पत्रिकाएं बताती हैं। उस जगह रुपया फेंका या दान नहीं किया जाता, 'इनवेस्ट' किया जाता है। उतनी ही दिलचस्पी माल को खपाने में ली जाती है। दफ्तर खोलकर भगवान-भरोसे नहीं बैठा जाता—पचास हजार लगा कर साल के अन्त में पच्चीस हजार के खोने को वहां 'घाटा' नहीं, 'रिटर्न' कहते हैं। और पहले ही वर्ष पच्चीस या पचास प्रतिशत का रिटर्न बुरा व्यापार तो नहीं है। हां, इसके लिए धैर्य की लम्बी रस्सी और पूंजी होना चाहिए। वर्षों घाटा सहकर 'सरिता' और 'माया-ग्रुप' ने इस खाई को भरकर व्यापारिक सफलता का उदाहरण सामने रखा है। (यहां यह न बताना भी कृतघ्नता होगी कि लेखकों को अच्छा पारिश्रमिक देने की परम्परा 'सरिता' ने ही प्रारम्भ की थी और अपने बुरे दिनों में भी उसे निभाया। हां, आज वह कम-से-कम पारिश्रमिक देने और लेखन के सर्वाधिकार खरीदकर अपनी मिल्कियत बनाने में सबसे आगे है।) उसने जनता की रुचि को पकड़ा। गड़बड़ वहां होती है जहां व्यवसाय और दान साथ चलते हैं।

बौद्धिक जागृति या शिक्षा से जब तक जनता का 'विवेक' नहीं बनता तब तक घाटे को भरने का तरीका केवल रुचि ही है, और वह रुचि सिनेमा, सैक्स, हॉरर, जासूसी और धार्मिक या सस्ते-सामाजिक सुधारवादी नुस्खों से पकड़ी जा सकती है। दक्षिण भारत से आनेवाले हिन्दी सिनेमा इसके उदाहरण हैं। 'चन्दामामा' अपना सर्कुलेशन 45,000 से ऊपर दिखाता है। 'कला' और 'संस्कृति' में इनवेस्ट करने वाले संरक्षकों को तो अभी घाटा ही घाटा है, और यह घाटा हिन्दी या भारत में ही नहीं, सबसे अधिक पढ़ी और बोली जाने वाली अंग्रेज़ी में भी है। इसका उदाहरण सर्वश्रेष्ठ साहित्यिक पत्रिका 'लन्दन मैगजीन' के जून 58 का यह सम्पादकीय है :

"दुनिया की दूसरी ओर वाले सहयोगियों से यह जानकर बड़ी प्रसन्नता होती है कि 'कॉमनवेल्थ लिटरेरी फ़ण्ड' ने इस साल 'मेरजिन पेपर्स' और 'सदर्नली' नाम की दो प्रमुख साहित्यिक त्रैमासिक पत्रिकाओं के लिए एक-एक हजार पौण्ड का अनुदान किया है। (ये दोनों पत्रिकाएं ऑस्ट्रेलिया की हैं।)

" किसी ऐसे अनुदान या इस प्रकार की किसी-न-किसी सहायता के बिना इस शताब्दी (के शान्तिकाल) में साहित्यिक पत्रिकाओं को जिन्दा रखना एकदम असम्भव

लगता है। दो महीने पहले मैंने जिस बात का जिक्र किया था, (पिछले दो वर्षों में कई बार करता रहा हूं) बिना किसी संकोच और क्षमायाचना के फिर उसी विषय को उठा रहा हूं। इसका कारण है कि 'लन्दन मैगजीन' का भविष्य खतरे में है। जरा भोंड़े ढंग से कहूं तो, अगर हमें तत्काल भविष्य में ही कोई ठोस सहायता नहीं मिली तो अगला अंक हमारा भी अन्तिम अंक ही होगा। फिर, जहां तक मैं जानता हूं, ब्रिटेन में ही नहीं, बल्कि किसी भी अंग्रेजी-भाषी देश में–कोई भी ऐसी मासिक पत्रिका नहीं रह जायेगी जो शुद्ध साहित्य की सेवा करे–अर्थात्–जो आलोचनात्मक अध्ययन और समीक्षा ही नहीं, रचनात्मक गद्य और पद्य भी प्रकाशित करती हो। इस प्रकार–'द इंगलिश रिव्यू', 'द लण्डन मरक्यूरी', 'लाइफ़ एण्ड लैटर्स' और 'हॉराइजन' की परम्परा की एक भी पत्रिका नहीं बचेगी।

" आइए, तस्वीर को जरा और गौर से देखें। 'एनकाउण्टर' बड़ी कुशलता से चल रहा है, लेकिन उसके पन्नों की काफ़ी बड़ी संख्या राजनीतिक और आर्थिक-सामाजिक विषयों से अनिवार्यतः भरी रहती है। विराट अमेरिकन साधनों वाली 'कांग्रेस फ़ॉर कल्चरल फ्रीडम' अपने यूरोपीय प्रकाशन आन्दोलन के एक अंग के रूप में इसे चलाती है। उसी के प्रबुद्ध पाठकों को किसी हद तक अपील कर सकने वाली, आज के युग में दूसरी एकमात्र मासिक पत्रिका कही जा सकती है–'द ट्वेण्टीयथ सेंचुरी', और उसके पीछे 'ऑब्जर्वर ट्रस्ट' जैसी धनी संस्था है। लेकिन यह पत्रिका भी कविता, कहानी या रचनात्मक लेखन के प्रति अपनी जिम्मेदारी को खुल्लमखुल्ला टालती रहती है।

" फ्रांस में तो कम-से-कम आधा दर्जन प्रमुख साहित्यिक पत्रिकाएं हैं। इनमें से अधिकांश प्रकाशकों द्वारा चलाई जाती हैं। यों सीधे रूप में इन पत्रिकाओं से प्रकाशकों को लाभ न भी होता हो, तो भी इनमें उन्हें अपने सामान्य सांस्कृतिक उद्देश्यों के लिए एक प्रयास तो दिखाई देता है। अपने लेखकों को वे चाहे मोटी रक़में न देते हों, लेकिन न-कुछ, से काफ़ी ज्यादा दे देते हैं। और यों वे सारे संसार में फ्रेंच साहित्य, थिएटर और कला की प्रतिष्ठा को बनाये रखने के लिए बहुत बड़ी सहायता करते हैं।

" अमेरिका में कोई नियमित राष्ट्रीय साहित्यिक मासिक पत्रिका (जब तक हम शिकागो की प्रशंसनीय पत्रिका 'पोएट्री' को भी न गिन लें) तो नहीं है, हां, उत्कृष्ट गम्भीर त्रैमासिकों की अच्छी संख्या है। ये त्रैमासिक प्रमुख रूप से समालोचनाएं ही छापते हैं ; यों कोई-कोई छठे-छमासे कविता-कहानी भी छाप डालता है। इन त्रैमासिकों को या तो शिक्षा-संस्थाओं का संरक्षण प्राप्त है, या धनी फ़ाउन्डेशनों के अनुदान, या फिर दोनों ही प्राप्त हैं। ज़िन्दगी उनके लिए भी दूभर हो जाती, लेकिन ऐसे भी 'फ़रिश्ते' हैं जो जैसे-तैसे उसे सम्भव बनाते रहते हैं।

" पब्लिक फण्ड से, ब्रिटिश कौंसिल को प्रति वर्ष तीस-चालीस लाख पौण्ड

का अनुदान मिलता है। लेकिन इस विशाल राशि का एक निहायत छोटा हिस्सा ही साहित्य के पल्ले पड़ पाता है। साहित्यिक पत्रिका 'ब्रिटिश कौंसिल' से सहायता के नाम पर ज्यादा से ज्यादा दो-चार दर्जन ग्राहकों की ही उम्मीद कर सकती है, इससे अधिक नहीं। आर्ट्स कौंसिल भी इसी पब्लिक फ़ंड से करीब दस लाख पौण्ड प्रतिवर्ष का अनुदान पाती है। यह आय थोड़ी नहीं है, लेकिन इसमें से बेचारे साहित्य को, ज़्यादा से ज़्यादा, साल में 5,000 पौण्ड मिलता है। इस रक़म में भी लगभग 2,000 पौण्ड कविता के लिए (पोएट्री लुक सोसाइटी को शामिल करके) और अधिक से अधिक 3,000 पौण्ड उदीयमान नाटककारों को 'पत्र-पुष्प' की तरह चला जाता है। किसी भी और साहित्यिक कार्य को कुछ नहीं मिलता, कोई भी साहित्यिक पत्रिका एक कौड़ी नहीं पाती।

"मैं सोचता हूं–यह भी सोचने का एक तरीका ही होगा कि जब साहित्य रसातल को जा रहा हो तो ऑपिरा को फलने-फूलने का इस देश में पूरा-पूरा अवसर दिया ही जाये; कि भारी-भारी खर्चे करके सारी दुनिया में अंग्रेजी तो लाखों को पढ़ाई जाये, लेकिन किसी भी पत्रिका को उन लोगों की पाठ्य-सामग्री देने की दृष्टि से प्रोत्साहन न दिया जाये, जो व्याकरण से आगे बढ़कर, अंग्रेजी साहित्य की जीवित दुनिया के सम्पर्क में दीक्षित हुए हैं।...हमारे प्रथम अंक के अपने सन्देश में मि. इलियट ने कहा था : 'साहित्यिक पत्रिकाओं के बिना समकालीन बुद्धिजीवी संसार की जीवनी-शक्ति का भयानक रूप से ह्रास होता है।' अगर हम समझते हैं कि इस ह्रास से कुछ नहीं बिगड़ता-बनता, तब तो उन्हें मर ही जानें दे। अफ़सोस, हम इन साहित्यिक पत्रिकाओं के लिए इतना भी तो नहीं कर सकते जो हमसे कहीं अधिक छोटे, कहीं अधिक धनहीन, और कम शक्तिशाली बन्धु ऑस्ट्रेलिया में करना आवश्यक समझते हैं। एक शताब्दी का चतुर्थांश जिस सम्पादक ने अपनी इसी साधना में लगा दिया हो, वह जब यह सोचता है कि 'कहीं न कहीं कुछ घपला है' तो आशा है उसे क्षमा किया जाएगा।..."–जॉन लेहमैन।

खैर, अपने यहां तो पत्रिकाओं को सरकारी दान-अनुदान का सवाल ही नहीं उठता। यहां तो सारी जिम्मेदारी सरकार ही उठा लेती है। लेकिन उन पत्रिकाओं का रूप और देन क्या है, इस पर अक्तूबर की 'कल्पना' में बालकृष्ण राव का प्रशंसनीय लेख है। मगर वे यहां की सरकारी पत्रिकाओं का उद्देश्य भूल गये हैं।

हमारे यहां की सरकारी पत्रिकाओं का उद्देश्य आर्टपेपर, स्याही, फ़ोटोग्राफ़ी और प्रेस-उद्योगों को प्रोत्साहन देना है। यदि ये प्रान्तीय और केन्द्रीय पत्रिकाएं न होतीं तो देशी-विदेशी आर्टपेपर कहां खपता ?–साहित्यिक पत्रिकाओं में संसद-सदस्यों और मन्त्रियों के भाषण, उद्घाटन-चित्र न छपें तो आखिर कहां छपें ? कोई नेता मरे या कहीं आये जाये तो उसकी जीवनी भी तो कहीं मिलनी चाहिए न ? अगर 'त्रिपथगा' न होती तो इतने कुरुचिपूर्ण चित्र मुख पृष्ठ पर कौन-सी पत्रिका छापने

की हिम्मत कर सकती ? कितने अधिक रंगों के एक-साथ मिश्रण से क्या प्रभाव उत्पन्न किया जा सकता है, इसे जानने का फिर और क्या साधन आपके पास होता ? हमारा आज का जीवन और साहित्य जिनसे संचालित होता है, उन भूत-प्रेत और पुरातत्त्व की खोजों पर प्रकाश डालने वाले लेख और कहां मिलते ? पत्रिकाओं के प्रारंभ में वैदिक ऋचाओं के अर्थ फिर कौन करता ? इस तरह उन पत्रिकाओं के सामने अनेक समस्याएं हैं। पत्रिकाएं रूस और चीन की सरकारें भी निकालती हैं, लेकिन उन बेचारी सरकारों को यह कहां पता कि पत्रिकाओं का उद्देश्य इतना व्यापक भी हो सकता है ? उन लोगों की अनुभवहीनता का तो यह हाल है कि ऊपर 'साहित्यिक पत्रिका' लिखकर भीतर भी साहित्यिक सामग्री ही भर देते हैं, और वह भी नवीनतम। बोलिए, सरकारी पत्रिका और नवीनतम साहित्य-प्रवृत्तियों का आपस में क्या सम्बन्ध ? माफ़ कीजिए, मैं तो उसे किसी भी तरह साहित्यिक पत्रिका नहीं मानूंगा, जिसमें यही पता न चले कि रेल-मन्त्री ने साधु-सभा का उद्घाटन करते समय फौज के सिपाहियों को लोक-नृत्य की किस शैली से सावधान रहने का उपदेश दिया था।

'योजना' से लेकर 'आजकल' और 'प्रसारिका' तक की यह धारा इतनी लम्बी है कि इस पर अलग से कुछ लिखे जाने की आवश्यकता है।

['प्रेमचंद की विरासत' से]

स्वस्थ संवाद की ज़रूरत

मैं माने लेता हूं कि आप दुनिया देखे हुए हैं और इस दौरान आपका साबिका निश्चय ही किसी ऐसे प्रचण्ड बौद्धिक से पड़ चुका होगा जो हर वाक्य में तीन अनजाने-अनसुने विदेशी लेखकों को कैसे भी सन्दर्भ में उद्धृत कर सकता हो। हो सकता है आपने उसे कॉलिन विल्सन के 'आउटसाइडर' और 'रिलीजन एंड द रिबैल' या आंद्रे मौलरा के 'वायस आफ द साइलैन्स' जैसी पुस्तकें भी बगल में दबा कर चलते देखा हो, जिनके हर पैरा में कम-से-कम बीस व्यक्तियों और स्थानों-पुस्तकों के हवाले हैं और हो सकता है उस पुस्तक-कीट को आपने उन सभी हवालों को समझने का दावा करते भी पाया हो। शायद आप उसे स्टीफेन ज़्विग के 'बुल मैण्डलर' जैसा कोई ऐसा व्यक्ति समझे हों जो शतरंज के खिलाड़ियों की तरह अपनी किताबों की दुनिया में यह भी भूल गया हो कि नाज़ी लोगों ने शहर के नक्शे को क्या रूप दे दिया है। लेकिन नहीं, यह उस जाति का नहीं है। यह जीव पुस्तकालय के किसी अंधेरे कोने में बैठा भुक्खड़ की तरह शब्द निगलता, पिचके गालोंवाला चश्मुद्दीन नहीं, बल्कि लक-दक कपड़ों में ड्राइंगरूमों और रेस्त्राओं में चहकनेवाला 'चैप' है जो हर दो मिनट बाद टाई की नॉट ठीक कर लेता है, रूमाल से घड़ी को पोंछ लेता है और रह-रहकर आश्वस्त हो लेता है कि उसके बाल उड़ तो नहीं रहे या अगर वे बिना तेल के बिखरे हुए हैं तो कहीं संवर तो नहीं गये। यह सरदारों के मज़ाक़ से लेकर स्पैंगलर, किन्से, आइन्स्टीन, कामू, कीर्केगार्ड, फ्रेंस्वा सागां और रोक-एन-रोल ट्विज़्ट सब पर बातें कर लेता है। आप इसे संसार की हर बौद्धिक हलचल के प्रति क्रिकेट और फुटबाल के शौकीन दर्शकों की तरह आवेश से भरा पायेंगे जो स्वयं तो नहीं खेलते, लेकिन दिलचस्पी और शौक़ उनके किसी भी खेलने वाले से कम नहीं बल्कि सौ-दौ सौ गुने ज्यादा ही होते हैं। इसलिए खुद कुछ न करते हुए भी इसे दो काम पसन्द हैं : एक तो दूसरों के सिर कॉफी पीना और दूसरे, अपने को जीनियस कहलवाना। चूंकि अमेरिका में जीनियस बनने के नुस्खे सबसे सस्ते हैं इसलिए आप इसे अक्सर अमेरिकन डाइजैस्टों या पुस्तकों के संक्षिप्त रूपों के पन्ने पलटते पायेंगे। पत्रिकाओं के रिव्यू कॉलमों और विज्ञापनों या जैकेटों को पढ़कर वह पुस्तक की विषय-वस्तु और उसके

गुण-दोषों पर इस अधिकार से बोलता है कि मजाल है जो आप उसे कहीं भी पकड़ लें। सच पूछा जाये तो ऐसे जीनियसों की एक लम्बी फ़ौज विदेशी पत्रिकाओं के रिव्यू कॉलमों पर ही पलती है।

इस तरह का जीनियस बनने या कहलाने का मेरा क़तई कोई इरादा या दावा नहीं रहा। फिर भी यह सच है कि किसी भी साहित्यिक पत्रिका के दो स्तम्भ मुझे सबसे अधिक दिलचस्प लगते हैं : एक पाठकों के पत्र और दूसरा पुस्तक-समीक्षा। शायद इस दिलचस्पी का कारण यह है कि ये दोनों स्तम्भ ही पूरी पत्रिका में सजीव होते हैं। उसे अपने समय से जोड़ते हैं। वर्ना कहानी, उपन्यास तो साल-दो-साल इधर-उधर भी हो सकते हैं। पत्र-व्यवहार में पाठकों की बदलती रुचि, मांग और मतों या मतभेदों के नवीनतम रूपों से आपका परिचय होता है और पुस्तक-समीक्षा में विभिन्न रचनाओं पर प्रतिक्रियाएं और सूचनाएं मिलती हैं। सचमुच यहां आप नवीन जन-रुचि का स्पन्दन पाते हैं।

मगर खैर, ड्राइंगरूमी जीनियस बनाने की बात को छोड़ भी दिया जाय तो विदेशी पत्रिकाओं के ये दोनों ही कॉलम इतने अधिक समृद्ध नवीनतम जानकारियों और सूचनाओं से भरे होते हैं कि पाठक चाहे तो अपनी जिज्ञासा को साहित्य की नवीनतम गतिविधियों और आन्दोलनों के साथ चलाये रख सकता है। इस दिशा में हमारे देश की पत्रिकाओं की हालत बिल्कुल दूसरी है। यहां ये दोनों ही स्तम्भ निहायत निर्जीव और बेगार में सिखाये गये होते हैं। पुस्तक-समीक्षा में तो कहीं-कहीं पारिश्रमिक के रूप में पुस्तक मिल भी जाती है, 'पत्रों' में तो ऐसा भी कोई आकर्षण नहीं होता। जहां तक अपनी ही रचनाओं की आलोचना-प्रत्यालोचना का प्रश्न है हिन्दी में 'सरिता' सबसे आगे है। पिछले दिनों की 'कल्पना' और 'साप्ताहिक हिन्दुस्तान' ने विभिन्न समस्याओं पर पाठकों को आपस में विचार-विमर्श का अच्छा अवसर दिया है और हैदराबाद के 'अजन्ता' के पत्र सबसे अधिक परिश्रमपूर्वक लिखे गये और सोद्देश्य रहे हैं। इन पत्रों को एक सुरुचिपूर्ण सामान्य स्तर पर ले आने में 'कहानी' ने सराहनीय प्रयत्न किया है। समीक्षा की दिशा में तो पिछले दिनों की 'कल्पना', 'आलोचना', 'प्रतीक', 'युगचेतना' और 'आजकल' को छोड़कर ऐसी किन और पत्रिकाओं का नाम लिया जा सकेगा जिन्होंने साहित्य के नवीनतम कृतित्व को समझने का प्रयास किया है, मैं नहीं जानता। 'नागरी प्रचारिणी' और 'सम्मेलन' पत्रिकाओं को तो अनुसन्धान और शास्त्रीयता से ही फुर्सत नहीं मिलती।

पाठकों के पत्रों का महत्त्व क्या है, इसे हमारे 'जागरूक' सम्पादकों ने कभी समझने की कोशिश नहीं की। दैनिक पत्रों के सम्पादक जरूर नकली नामों से नगरपालिका के अधिकारियों की खबर लेते रहे हैं। लेकिन प्रायः हमारे पत्र न तो रचनाओं या समस्याओं पर पत्र पाने की कोशिश करते हैं और न भूले-भटके ऑफिस में आ-टपके ऐसे पत्रों को किसी लायक समझते हैं। सम्पादक के लिए इस प्रकार

के पत्रों का चाहे कोई महत्त्व न हो; लेकिन लेखक के लिए यही पत्र सबसे ज़्यादा काम की चीज़ हैं। इसी खिड़की के माध्यम से तो वह अपनी दुनिया के बाहर झांक पाता है।

हर सामान्य पाठक किसी भी पत्रिका या रचना-विशेष पर अपनी सुगठित, सन्तुलित और सुलिखित राय दे सकेगा, या किसी लम्बे-चौड़े लेख या समालोचना के रूप में अपनी बात सामने लायेगा, यह उम्मीद ग़लत है। लेकिन हर रचनाकार जानता है कि पोस्टकार्ड पर उल्टी-सीधी भाषा में घसीटी गयी कुछ पंक्तियां उसे अपने-आपको तोलने, जांचने या अपने दृष्टिकोण को परखने में कितनी बड़ी धरती तैयार कर सकती हैं। ये झरोखे लेखक और पाठक के बीच की दीवार को तोड़ते हैं। पता नहीं कितनों ने इसे महसूस किया है कि यह अदृश्य दीवार, रचनात्मक प्रतिभा के लिए कितनी घातक है कि लेखक को सिर्फ लिखने, प्रवचन देने और पाठक को सिर्फ़ भक्ति-गद्गद भाव से पढ़ने और सुनने का अधिकार है। शंका और समाधान के चक्कर में उलझेगा तो अपनी बात भूल जायेगा। "धरती विपुला है, काल निरवधि है और कभी-न-कभी कोई ज़रूर मेरा समानधर्मा होगा" का अंधविश्वास आज के लेखक की प्रगति और मानसिक बनावट को कुण्ठित ही करता है, क्योंकि इनके परिणाम स्पष्ट हैं।

औरों की तरह मुझे भी शिकायत है कि पाठकों की रुचि दिन-ब-दिन गिरती जा रही है, उनकी समझ के धरातल को जाने क्या हो गया है, और उन्हें सस्ती और बचकानी चीजें ही पसन्द आती हैं। लेकिन दूसरी ओर इस सचाई को स्वीकार करने में भी मुझे कोई हिचक नहीं है कि हमारा लेखक दिन-दिन चुकता चला जाता है और अपने अन्तिम दिनों में तो (और कभी-कभी तो ये अन्तिम दिन उम्र की तीसी पार करते ही आ धमकते हैं) वह इतिहास या अध्यात्म में पलायन करने के सिवा कोई रास्ता नहीं पाता। वह बेचारा अन्त तक नहीं जान पाता कि उसके पाठक आखिर उससे चाहते क्या हैं और वे पाठक जो उसकी प्रारम्भिक रचनाओं की 'आग' या 'सच्चाई' से प्रभावित होकर उसकी ओर खिंचे थे, धीरे-धीरे निराश होते चले जाते हैं। "कोई बहुत ऊंची चीज़ है" कहकर वे उसे प्रणाम कर लेते हैं और अपनी पसन्द की कोई और चीज़ खोज लेते हैं। फलतः लेखक हवाई होता चला जाता है और पाठक कीचड़-पसन्द। लेखक पाठक से घृणा करके, अपने को शास्त्रीय जामा पहनाकर अपनी 'महद्भावना' को सान्त्वना देता है और पाठक उसे पूज्य और श्रद्धेय का खिताब देखकर देवताओं की मूर्तियों की तरह एक ओर आले में रख देता है, ताकि कभी-कभी पूजा-श्राद्ध करने पहुंच जाया करे। आतंकित और अपनी समझ के प्रति अनाश्वस्त पाठक अपनी नापसन्दगी भी तो नहीं जता सकता। दोनों एक-दूसरे की मानसिक आवश्यकताओं से बेखबर रहते हैं।

यह जैनेन्द्र और कुशवाहा कान्त के बीच की दीवार है। घृणा-उपेक्षा और

आतंक-श्रद्धा का सम्बन्ध निश्चय ही जीवित लेखक और पाठक के बीच शिव नहीं है। इस दीवार को तोड़ते हैं वे प्लेटफार्म, जहां दोनों को बराबर के स्तर पर खुलकर मिलने का अवसर मिलता है। मैं इस 'बराबर के स्तर' पर जोर इसलिए देना चाहूंगा कि अक्सर हमारे पाठक अभिनन्दन करने, श्रद्धांजलि देने, और लेखक आंख बन्द करके प्रवचन देने या अपने अनुभवों से 'बेचारी जनता' को लाभान्वित करने को ही वह प्लेटफार्म समझने की भूल कर बैठते हैं। मुझे लगता है कि वर्तमान स्थिति में लोकप्रिय पत्र-पत्रिकाओं के पत्र-व्यवहार वाले कॉलम इस दिशा में बहुत कुछ कर सकते हैं। यहां एक दूसरे की उम्र, पद, साधना और परिस्थितियों के लिहाज की गुंजायश कम रहती है और रचना या समस्या ही प्रमुख वस्तु होकर सामने आती है। इसके पीछे बहुत-सी शक्तियां और मनोवृत्तियां काम कर सकती हैं, लेकिन सभी को हिस्सा लेने की छूट भी, यदि सम्पादक भी एक पार्टी न हो, तो मिल ही जाती है।

जिस तरह हिन्दी-भाषी जनता में जीवन की अन्य दिशाओं में कोई इनीशियेटिव (पहलक़दमी की भावना) नहीं है उसी तरह इस दिशा में भी हमारा पाठक और लेखक-पाठक वर्ग काफ़ी सुस्त है। उसके भीतर कर्तव्य-बोध जगाना आसान काम नहीं है। इस कर्तव्य-बोध की बात पर एक वयोवृद्ध साहित्यिक का अनुभव सहसा याद आता है। रेडियोवालों को भी शिकायत है कि उनके पास सबसे कम पत्र हिन्दी प्रोग्रामों के बारे में आते हैं। किस प्रोग्राम की कैसी प्रतिक्रिया और कैसा रेस्पॉन्स है, इसे वे कैसे जानें ? वे हमेशा अपने को अंधेरे में खड़ा पाते हैं। यों रेडियो-सीलोन और विविध-भारती में आनेवाले पत्रों से तो नहीं लगता कि हिन्दीभाषी अपनी पसन्द जतलाने में शरमाते हैं। खैर, उन साहित्यिक महोदय का नाटक 28 तारीख को प्रसारित होने को था। अपनी लोकप्रियता की धाक जमाने को आपने खुद सौ-पचास पोस्टकार्ड खरीदे और घूम-घूम कर मित्रों में बांट आये। उन पर उस होने वाले नाटक की प्रशंसा लिखी थी। योजनानुसार वे पोस्टकार्ड 29 को पोस्ट कर दिये गये। बाद में पता चला कि अचानक किन्हीं नेताजी के भाषण के कारण उस नाटक को उस दिन स्थगित कर दिया गया था।

हमारा पाठक आपस में ही वाद-विवाद करके सन्तुष्ट हो जाता है। लेखक या पत्रिका तक अपनी प्रतिक्रिया पहुंचाने की तवालत उसके आलस्य या (अगर लेखक हुआ तो) 'आत्म-सम्मान' को गवारा नहीं होती। बहुत अधिक जोश आने पर व्यक्तिगत पत्रों तक ही बात समाप्त हो जाती है। लेखक और लेखक, या लेखक और पाठक की बातचीत में और लोग भी हिस्सा ले सकें, यह अवसर ही नहीं आता।

हिस्सा न लेने की बात एक और चीज़ से भी जानी जा सकती है। अक्सर पाठकों के ऐसे पत्र और ऐसी पुस्तक समीक्षाएं जिन पर ध्यान दिया जाना चाहिए

हमारे यहां एकतरफ़ा ही रह जाती हैं। हमारा लेखक कुछ अजब कुण्ठाओं का शिकार है। उसे महानता का रोग है और इस रोग को वह "अपने बारे में खुद क्या बोलूं?" के हें-हें नुमा शालीनता के चोंगे के नीचे छिपाता है। जबकि व्यक्तिगत रूप से वह अपने सिवा शायद ही किसी के बारे में बोलना पसन्द करे। उसकी मानसिक बनावट ही ऐसी नहीं है कि वह खुलकर (मेरा आशय इस प्रकार के स्तम्भों के माध्यम से) निर्व्याज भाव से किसी समस्या या रचना पर वाद-विवाद कर सके। व्यक्तिगत रूप से किसी रचना की श्रेष्ठता निकृष्टता मानते हुए भी सही आलोचना तो शायद वह मरे-मारे भी न करे। ऐसा करने में एक तो अपने को लिखित रूप में कमिट कर लेना पड़ता है। आगे जाकर पता नहीं किस गुट और अवस्था में उसकी टांग खींचने या उसे उछालने की जरूरत पड़ जाये। दूसरे, उसके हिसाब से दूसरे की श्रेष्ठता स्वीकार करना अपनी असमर्थता घोषित करना है, उसकी निन्दा करना व्यर्थ ही दुश्मनी मोल लेना है।

नयी पीढ़ी के एक निहायत ही 'कड़कदार' आलोचक उस समय तक किसी भी रचना पर अपनी राय नहीं दे पाते जब तक कि बाकी सब लोग उस पर अपना-अपना मत स्थिर न कर लें।

नतीजे में पाठक या समीक्षक की बात अनसुनी चली जाती है। पिछले दिनों की एक रोचक घटना मेरे सामने है : समीक्षाओं और पत्रों की इस इकतरफा डिग्री की जड़ परम्परा को तोड़ने के लिए 'कहानी' ने एक नया कॉलम प्रारम्भ किया। इसमें किसी पुस्तक की समीक्षा हो चुकने के बाद पुनः लेखक, समीक्षक और अन्य पाठकों के विचार उस समीक्षा पर आमन्त्रित किये जाते, ताकि एक जानदार बहस के रूप में उस पुस्तक पर सभी विचार करें। इस स्तम्भ का प्रारम्भ मेरे और कमलेश्वर के कहानी-संग्रहों, 'जहां लक्ष्मी कैद है' तथा 'राजा निरबंसिया' से किया गया। समीक्षक थे मार्कण्डेय। मेरी राय थी कि इस स्तम्भ को जानदार बनाने की दृष्टि से या अपनी बात कहने के लिए ही सही, मुझे न केवल खुद इस बहस में भाग लेना चाहिए, बल्कि उन सभी मित्रों को भी प्रेरित करना चाहिए जो प्रायः व्यक्तिगत पत्रों में मेरी कहानियों पर अपनी राय देते रहे हैं। लेकिन समझाया गया, कि यह आत्म-प्रचार है, कि यह समीक्षक की बात को जरूरत से ज्यादा महत्त्व देना है, कि यह गुटबाजी है। कुछ के लिहाज से इस समीक्षा के मूल में ईर्ष्या थी, कुछ के अनुसार प्रच्छन्न प्रचार-भावना। कुछ ने कहा कि यह सिर्फ़ लोगों को अपनी ओर आकर्षित करने के लिए काठ की तलवार का वार है, वर्ना समीक्षक और लेखक की मित्रता कैसे बनी रहती, और कुछ ने बताया कि किसी और घातक हथियार के अभाव में काठ की तलवार द्वारा ही गुस्सा उतारा गया है। और यों एक-दूसरे के मुंह पर हाथ रखकर चुप-चुप करने का नतीजा यह है कि उस स्तम्भ में पांच-छः पुस्तकों की समीक्षाएं आ चुकी हैं, लेकिन समीक्षक के सिवा और कोई उस पर बोला हो, ऐसा एक भी

उदाहरण नहीं है। और यह अच्छा खासा स्तम्भ यों ही अनदेखा चला जा रहा है। इसे साहस, योग्यता, आत्मविश्वास और स्पोर्ट्स-मैन-स्पिरिट का अभाव न कहें तो और क्या कहें ?

अक्सर कहा जाता है कि इस प्रकार के वाद-विवादों के पीछे किसी-न-किसी रूप में अपनी चर्चा चलवाये रखने की अत्यन्त ही सस्ती प्रचार-भावना होती है। नकली नामों से अपनी ही रचनाओं के बारे में लिखना भी इसी प्रचार-भावना का एक अंग है। मैं इससे इनकार नहीं करता कि इन स्तम्भों के द्वारा प्रचार और 'अहोरूपम्, अहोध्वनि' नहीं होती। बहुधा होती है। एक जमाना था कि 'कल्पना' के चक्रधर साहब, निकृष्टतम दैनिक पत्रों के सामान्य-संस्करणों में से भी कुछ लेखकों की रचनाओं और उनकी उपलब्धियों को खोज-खोज कर लाया करते थे और स्वयं कल्पना के प्रमुख पृष्ठों पर छपी चीजें उन्हें नज़र नहीं आती थीं। सुनते हैं एक भाषा-मर्मज्ञ, कवि-समीक्षक का महाभारताकार उपन्यास अभी तक बाइण्डर के यहां से रिलीज नहीं हुआ है, लेकिन हिन्दी और अंग्रेजी के विभिन्न पत्रों में चार लेख उस पर विभिन्न पक्षों को लेकर छप चुके हैं। पुस्तक प्रकाशन के साथ-साथ ही पूना, हैदराबाद, इलाहाबाद, लखनऊ (जाने क्यों दिल्ली नहीं) इत्यादि पत्रिकाओं में उसे हिन्दी-साहित्य की एकमात्र उपलब्धि घोषित कर डालनेवाली आलोचनाओं ने निश्चय ही समीक्षाओं की दिशा में नये आयाम खोले हैं।

लेकिन साथ ही बात का दूसरा पहलू भी है। झोली भरकर मूंगफली बेचनेवाला भी अपने बाज़ार, प्रतिद्वन्द्वियों और साथियों की पूरी खोज-खबर और उनकी गतिविधियों पर निगाह रखता है। अपने मिशन के प्रति ईमानदार दो हमपेशा समसामयिक एक ही माध्यम को अपनाये होने के नाते एक-दूसरे के बारे में या अपनी सामान्य-समस्याओं के प्रति बिलकुल बेख़बर रहें, यह शायद सम्भव नहीं है (मैं चतुरसेन शास्त्री की बात नहीं कहता, जिन्होंने 'आजकल' के किसी लेख में स्वयं स्वीकार किया था कि वे अपने सिवा कभी किसी की रचनाएं नहीं पढ़ते) और जब बेख़बर नहीं हैं तो निश्चय ही वे एक-दूसरे पर या इन समस्याओं पर कुछ-न-कुछ राय रखते ही होंगे। यह राय, पक्ष में भी हो सकती है, विरोध में भी। साथ, चलने के दौरान वे या तो अपने-आपको मित्र पाते हैं, या विरोधी। वस्तुतः दो लेखक साक्षात्कार से पहले ही एक-दूसरे को पसन्द-नापसन्द कर चुकते हैं। उनकी रचनाएं पुल का काम करती हैं। यही कारण है कि घण्टे-भर की मुलाकात में ही वे जन्म-जन्मान्तर के मित्र और शत्रु लगने लगते हैं। लेकिन जब आवश्यकता पड़ने पर भी वे अपनी राय प्रगट नहीं करते तब स्पष्ट ही उनमें या तो साहस की कमी है या सद्भावना की।

सचमुच यह मेरी समझ में आज तक नहीं आया कि क्या दो लेखकों का आपसी सम्बन्ध अपनी और एक दूसरे की अन्धी तारीफें करना या चुप रहना ही है ? एक-दूसरे

के बारे में खुलकर तभी बोलें जब आपस में 'शत्रु' घोषित कर दिये जायें ? इसी तरह यह बात भी कभी मेरे भेजे में नहीं घुसी कि किसी समस्या या किसी हम-उम्र लेखक की बात करना या खुद अपनी स्थिति साफ़ करना इतनी शंकालु निगाहों से क्यों देखा जाता है ? दूसरी तरफ़ जब विदेशी पत्रिकाओं में पाठकों के पत्रों और समीक्षकों के एक-एक शब्द पर लेखकों को उलझते देखता हूं तो आश्चर्य होता है। लगता है, सचमुच यह शालीनता और नम्रता नहीं, कोई भारी कुण्ठा है जो निन्दा और आत्म-प्रशंसा के सिवा हमें किन्हीं और शब्दों में सोचने ही नहीं देती। 'वादे-वादे जायते तत्त्व बोध' की कहावत यहां आकर कितनी निरर्थक हो जाती है।

'एनकाउण्टर' के अप्रैल 58 के अंक में ही प्रो. लेस्ली फ़ीडलर के जनवरी 58 में प्रकाशित एक लेख 'द अन-एंग्री यंग मैन' की प्रतिक्रिया में एक लेख छपा है। मैं समझता हूं यह पत्र इस अंक की सबसे रोचक सामग्री है। इसी पत्रिका के फ़रवरी अंक में फ्रैंक हिल्टन के एक लेख 'ब्रिटेन का नया वर्ग' में जॉन ब्रेन के बहुचर्चित उपन्यास 'रूम एट द टॉप' के नायक का जिक्र आया था। अप्रैल के अंक में ब्रेन का लम्बा पत्र है : 'आई डौन्ट हाउएवर ऐग्री विद् ए वर्ड आफ इट। टु बिगिन विद्, माई हीरो, जो लाम्टन, इज़ नाट एट-ऑल नेस्टी'।

इसी वर्ष की लन्दन-मैगजीन (फरवरी) में एक लेख है 'मि लॉज' का कि किस तरह आलोचकों ने कॉलिक विल्सन की 'साहित्यिक-हत्या' कर डाली। इसके जवाब में अप्रैल के अंक में विल्सन के पत्र की कुछ पंक्तियां देखने लायक हैं :

"जब-जब यह सिद्ध करने की कोशिश की जाती है कि अपनी पुस्तकों 'आउट-साइडर' और 'रिलीजन एण्ड द रिबैल' में मैंने जो कुछ भी कहा है, वह सब बहुत जाना-बूझा है और न जाने कब से कहा जाता रहा है तो मुझे बेहद-बेहद झुंझलाहट होती है। आर्थर कॉयेस्लर ने नाक-भौं सिकोड़ते हुए कहा : एक नौजवान ने खोज निकाला है कि सभी प्रतिभाशाली (Wellscmerz) के शिकार होते हैं। इसका मैं तो यह अर्थ निकाल पाता हूं कि बेमिसाल प्रचार-प्रसार और सारी फ़ैशनेबिल सफलता प्राप्त हो जाने के बावजूद मेरी पुस्तकों को किसी ने आज तक ध्यान से पढ़ा ही नहीं है।

श्री लॉज का सबसे दिलचस्प मुद्दा पत्र-पत्रिकाओं की मेरी सफलता में भूमिका क्या रही है। इस मुद्दे पर तो सचमुच एक सम्पूर्ण लेख की ही जरूरत है जो मैं कभी लिखूंगा।...पत्र-पत्रिकाओं ने मुझे सिर्फ़ एक अत्यन्त महत्त्वपूर्ण स्थान पर ला-धकेला है—बस...।"

आत्म-प्रचार का आरोप लगाये बिना इस भाषा में बोलने की अनुमति हम लोग अपने किसी साथी को देंगे ?

मासिक पत्रों के अलावा भी जिन्होंने 'न्यू स्टेट्समैन एण्ड नेशन' तथा 'टाइम्स

लिटरेरी सप्लीमेण्ट' के रिव्यू और पत्र कॉलमों को पढ़ा है, वे जानते हैं कि पत्र की जान कहां होती है। कुछ लोग आकर अपने भाषणों द्वारा माइक पर श्रोताओं को कृतार्थ करते रहें, इस तरह की मीटिंग रोज-रोज सफल नहीं हो सकतीं, लेकिन क्लब जैसी संस्थाएं वर्षों चल सकती हैं—क्योंकि यहां केवल कुछ सधे हुए वक्ता ही नहीं, हर उपस्थित अपने भावों को व्यक्त कर सकता है।

['प्रेमचन्द की विरासत' से, कलकत्ता, मई, 1958]

'हंस' के साथ मेरे प्रयोग

(गांधी जी से क्षमा-याचना सहित)

'हंस' का नया अंक आपके सामने है...यानी एक पुरानी पत्रिका का चौंतीस वर्ष बाद नया अंक...

आरोप के अन्दाज में सवाल आ रहे हैं कि प्रेमचंद का नाम जोड़कर पुरानी पत्रिका का नया अंक कहने पर इतना ज़ोर क्यों है ? क्या यह उचित है ? इसे नयी पत्रिका का पहला अंक क्यों न कहा जाये ? जवाब में मैं परम्परा के संवर्धन और विकास की बात कर सकता हूं।

मैं जानता हूं, अपने को परम्परा से जोड़ना शक्ति तो देता है, साथ ही सीमाएं भी तय कर देता है, हर समय न जाने कितनी प्रवृत्तियां साहित्य और विचार-जगत में एक साथ चलती हैं, कुछ अपने समय में ही समाप्त हो जाती हैं और कुछ आगे बनी रहती हैं। हम अपने को किसके साथ जोड़ना पसंद करते हैं यह हमारा अपना चुनाव है। 'माधुरी' को एक विशेष व्यक्तित्व दिया था, रूप नारायण पाण्डेय और प्रेमचंद ने। लेकिन आज 'माधुरी' एक बिलकुल अलग और नयी पत्रिका है। हम इस 'हंस' को प्रेमचंद को परम्परा से ही जोड़ना चाहते हैं, सामाजिक असमानता, अन्याय और शोषण के विरुद्ध संघर्ष, रूढ़ियों और आडम्बरों के खिलाफ जिहाद, शक्ति और सत्ता की अनीतियों, अत्याचारों का प्रतिरोध–यही चिन्ताएं और प्रतिबद्धताएं प्रेमचंद की भी थीं–अपने समय के संदर्भ में। 'हंस' प्रेमचंद की रूढ़ि से नहीं, परम्परा से प्रतिबद्ध है, यानी प्रेमचंद की दृष्टि से...प्रेमचंद हमारे लिए मूर्ति या आदर्श से अधिक एक प्रेरणा और अंकुश हैं...ताकि प्रलोभनों और भटकाव के जंगलों में दिशा मिल सके।

मगर 'हंस' राजनैतिक पत्र नहीं है। वैसे तो आज कुछ भी राजनीति से बाहर नहीं है, विचार जगत तो बिलकुल भी नहीं। 'हंस' साहित्य का पत्र है। साहित्य, समाज में बदलता कुछ नहीं है; बदला जाना चाहिए, इसकी मानसिकता तैयार करता है। मैंने प्रायः साहित्य को हवाई हमले का नाम दिया है। हवाई हमले शत्रु के सामरिक

दुर्गों और प्रतिरोध को तोड़ते हैं–खुद कब्जा नहीं करते। वे तो सिर्फ स्थिति को आसान बनाते हैं–ताकि पैदल सेनाएं सुविधा से कब्जा कर सकें। साहित्य के ज़रिए बदलती हुई मानसिकता हमें सही-गलत की पहचान और निगाह देती है। सही के लिए अधिक मानवीय और संवेदशील बनाती है–चुनाव करते समय गलत को छांट सकने का विवेक देती है।

इस समय हम एक भयानक रचना-विरोधी दौर से गुजर रहे हैं–साहित्य में ही नहीं, पूरे आर्थिक और औद्योगिक सोच में भी। अपनी जमीन और जरूरत से चीज़ों का विकास न करके आसान लगता है 'विकसित' को 'आयात' कर लेना। वैचारिक, रचनात्मक और आर्थिक क्षेत्रों के 'आसान रास्ते' हमें दरिद्र, कर्ज़दार और परोपजीवी बनाते हैं। 'उधार पर ऐश करने' की चालाकी, आपसी होड़ और अन्धी-दौड़ को जन्म देती है। रोमन-सम्राटों की तरह दूर, ऊंचाई पर बैठकर 'उधार देने वाला' गुलामों की इस दौड़ और होड़ का आनंद लेता है–अपने बनाये खेल के नियमों के भीतर गुलामों के पैंतरे और दांव तय करता है–जहां किसी भी गुलाम ने 'खेल के नियम तोड़े' कि सम्राट के सैनिकों की नंगी तलवारें उसे निर्ममता से 'हटा' देती हैं...

उत्पादन यानी रचना का विरोधी होना ही मूल्यहीन होना है। जो समाज या व्यक्ति अपनी 'रचनात्मकता' से जुड़ा नहीं होता वह जंगली असुरक्षाओं और हिंस्र-दौड़ का हिस्सा होता है। वह हत्याओं और आत्महत्याओं का समाज होता है, हिंसा और भ्रष्टाचार का समाज होता है। हिंदी पत्रकारिता का रचना-विरोधी होना और मूल्यहीन हो जाना एक साथ जुड़ा है, अब उसका 'नायक' छोटा और आम आदमी नहीं, बड़े ऊंचे-खेल-खेलनेवाला राजनेता, स्मगलर, भ्रष्टाचारी और हत्यारा है।

इस माहौल में एक रचनाश्रित पत्रिका की बात, दुस्साहसिक प्रयोग ही है। लेकिन कोई नहीं जानता कि कब कौन-सा प्रयोग 'सही सुर' पकड़ ले। रचना और विचार के प्रति विनम्र सम्मान और सरोकार ही 'हंस' की आधार नीति है।

यही कारण है कि "अब आप आ गये हैं। अब सब ठीक हो जायेगा" के आशीर्वाद उम्मीदों वाले पत्र 'हंस' में नहीं छापे जा रहे हैं, उनके लिए दूसरे साप्ताहिक, पाक्षिक और मासिक पत्र हैं, वहां के नृसिंहावतार ऐसे पत्रों की संख्याओं पर ही मालिकों के सामने अपनी उपयोगिता सिद्ध कर रहे हैं। वे यह भूल जाते हैं कि मेरे जैसों ने ऐसे मौकों के लिए सिर्फ एक पत्र तैयार कर रखा है, हर नये सम्पादक का नाम भर कर उसे ही भेज देता हूं..."धरती रसातल में जा रही थी, अब आप का अवतार हो गया है..." कुछ सम्पादक तो पाठकों के ऐसे पत्रों की भी राह नहीं देखते, नौटंकी (या पारसी-नाटकों) में, धमाके से आ कूदने वाले हनुमान की तरह खुद ही पूंछ घुमाने लगते हैं..."अब मैं आ गया हूं, कहां है रावण ?"

विश्वास है, जागरूक पाठक 'हंस' को इस रामलीला से बचायेंगे।

लेखकों और पाठकों का उन्मुक्त सहयोग मेरे मन में आभार से अधिक, आश्वासन ही देता है—सचमुच हम सब कितनी शिद्दत से एक जीवंत पत्रिका की जरूरत महसूस करते रहे हैं।

['प्रत्यागत', हंस, अगस्त, 1986]

'हंस' के पहले अंक को जो स्वागत, स्वीकार और सहयोग मिला है वह चाहे अभूतपूर्व न भी हो, अविश्वसनीय-सा तो लगता ही है। शायद ही किसी पत्रिका के प्रकाशन को इस उत्साह, आशा और आशंकाओं के साथ लिया गया हो। हां, संशयात्माओं के सवाल और सर्द अविश्वास न होते तो यह सब बहुत एकरस और सीठा हो गया होता, इन सब के पीछे 'हंस', उसकी परम्परा और व्यक्तिगत रूप से मेरी क्षमताओं के प्रति सरोकार ही रहा है। यहां फिर दुहराना चाहता हूं कि अपने किसी भी संपादक के समय 'हंस' वह नहीं था जो प्रेमचंद के समय रहा था—न रंगरूप में, न सामग्री और चयन-दृष्टि में, फिर मुझसे ही क्यों उम्मीद की जाती है कि मैं सन् 30-36 के 'हंस' की प्रतिलिपियां प्रस्तुत करूंगा ? यह समय और इसकी अपेक्षाएं भी वे नहीं हैं।

बहरहाल, साहित्य-संस्कृति और बौद्धिक जगत की घटनाएं वे नहीं होतीं जो राजनीति की होती हैं। यहां एक रचना, विचार आंदोलन या संस्था का जन्म लेना या मर जाना ही सबसे महत्त्वपूर्ण घटना या दुर्घटना है; एक पुस्तक, एक पत्रिका, एक कलाकृति या मंच-प्रस्तुति साहित्य-संस्कृति के सबसे बड़े समाचार हैं। हिंदी के कुछ अनपढ़ सत्ता-परस्त और रचना-विरोधी पत्रकारों के बावजूद 'हंस' के पुनर्प्रकाशन को एक घटना के रूप में ही लिया गया है—यह भुला दी गयी आस्था की पुनर्स्थापना है।

मेरी और हमारी अनुभवहीनता, कमियां, कमजोरियां हैं और उन्हें दूर करने की कोशिश में कमी नहीं है।

अनेक मित्रों ने पूछा है कि क्या उन लेखकों की रचनाएं भी 'हंस' में आयेंगी जो सिर्फ अपने सुख-दुख की ही कहानियां लिखते रहे हैं ? सही है कि हमारे बहुत से लेखकों की रचनाएं 'जन-चेतना की प्रगतिशील' कहानियां नहीं हैं। वे व्यक्तिगत अनुभवों और संबंधों की सीमित दायरेवाली कहानियां हैं, जो प्रायः अपने आपको अतिक्रमित नहीं करतीं मगर वे प्रामाणिक और सच्ची, यानी विश्वसनीय कहानियां हैं। उधर जिन्हें हम 'जनवादी या प्रगतिशील' कहानियां कहते रहे हैं उनकी ट्रैजेडी यह है कि वे अधिकतर अनुभव के प्रति ईमानदार कहानियां नहीं—विचार के प्रति मुग्धावस्था की कहानियां हैं। अनुभव को विचार तक लाने या विचार को अनुभव का हिस्सा बन जाने देने का धैर्य वहां दिखाई नहीं देता। नतीजे में कहानी के नाम

पर विचार का ज्यामितीय गुणनफल है–यानी वे सपाट दृष्टांत कथाओं से आगे नहीं जातीं। वे प्रायः इकहरी, नीरस और रीतिबद्ध (फार्मूला) कहानियां हैं–चरित्र, कथानक, अन्त और नतीजे, सब आपको पहले से पता होते हैं। उनमें 'राग-तत्त्व' एक सिरे से गायब होता है–मानो वह कहीं है ही नहीं। जिन्दगी में राग और अनुराग नहीं रहेगा तो संघर्ष क्यों होगा ? किसके लिए होगा ? आदमी सिर्फ मरने और मारनेवाली मशीन ही तो नहीं है, और न वह हर संघर्ष में विजयी होकर लाल-पताका फहराता है। वह हारता, टूटता, जीतता और घुटता भी है। देखना यह है कि हम उसे किस ऐतिहासिक और सामाजिक परिप्रेक्ष्य में समझते हैं। होरी और स्पार्टाकस का मर जाना विचार की पराजय नहीं है। समाज-द्रष्टा कथाकार के लिए 'रोमांटिक रिबैल' देवदास, और 'गंगा-मैया' के पाज़िटिव हीरो दोनों ही महत्त्वपूर्ण हैं। अगर दृष्टि की यह समग्रता न विकसित हुई होती तो क्यों दोस्तायेव्स्की जैसा लेखक आज फिर से रूसियों का प्रिय लेखक बन गया होता ? लेविन और अन्ना की 'अत्यंत व्यक्तिगत दाम्पत्य सम्बन्धों या प्रेम-त्रिकोण' की कहानी कैसे सारे रूसी समाज का दर्पण हो जाती ? प्रेमचंद ने भी जब 'साहित्य मात्र को प्रगतिशील' कहा था तब उनके सामने सिर्फ 'संघर्ष में विजयी' नायक ही नहीं थे–घीसू और माधव भी थे।

रचना के स्तर तक आया हुआ कोई भी मानवीय अनुभव व्यर्थ या निरर्थक नहीं है–देखना सिर्फ इतना है कि उसे समझने, परिभाषित करने या बड़े सामाजिक संदर्भों में रख सकने की निगाह हमारे पास है या नहीं। कोई अपने आपको चाहे जितना 'द्वीप' घोषित करे–हर व्यक्ति अपने एक 'सामाजिक समय' की ही उपज और निर्मिति है। वह किन्हीं भी दूसरी ऐतिहासिक और सामाजिक परिस्थितियों में हो ही नहीं सकता। जब पुराण और यूटोपिया तक अपने वर्तमान से बंधे होने की नियति से मुक्त नहीं है, तो वर्तमान का ही कोई 'खण्ड' समय के बड़े वर्तमान से अलग कैसे होगा ? यह समीक्षक की अपनी असफलता और अक्षमता है कि वह इन दोनों को जोड़े रखने या टूट जाने वाले तन्तुओं की तलाश नहीं कर पाता। आखिर हम रीतिकाल और भक्तिकाल को अपने इतिहास से निकाल तो नहीं फेंकेंगे ? हो सकता है कि हिंदी की प्रगतिशील समीक्षा को इतना वयस्क होने में समय लगे कि इन्हें सही परिप्रेक्ष्य में समझ-समझा जा सके...सार्त्र और बोउवा ने ज्यां जैने और मार्क्विस दी साद जैसे लेखकों की 'विद्रोह वृत्ति' को जिस गहराई और व्यापक स्तर पर समझा है–वैसा विवेचन एक लम्बी चिन्तन प्रक्रिया चाहता है। हमारा समीक्षक अभी तो मार्क्सवाद को सिर्फ बोल रहा है, उसे लागू नहीं कर रहा। उसने कभी सहानुभूति से जांचने की कोशिश नहीं की कि शोषित और दलितों पर बेहद यथार्थवादी कहानियां लिखनेवाला शैलेश मटियानी क्यों विचारों के स्तर पर 'जलेबीवाद' का सृजन करता है ? क्या यह जरूरी है कि लेखक के अपने 'विचारों' के संदर्भ में ही खुद उसकी रचनाओं को समझा या मूल्यांकित किया जाये ? यह भी तो अपने आप में

एक बहुत बड़ी सच्चाई है कि प्रतिभाशाली लेखक, अपने विचारक और रचनाकार की खाई पाट नहीं पाता, या कि अक्सर विचार के स्तर पर निहायत घपलाया हुआ लेखक, रचना में निर्भ्रान्त होता है। क्या इस लेखकीय खण्डित-व्यक्तित्त्व को समझने की सारी जिम्मेदारी किसी प्रयोगशाला में कैद मनोवैज्ञानिक की ही है, और हमारा काम उन्हें सिर्फ 'प्रगतिशील' और 'प्रतिक्रियावादी' जातियों में बांटे रखना है ? मैं मानता हूं कि विचार सूरज की तरह होता है और उसकी रोशनी में ही सारी चीज़ें साफ या सही परिप्रेक्ष्य में दिखायी देती हैं। रोशनी की जगह सिर्फ सूरज को देखना खुद अपनी रोशनी खो देना है।

विचार और रचना का यह द्वैत अगर 'हंस' में भी दिखाई दे तो मैं साग्रह चाहूंगा कि इसे किसी प्रकट या प्रच्छन्न नीयत और मन्तव्य से न जोड़कर स्थिति के अन्तर्विरोध (या द्वन्द्वात्मकता) के रूप में ही लिया जाये–सम्भव हो तो गहरे ईमानदार विश्लेषण विवेचन के साथ...

['मेरी तेरी उसकी बात', हंस, सितम्बर, 1986]

परम्परा रोशनी की होती है। मशाल, दीपक, ढिबरी, शम्मा, लालटेन, लैम्प या बल्ब की नहीं। ये तो वे संवाहक, माध्यम या निमित्त हैं जो रोशनी को हम तक लाये हैं। जब रोशनी का इतिहास लिखा जायेगा तो इन माध्यमों का उल्लेख श्रद्धा और आस्था से होगा–क्योंकि सांस्कृतिक विकास का सफर मानव-जाति ने इन्हीं माध्यमों के सहारे तय किया है। अगर ये माध्यम रोशनी को अपने तक ही सीमित कर लेते, स्वयं अपने आप में लक्ष्य बन जाते तो इतिहास रुक जाता। अपने को अतिक्रमित करने की क्षमता ही माध्यम की सार्थकता है...सारे, क्रांतिदृष्टा चिन्तक, विचारक, रचनाकार रोशनी की इसी परंपरा को हम तक लाये हैं और इसी रोशनी में हमें अपनी स्थिति, नियति और गति को देखना है।

'हंस' के पहले संपादकीय में मैंने प्रेमचंद की मूर्ति के लिए नहीं, इसी परम्परा के लिए प्रतिबद्ध होने की बात की थी। किसी भी मूर्ति या स्मारक तक ही रोशनी को बांध देने का आग्रह, उसकी विकास-क्षमता का अस्वीकार है। विचार का स्मारक एक पुस्तक, एक पत्रिका या विचार के लिए किया जाने वाला संघर्ष ही हो सकता है। अपने वर्तमान रूप में 'हंस' उसी अर्थ में प्रेमचंद का एक विनम्र, लेकिन गतिशील स्मारक है। मुझे प्रसन्नता है कि पाठकों ने 'हंस' को इसी रूप में लिया है और मैं कृतज्ञ हूं। रचनाकारों का भरपूर सहयोग इसी विश्वास को बल देता है कि रचना-विरोधी, विचार-शून्य होते जाने का प्रतिरोध हम सबकी साझी लड़ाई है।

पाठकों और लेखकों को शिकायत है कि क्या 'हंस' में सिर्फ प्रतिष्ठित स्थापित और विख्यात लेखकों की रचनाएं प्रकाशित होंगी ? इस बारे में कुछ स्पष्टीकरण

ज़रूरी है। बिना नये लेखकों को साथ लिये कोई भी पत्रिका जीवंत नहीं हो सकती। लेकिन हर नये लेखक को यह भी जानना होगा कि जिस क्षेत्र में वह काम कर रहा है, वहां पहलों ने क्या कुछ कर लिया है और कहां उसे उनसे आगे जाना है। इस दृष्टि से बरसों के रियाज से सधे सुरों की गहराइयों और ऊंचाइयों से साक्षात्कार करना प्रेरणा और चुनौती दोनों हैं। सिद्ध सुरों के बेसुरे हो जाने या उनके उतार को देखना भी उतना ही महत्त्वपूर्ण है जितना उनकी शीर्ष-यात्राओं को...कहते हैं हरेक को अपने अक्षमता-बिन्दु तक पहुंचना ही होता है–यानी वह पठार जहां प्रतिभाएं और क्षमताएं ठहराव पाती हैं। नया लेखक रचना-प्रक्रिया की इन जटिलताओं को पहचाने बिना अपने को भी शायद नहीं पहचान पायेगा...बहरहाल, आप पायेंगे कि अगले अंकों में पलड़ा उन्हीं की ओर झुकेगा...

बुजुर्ग, शुभ-चिन्तक कवि, सरदार अनूपसिंह जी मुझसे बहुत नाराज हैं, "न तुम्हारे पीछे कोई बड़ा हाउस है, न ट्रस्ट, न कोई आगा खां–कैसे निकालोगे पर्चा ? साहित्य-वाहित्य बाद में देखना–पहले कुछ चूरन-चटनी, चटखारा देकर सर्कुलेशन बनाओ, इश्तिहार लो-वर्ना..." मैंने बताया, "काम तो अपनी औकात के मुकाबले बहुत बड़ा उठा लिया है, मगर मेरे सारे संकट मित्रों के भरोसे ही पार हुए हैं" जवाब था, "तो कहो उनसे कि अच्छे पर्चे की जरूरत सिर्फ तुम्हें ही तो नहीं, उन्हें भी है। दिलायें इश्तिहार, बढ़ायें सर्कुलेशन और कुछ नहीं तो हजार-पांच सौ अमानती मेम्बर ही दें। इसके बिना क्या हवा में रहोगे ? भाषा और साहित्य का दम भरनेवाले सहयोग दे सकने की जगहों पर भी तो होंगे ? ये हवाई शुभकामनाएं कितनी दूर तक मदद करेंगी।" मैं उनकी इस नाराज़गी पर पाठकों की प्रतिक्रिया जानना चाहता हूं।

['मेरी तेरी उसकी बात', हंस, अक्तूबर 1986]

'हंस' के तीन अंकों ने ही मेरा एक बहुत बड़ा भ्रम तोड़ दिया है। पत्र-पत्रिकाओं, गोष्ठियां-समारोहों को लगातार देखते हुए मुझे भी लगने लगा था कि हिंदी में कुछ लिखा-विखा नहीं जा रहा, सिर्फ बहसें और बकवास हो रही है, बड़ी पत्रिकाओं से रचनात्मक साहित्य एकदम गायब हो गया था, चटनी-अचार की तरह कुछ दैनिकों के रविवारीय संस्करणों से ही मालूम होता था कि कुछ हो तो रहा है, मगर खास नहीं ! हर भूतपूर्व की तरह हमने भी मानना शुरू कर दिया था–"कहानी तो कोई लिख ही नहीं रहा। वे तो तब लिखी जाती थीं जब हम लिखते थे कि एक 'नई कहानियां' में आ रही है तो दूसरी 'कल्पना' में, कहीं 'ज्ञानोदय' है तो कहीं 'माध्यम' कहीं 'अजंता' है तो कहीं 'अवंतिका', कहीं 'वसुधा' है तो कहीं 'सारिका'। वह एक रचनात्मक-विस्फोट था, अब क्या रखा है।"

सचमुच एक युग ऐसा रहा है जब कहीं कुछ नहीं था, और मानना पड़ता था कि कहीं कुछ है भी नहीं। सरकारी-षड्यंत्र का शिकार 'किताब' गायब हो गयी, रह गयी—नौकरशाहों और व्यावसायिक संस्थानों की बधिया पत्रकारिता...या फिर हज़ार पांच सौ छपने वाली व्यक्ति-प्रयासी लघु-पत्रिकाएं...कहना चाहिए कि रचनात्मकता की मशाल को सिर्फ इन्हीं लघु-पत्रिकाओं ने जलाये या जिलाये रखा वर्ना...बहरहाल, इधर अचानक पाया कि नहीं, लोग तो लिख रहे हैं, और बहुत उत्कृष्ट चाहे न लिख रहे हों, बुरा भी नहीं लिख रहे...आनेवाली अधिकांश कहानियां इतनी ईमानदारी, सच्ची, सशक्त और कलात्मक (भी) होती हैं कि तय करना मुश्किल हो जाता है।

जहां चुनाव में गलती हो जाने की आशंका बनी रहती है वहीं मुझे अधिकांश हिंदी कहानियों से एक शिकायत भी है : बड़े पत्रों में कहानियां या कविताएं प्रायः नहीं होती हैं और लघु पत्रिकाएं बहुत ही चुने हुए पाठक-वर्ग तक सीमित होती हैं। ये पाठक इतने सीमित होते हैं कि आप चाहें तो अधिकांश के चेहरे याद कर सकते हैं, यानी खुद ही लिखने-लिखानेवाले इन पत्रिकाओं के पाठक भी होते हैं। नतीजे में वह पाठक हमारी निगाहों से छूट ही गया है जो किसी छोटी-बड़ी जगह बैठा है और जिसका चेहरा हमारा परिचित नहीं है। यानी कहानी-कविता सिर्फ अपने या अपने जैसों के पढ़ने-पढ़ाने की चीज़ हो गयी है और हमने बाक़ायदा यह दर्शन गढ़ लिया है कि साहित्यिक उत्कृष्टता ही वह है जो अपरिचित पाठक के लिए नहीं है, और साहित्य अपनी महानता में अपठनीय होता है। छोटे से लेकर बड़े तक शायद किसी लेखक की अब यह चिंता भी नहीं रह गयी है कि इसे कोई अनजान पाठक भी पढ़ेगा।

इस दिशा में बंगला, मराठी, उर्दू कहानियों से तुलना दिलचस्प है। हिंदी पाठक, बंगला, उर्दू कहानियां, उपन्यास इसलिए नहीं पढ़ते कि वे दिलचस्प, घटना-प्रधान और संयोगों पर टिकी इतिहास या वर्तमान की झूठ-सच मिली धूप-छांही कहानियां होती हैं। वे पढ़ते सिर्फ इसलिए हैं कि वे पठनीय होती हैं। हिंदी-कहानी प्रायः बोझिल, ठस और विचार-बोझिल समझकर पलट दी जाती है। महाश्वेता देवी की 'स्तनदायिनी' न हल्की-फुल्की कहानी थी और न कम सामाजिक सरोकार वाली। मगर सबसे पहला और एकमात्र गुण उसका यही था, कि सारी कलात्मकता, वर्ग-संघर्षी चेतना के बावजूद वह बेहद पठनीय कहानी थी—पाठकों को विश्वास में लेकर लिखी गयी थी, बेहद विश्वसनीय, विवरण और विचार के धाराप्रवाह को ही कहानी समझने वाले हिंदी कहानीकार को हर क्षण यह मानकर लिखने की जरूरत है कि अगर वह सिर्फ पाठक होता तो किसी पत्रिका में क्या उसी कहानी को पढ़ना पसंद करता जैसी उसने लिखी है ? हमें स्वीकारना होगा कि पाठक (चाहे वह खुद लेखक ही क्यों न हो) बेहद अधीर प्राणी है, और ठसाठस भरे पैराग्राफों को उसी तरह पलट देने की वृत्ति का शिकार होता है, जैसे मैं या आप। उसे बिंब और चित्र चाहिए...विकासमान स्थिति

चाहिए...विवरण और बखान नहीं, चाहे उनमें आपने कितनी ही महीन और महत्त्वपूर्ण बातें कहीं हों, वह उन्हें छोड़ देना चाहेगा।

['मेरी तेरी उसकी बात', हंस, नवंबर 1986]

अगले महीने से प्रेमचंद सार्वजनिक-संपत्ति होने जा रहे हैं। यानी कोई भी उनकी रचनाओं को छाप सकता है, जिस तरह चाहे उनका उपयोग कर सकता है। सुना है, आधा-दर्जन प्रकाशक 'प्रेमचंद साहित्य' छापने में जुटे हैं। ठीक वही स्थिति होने जा रही है जो देवकीनंदन खत्री की हुई। पिछले वर्ष 'नयी शिक्षा नीति' पर नेशनल बुक-ट्रस्ट द्वारा आयोजित सेमिनार में मैंने सवाल उठाया था कि इस तरह के कापीराइट मुक्त लेखकों के बारे में सरकार क्या सोच रही है ? ऐतिहासिक, सांस्कृतिक और राष्ट्रीय महत्त्व की इमारतों, मूर्तियों और चित्रों को सुरक्षित रखने, बचाने और उनकी प्रामाणिकता बनाये रखने के लिए बाकायदा सरकारी विभाग हैं, संग्रहालय और पुरातत्त्व मंडल हैं—क्योंकि ये चीज़ें ठोस और साकार हैं। साहित्य और संस्कृति उस अर्थ में ठोस और मूर्त नहीं होते। कापीराइट मुक्त लेखकों की प्रामाणिकता, मौलिकता और महत्ता बनाये रखने के लिए सरकार के पास क्या नीति है ?—क्या 'ताजमहल', 'आनंद भवन', और 'तीन मूर्ति' ही राष्ट्रीय धरोहर हैं, तुलसीदास, प्रेमचंद, और देवकीनंदन खत्री उत्तर-भारत की राष्ट्रीय धरोहर नहीं हैं ?

इस तरह की कॉपीराइट मुक्त रचनाओं के संरक्षण के लिए या उनका व्यावसायिक दुरुपयोग रोकने की दृष्टि से भी हमें कुछ सोचना चाहिए। पुरानी और नयी सारी रचनाओं के अधिकारों की देखभाल के लिए लेखकों-बुद्धिजीवियों की एक ऐसी समिति गठित की जानी चाहिए जो उनकी प्रामाणिकता के सही उपयोग की देखभाल करे। इस तरह की हर रचना पर एक न्यूनतम शुल्क या लाइसेंस फीस हो और उस राशि का उपयोग लेखकों के स्मारकों के निर्माण, रचनाओं के पाठ-शोध, प्रामाणिकता की रक्षा, कम मूल्य पर रचनाएं उपलब्ध कराने की दृष्टि से हो। रवीन्द्रनाथ ठाकुर की रचनाओं के लिए विश्व-भारती जिस तरह कार्य करती है, वही ढंग बाकी जगह भी अपनाया जा सकता है। काशी-नरेश ने रामचरितमानस के पाठ-शोध के लिए भी ऐसी ही विद्वन्मंडली नियुक्त की थी। आधुनिक उपलब्ध जानकारियों और तकनीक से पुरानी रचनाओं के आधिकारिक संस्करण तैयार कराये जा सकते हैं। डर यही है कि ऐसा बोर्ड, खाने-पीने, लाल फीताशाही, और नौकरशाही हथकंडों का अड्डा न बन जाये और फिल्म बनाने या रचनाएं छापने की आज्ञा के लिए वही तौर-तरीके न अपनाये जाने लगें जो सेंसर बोर्ड, और विश्वविद्यालयों के पाठ्यक्रम समितियों में किये जाते हैं, या फिर शोध और प्रामाणिक पाठ तैयार करने के लिए साहित्य सम्मेलन और नागरी प्रचारिणी की पुनरावृत्ति न हो...

बहरहाल, मैं यह मानता हूं कि हर वह महत्त्वपूर्ण लेखक जिसका कोई वली-वारिस नहीं है, राष्ट्रीय धरोहर है और उसकी रचनाओं को व्यावसायिक मगरमच्छों के निरंकुश हाथों में नहीं छोड़ा जा सकता...लेखकों, पत्रकारों और अन्य बुद्धिजीवी किस्म के सांसदों से हमारा आग्रह है कि वे इस सवाल पर उसी गंभीरता से विचार करें जैसे 'नटराज की मूर्ति' की तस्करी के लिए करते हैं...या ताजमहल, कोणार्क, अजंता, एलोरा को घुड़साल, वेश्यालय या मदिरालय बनाने के विरुद्ध करेंगे...

['मेरी तेरी उसकी बात', हंस, दिसंबर 1986]

'हंस' के पहले अंक में डा. संयुक्ता कौशल का एक पत्र छपा था 'अंग्रेजीदां जहालत'। उसमें विदेशी नामों और शब्दों के अंग्रेजी उच्चारणों को लेकर हाय-तौबा मचाने वालों की बात की गयी थी। स्थिति सचमुच दयनीय है कि हमारा बड़े से बड़ा अंग्रेजीदां, उस प्राइमरी-स्कूली मानसिकता से जिंदगी-भर नहीं उठ पाता जहां, उच्चारण, स्पैलिंग (वर्तनी) और व्याकरण का 'सही' होना ही ज्ञानी होना भी है। अगर अंग्रेजी के उच्चारण और स्पैलिंग, ग्रामर ही भाषा और ज्ञान हैं, तो जापानी, जर्मन और फ्रेंच–यहां तक कि दक्षिण भारतीय एक अज्ञानी और मूर्ख ही हैं। यह लंबे समय तक गुलाम रहने वालों की ही मानसिकता है। 'अपनी भाषाओं' से कटे होने के 'पाप-बोध' को 'आकाओं' जैसी इन विदूषकी अदाकारियों में महिमान्वित करने की कुंठा को कुछ दिन और जीने का अभिशाप हमें ढोना है।

इसी अदाकारी का एक दिलचस्प पहलू अंग्रेजी पत्रकारिता का साहित्य-पक्ष है। 'इंडिया टूडे' से लेकर 'झुमरी तलैया-टाइम्स' तक, घटनाओं, विश्लेषणों, नेता-वचनों सब में वे भारतीय हैं। नृत्य-नाटक-सिनेमा-सीरियल सभी कुछ प्रामाणिक रूप से वहां कवर किया जाना चाहिए। जो हो रहा है, वहां वे सबसे पहले भी हैं; और रोज़मर्रा के अर्थों में 'भारतीय' भी। हां, जैसे ही साहित्य या पुस्तक-समीक्षा की बात आयी कि अचानक उन्हें याद आ जाता है कि वे अंग्रेजी पत्रकार हैं; और उन्हें योरुप, अमेरिका सूझने लगते हैं। शायद ही राष्ट्रीय से लेकर तहसील स्तर का कोई टटपुंजिया अंग्रेजी पत्र होगा जो किसी भी भारतीय भाषा की पुस्तकों की नियमित समीक्षा देता हो–यहां की साहित्यिक गतिविधियों से परिचित कराता हो। यह काम अपनी-अपनी भाषाओं के पत्रों का है। घटिया, बाजारू और पचासों विदेशी पत्रों से चुराई, उठाई गयी तीसरे दर्जे के लेखकों की अनदेखी, अनपढ़ी पुस्तकों की समीक्षा देना उनके लिए ज्यादा गौरव की बात है। शायद उनके लिए देशी साहित्य और विचार के क्षेत्र में घटित होने वाली बात 'घटना' नहीं है। अजीब जहालत है कि इस पत्रकारिता में देश में घटित होने वाला सब कुछ होगा सिर्फ साहित्य और पुस्तकें

नहीं होंगी। शायद इसके पीछे 'देखने की सुविधा' तक सीमित रहना और पढ़ने-सोचने की असमर्थता ही है।

['मेरी तेरी उसकी बात', हंस, मार्च, 1987]

लगता है 'हंस' मित्रों की अपेक्षाएं पूरी नहीं कर पा रहा है। कुछ अतिबौद्धिक मित्र हैं जिनकी शिकायत है कि 'हंस' हल्की-फुल्की पत्रिका है। दूसरी ओर ज्यादातर लोग इसे अतिगंभीर पत्रिका मानकर शिकायत करते हैं कि इसमें 'हम जैसे लोगों के पढ़ने का भी कुछ डालिए'। कुछ को इसमें सामयिक ज्वलंत प्रश्नों की कमी खटकती है तो कुछ के लिहाज से इसमें साहित्य या साहित्यिक समस्याओं पर कुछ है ही नहीं। इन या ऐसी ही प्रत्याशाओं वाले मित्रों की स्वाभाविक राय है कि पत्रिका का कोई 'चरित्र' नहीं बन पा रहा है। आठ अंकों के बाद भी यह प्रक्रिया हमें बहुत निरुत्साहित नहीं करती। जिसे पत्रिका का 'चरित्र' कहते हैं, वह उसकी सीमाओं और सरहदों का तय हो जाना है, दूसरे शब्दों में विकास का चूक जाना या पहले से की गई भविष्यवाणी को झूठा न साबित करने की निश्चिंतता है। संभावनाओं की खोज 'हंस' को बासी होने से बचाये रहे, यही उसके जीवंत होने की निशानी है। रहा 'चरित्र', तो यह तो बरसों में विकसित या तय होता है। इतना काफी है कि 'हंस' न शोध पत्रिका है, न किसी अकैडमिक संस्थान का मुख-पत्र; पुलिस रिपोर्टों और राजनीति या नौकरशाही की गहरी, दुर्गम खोज करके 'पर्दाफाश' पत्रकारिता के कीर्तिमान स्थापित करना भी हमारा लक्ष्य नहीं है। हम तो रचना और विचार के माध्यम से पाठक को सीधे उन सामाजिक स्थितियों से दो-चार कराये रखना चाहते हैं, जिन पर पुनर्विचार की जरूरत बहुत पहले ही महसूस की जानी चाहिए थी। आज का कोई भी विचारक या रचनाकार यह भूल कैसे सकता है कि वह बौद्धिक ऐय्याशियों में किलोलें करनेवाले समृद्ध और संपन्न देश में नहीं, तीसरी दुनिया के संघर्षशील देश में रहने को अभिशप्त है, उसे शब्द की ब्रह्मशक्ति में नहीं, शब्द की सामाजिक शक्ति में ही अपने सरोकार तय करने हैं।

['मेरी तेरी उसकी बात', हंस, अप्रैल, 1987]

इस संयुक्तांक के साथ 'हंस' नयी जिंदगी का दूसरा वर्ष पूरा कर रहा है। पाठकों या सहयोगियों के प्रति आभार व्यक्त करना उन्हें छोटा बनाना है, क्योंकि ऐसा हर प्रयास एक टीम-वर्क होता है। हां, इस समय यह अहसास जरूर है कि अगर 'हंस' न होता, या आगे न रहे तो हम सबकी जिंदगी में कितना बड़ा शून्य पैदा हो जायेगा...शायद यही एक पत्र की सार्थक-यात्रा है कि वह लेखकों से लेकर पाठकों

तक की मानसिक ज़रूरत बन जाये; अलग और अकेली पड़ गयी आवाजों के लिए एक संवाद-सेतु बने...खुशी इस बात की है कि इन दो वर्षों में हमने जहां सशक्त कहानियां और कविताएं दी हैं वहीं जिंदगी को प्रभावित-निर्धारित करने वाले ज्वलंत मुद्दों पर खुली और बेबाक बहसें चलायी हैं—आधिकारिक विद्वानों और सामान्य पाठकों दोनों के लिए बराबर से अपनी बात कहने-सुनने का अवसर जुटाया है। जाहिर है कि 'हंस' का उभरता यह रूप परंपरागत साहित्यिक-पत्रिका का रूप नहीं है। साहित्य की अपनी सौंदर्य शास्त्रीय कलागत सीमित, या एकेडैमिक समस्याओं पर ही केंद्रित रहने की जगह हमें एक जीवंत पत्रिका के लिए यह ज्यादा जरूरी लगता है कि उसका सरोकार बने साहित्य, समाज, या सांस्कृतिक जगत के वे जलते सवाल और उन पर खुली बहस जो हर समय रचानाकार को झकझोरते रहते हैं—या जिनसे रचनाकार अप्रभावित या उदासीन नहीं रह सकता। हो सकता है इससे शुद्ध साहित्य या कला संपन्न पाठक निराश हुआ हो, मगर बहुत बड़े प्रबुद्ध वर्ग ने इसे भी साहित्य या अपरिहार्य सवाल मानकर खुले दिल से स्वागत किया है।

जिस तरह एक 'साहित्यिक पत्रिका' की अपने यहां एक रूढ़ि है, ठीक वैसी ही मूढ़ समझ पत्रिकाओं के विभाजन को लेकर है। आश्चर्य होता है कि अपने को बुद्धिजीवी कहने वाले कैसे बिना किसी संशय या शंकाओं के कुछ अंधविश्वासों को जीते चले जाते हैं, उनके लिए पत्रिकाओं के सिर्फ दो विभाजन हैं : लघु-पत्रिका और व्यावसायिक पत्रिका। नितांत व्यक्तिगत या सीमित-साधनों से हजार-पांच सौ छपने वाली पत्रिका है। लघु-पत्रिका, और आधुनिक रूपरंग में या दस-बीस हजार छपने वाली पत्रिका है, व्यावसायिक पत्रिका...यानी अगर 'पहल' बीस-हजार छपने लगे तब भी लघु-पत्रिका है और 'हंस' दो हजार पर आ जाये तब भी व्यावसायिक है। अब इस समझ को क्या कहा जाये ! वस्तुतः दुनिया में कहीं भी कला और साहित्य के क्षेत्र में वर्गीकरण इस सपाट ढंग से नहीं होते। आज वर्गीकरण सिर्फ एप्रोच या दृष्टिकोण के आधार पर ही हो सकते हैं; व्यावसायिक या गैर-व्यावसायिक। एक करोड़ या पचास लाख लगाकर भी सत्यजित राय की कोई फिल्म 'व्यावसायिक' नहीं है और पांच लाख लगाने पर भी 'जय संतोषी माता' घनघोर व्यावसायिक है। यह दूसरी बात है कि राय की कोई फिल्म संयोग से इतनी सफल हो जाये कि अपना पैसा निकाल ले—मगर ऐसी एक सफलता के पीछे बीस बार की व्यावसायिक असफलताएं भी हैं—यह नहीं भूलना चाहिए। आधुनिकतम प्रॉफ़ेशनल दक्षताओं और कौशल के इस्तेमाल के बावजूद 'सेमिनार', 'ई. पी. डब्लू', 'मेनस्ट्रीम' या 'मार्ग' गैर-व्यावसायिक पत्रिकाएं हैं। हो सकता है इनमें से कुछ में अधिक पैसा लगा हो और कुछ व्यक्तिगत या सहयोगी प्रयासों से ही निकल रही हों। जांचना यह चाहिए कि उनके पीछे के दृष्टिकोण और उद्देश्य क्या हैं ? उनसे उपलब्ध क्या करना है ? ज़ाहिर है कि छोटे-बड़े आकार या रूपरंग के आधार पर ही सतही मूल्याकंन

करने वाले, जब ऐसे गैर-व्यावसायिक प्रयासों से शुद्ध व्यावसायिक आधार पर जुड़ते हैं तो, निराश होते हैं। कोई भी दिहाड़ी-जीवी कारीगर ऐसी दरिद्र-संस्था से जुड़ा नहीं रह सकता जो उसकी मजदूरी न दे सके। हां कलाकार और रचनाकार से जरूर यह उपेक्षा की जाती है कि उद्देश्य, लक्ष्य (या प्रतिबद्धता) के प्रति हमदर्दी और सहयोग देगा—क्योंकि ये गैर-व्यावसायिक प्रयास ही अनुकूल वातावरण और मंच बनाकर रखेंगे ताकि स्वस्थ-रचनाकर्म और स्वतंत्र-विचार संभव हो सके...ये गैर-व्यावसायिक प्रयास अपने आप में चाहे अल्पजीवी या सीमित-साधनों वाले हों, मगर अपने प्रतिबद्ध तेवर के चलते कालांतर में इतने प्रभावशाली जरूर हो जाते हैं कि व्यावसायिक प्रयासों को भी अपना सोच बदलने की मजबूरी पैदा करें। 'हंस' एक ऐसा ही गैर-व्यावसायिक प्रयास है। देखना है कि हमारा लेखक वर्ग 'शोले' और 'अंकुर' में कोई फर्क भी करता है या दोनों उसके लिए सिर्फ फिल्में हैं, इनमें से वह किसके साथ और किन शर्तों पर जुड़ना (या जुड़े रहना) चाहेगा ? क्या उसकी अपनी प्रत्याशाएं दोनों से एक ही हैं...? 'अंकुर' मुरझाकर सूख जायें और आर्थिक समृद्धि के शोले भड़कते रहें—क्या रचनाकार के लिए यही संतोषजनक स्थिति है ? यह हम सब जानते हैं कि अगर अंकुर लहलहाने लगे तो आप जरूर अपना सहयोग लिये दौड़े आयेंगे—अगर वे मुरझायें नहीं, इसके लिए क्या करना चाहेंगे ?—सिर्फ दूर खड़े होकर अवसर की प्रतीक्षा ?

['मेरी तेरी उसकी बात', हंस, जून-जुलाई, 1988]

नये रूप में 'हंस' की निरंतरता का चौथा वर्ष इस अंक में शुरू हो रहा है। इस दौरान शिद्दत से महसूस होता रहा कि अपनी पक्षधरता और सामग्री से समझौता किये बिना पत्रिका के स्वरूप में कुछ परिवर्तन किये जाने चाहिए। पिछले अंक में पाठकों से सुझाव मांगे थे और वे शायद इस अंक में कुछ बदलाव पायें भी। आगे और भी होंगे। इसके पीछे अपनी ही एकरसता से मुक्त होने की छटपटाहट नहीं, एक वृहत्तर पाठक वर्ग तक पहुंचने की जरूरत भी है। मगर पहले इस पाठक-वर्ग के स्वरूप को समझना आवश्यक है।

नये रूप में 'हंस' की परिकल्पना के पीछे कहीं-न-कहीं नये सिनेमा की बात भी रही है। नये सिनेमा के सामने निश्चय ही दर्शकों का एक बहुत बड़ा वर्ग वह था जो बाजारू, झूठी, ऊलजलूल फिल्मों से क्षुब्ध ही चुका था और उसने फिल्में देखना बंद कर दिया था। "दर्शक यही चाहता है" के तर्क पर बंबइया फिल्म-उद्योग हर विदेशी फिल्म की बेहूदा, भौंडी, हवाई और पलायनवादी फिल्मों की नक्लें परोसे चला जा रहा था। नये और प्रबुद्ध युवक फिल्मकारों को लगा कि छोटी-छोटी फिल्म सोसायटियों से जुड़े, गिनी-चुनी भारतीय या अच्छी विदेशी फिल्मों के दर्शकों को अगर भारतीय लेखकों, परिस्थितियों वाली सोद्देश्य कलात्मक फिल्में दी जायें तो शायद

नयी तरह के सिनेमा की शुरुआत की जा सकती है। और तभी 'सारा आकाश' 'भुवनशोम', 'उसकी रोटी' और 'अंकुर' जैसी फिल्में आयीं। इनमें कुछ अच्छी थीं, कुछ बुरी। कुछ ने कहानियां तो विदेशी नहीं लीं, मगर सारी कला और ट्रीटमेंट बाहर से ले लिये थे। बहरहाल इनमें ताज़गी, नयापन और अनंत संभावनाएं तो थीं, मगर दर्शकों तक इन्हें वितरण की सही व्यवस्था नहीं मिल सकी–क्योंकि उन पर एकाधिकार व्यावसायिक फिल्मों का था। बड़ा मुश्किल था इस गढ़ को तोड़कर अपने लिए अवसर निकालना। हालांकि ऐसी सौ फिल्मों में से आठ या दस ही अपनी लागत निकाल पाती थीं फिर भी व्यावसायिक फिल्मों के मुकाबले यह प्रतिशत बहुत अधिक था। वहां बनने वाली चार सौ फिल्मों में से कुल पंद्रह-बीस ही 'बिजनैस' देती थीं। इसके बावजूद कला फिल्में घाटे का सौदा ही रहीं। हां, इन्हीं की बदौलत हमें कुछ विश्वस्तर के निर्देशक और अभिनेता ज़रूर मिले...

कहने की जरूरत नहीं है कि इन्हीं 'क्षुब्ध दर्शकों' (डिस्गस्टेड ऑडियेंस) की तरह क्षुब्ध-पाठक हमारे भी जहन में थे। सारी हिंदी-पत्रकारिता या तो भंडाफोड़ सनसनियों में डूबी थी या राजनैतिक फिल्मी अश्लीलताओं में। प्रोफेशनल होने के नाम पर समर्थ संस्थाओं की पत्रिकाएं, बेचेहरा व्यक्तित्वहीनता की शिकार थीं। साहित्य और प्रयोग केवल हजार-पांच सौ छपने वाली 'लघु पत्रिकाओं में' सिमटकर रह गये थे। इनके पीछे भी अधिकांश साहित्य के व्यापक सरोकार कम, व्यक्तिगत महत्त्वाकांक्षाएं अधिक थीं–इसलिए वहां या तो मित्र-लेखक होते थे या अपने समर्थक–या फिर नवोदित छपासु। लेखक बड़ी पत्रिकाओं से कट गया था और लघु पत्रिकाओं में जो भी, जैसा भी लिख देता था, उसे ही मित्र, लेखक-समीक्षक काटते या उछालते थे। यानी सब मिलाकर लेखन को गंभीरता से लेने वालों के पाठक या तो समाप्त हो रहे थे या निराकार...चूंकि लेखक के सामने ठोस पाठक नहीं था इसलिए वह जोर-शोर से या तो 'अमूर्त जनता' और 'अनुपस्थित पाठकों' के नारे लगाता था या संवाद और संप्रेषणीयता को साहित्य के लिए एक अनावश्यक फालतू-तत्त्व घोषित करता था। मूलतः वह समय, समाज या साहित्य के लिए किसी गहरी ज़िम्मेदारी से परेशान नहीं था। हालांकि वह सैद्धांतिक और शास्त्रीय बहसें सबसे अधिक इन्हीं तीनों पर करता था। नतीजे में समीक्षकों, चिंतकों और सिद्धांत-शास्त्रियों की एक ऐसी फौज तैयार हो गयी जो बताती थी कि लेखक को क्या और कैसे लिखना चाहिए। रचनाकार पृष्ठभूमि में चला गया था। आज भी लघु-पत्रिकाओं की दुनिया व्यावहारिक समीक्षाओं से नहीं, तत्त्ववादी समीक्षकों या विश्वविद्यालयी शास्त्रियों से आक्रांत दुनिया है–निरंतर अकेली और सिमटती हुई दुनिया...

निश्चय ही ऐसे माहौल में 'हंस' एक बहुत बड़ा और दुस्साहसिक प्रयोग था–लगभग असफलता के लिए अभिशप्त...सबसे बड़ा आतंक तो 'हंस' नाम का ही था। कहां प्रेमचंद से लेकर अमृतराय तक की महान और विराट परंपरा और

कहां...निराला के दोहे का सहारा लूं तो "कहां बिहारी लाल हैं, कहां दुलारे लाल..." और बाद में वे आरोप आये भी..."बैल न कूदा, कूदी गौन," या 'यह मुंह और मसूर की दाल' से लेकर 'कौआ चला हंस की चाल' तक, व्यावसायिकता से लेकर पांचवें सवार तक। दूसरी दिक्कत आयी स्वयं लेखकों की ओर से। हम चाहते थे कि उबाऊ, रूखी, एकरस लघु-पत्रिकाओं और भेल-पूड़ी छाप बेचेहरा व्यावसायिक पत्रकारिता के बीच 'हंस' को ऐसा क्या रूप दिया जाये कि उन प्रबुद्ध-क्षुब्ध पाठकों को अपने साथ जोड़ सकें जो सारे देश में बिखरे हैं, साहित्य-कला से उदासीन होकर दूसरी दिशाओं में मुड़ गये हैं या शब्दहीन कुढ़न में सिनिक होते चले जा रहे हैं। लेकिन लेखक थे कि या तो राजनैतिक फॉर्मूलों की निहायत ही पूर्वानुमेय, नकली और झूठी कहानियां लिख रहे थे—या कला और अध्यात्म की बारीक उलटबासियां के भोपाली संस्करण पेल रहे थे। दोनों के पास महान क्रांतिकारी सिद्ध करने वाले 'जागरूक' या 'कलादग्ध' समीक्षक थे, अंतर्राष्ट्रीय अधिकारियों के उद्धरणीय चिंतन थे। एक राजनैतिक नारे लिख रहा था तो दूसरा शाश्वत किस्म की अमर-सूक्तियां। पाठक दोनों के पास नहीं था। मूलतः दोनों पाठकों से डरते या घृणा करते थे। हां, इस दौरान दोनों प्रकार के लेखक इतने महान जरूर हो चुके थे कि उन्हें पाठक की अनुपस्थिति की याद दिलाना, अपना घर जलाना था। एक का तर्क था : बारीक और गहरी कलात्मक रचनाओं के पाठक हमेशा गिने-चुने लोग होते हैं, उन्हें जनता या सामान्य-जन के धरातल पर उतार लाना कलाओं का बाज़ारूकरण और कुत्साकरण है। उसके लिए एक विशेष संस्कार और अभिजात बौद्धिकता की जरूरत है। वायवीय दुनिया में नारे लगाता हुआ दूसरा वर्ग दहाड़ रहा था कि पहली ज़रूरत व्यवस्था बदलना और क्रांति है—पाठक आखिर जायेगा कहां। आज वह नहीं है तो कोई बात नहीं, कल होगा।

कलात्मकता के अभिजात अहंकार और जन-प्रतिबद्धता की सैद्धांतिक धमकियों में फंसे, 'पैरेनोइया' के शिकार ये दोनों लेखक अपने आस-पास की इस सच्चाई को नहीं देख पा रहे थे कि पड़ोस में ही सिनेमा और नाटक में निरंतर प्रयोग करते जाने की ऊर्जा कहां से आ रही है ? आखिर क्यों सारी कलात्मक और बौद्धिक हलचलों के केंद्र सिनेमा और नाटक हो रहे हैं ? और वह सच्चाई थी अधिक से अधिक दर्शकों के साथ 'संवाद' की ललक। एक अच्छी फिल्म को न देखना 'पिछड़े होने' या कहीं कुछ 'मिस करने' की कचोट पैदा करता था। कला की दूसरी विधाओं की समझ में यह आ रहा था कि विशिष्ट लिपि में लिखे गये उस महानतम संगीत-कंपोजीशन का कोई अर्थ नहीं है—जिसका श्रोताओं के सामने परीक्षण न किया गया हो। कला का गंतव्य न तो कूड़ेदान है, न भविष्य के नाम लिखी गयी बंद तिजोरी। उसे तो सामने वाले की सक्रिय भागीदारी के बीच ही बनना-संवरना उगना और बढ़ना है।

पाठक और लेखक के संवाद और अंतर्क्रिया के बीच इन तीन वर्षों में 'हंस' का जो स्वरूप उभरा है वह आपके सामने है। उसकी उपलब्धियों का मूल्यांकन करने की स्थिति और औचित्य में हम नहीं हैं। विनम्रतापूर्वक इतना ही कहा जा सकता है कि अपने समय की रचनात्मकता के साथ जुड़ने और विचार-प्रक्रिया में हिस्सेदार होने की प्रेरणा से ही हमने नये से नये लेखकों की रचनाएं दीं, प्रबुद्ध फिल्मकारों, मंच-निर्देशकों, चित्रकारों और समाज-चिंतकों का सहयोग लिया और सबसे अधिक महत्त्व दिया पाठकों की बेबाक प्रतिक्रिया को। शायद पहली बार पाठकों को यह अवसर मिला कि संपादक सहित बड़े से बड़े लेखक की रचना के बारे में बेबाक, दो टूक बोल सकें, अपना पक्ष रख सकें और पूरे सम्मान के साथ विरोध और समर्थन दे सकें। ज़ाहिर है कि प्रतिष्ठित लेखकों को ऐसे मंच का अभ्यास नहीं रह गया था। इसलिए वे बहुत अनकुस (अनकम्फर्टेबिल) महसूस करते थे। पठ़नीयता महान साहित्य का गुण है या नहीं, मैं नहीं जानता—मगर विश्वास और रणनीति दोनों के तहत मुझे लगता है कि इस समय पाठकोन्मुखता ही हमें गतिरोध से बाहर ला सकती है; कुत्ते की तरह अपनी ही पूंछ पकड़ने की चकरघिन्नियों से मुक्ति दे सकती है। पता नहीं, हमने प्रेमचंद और 'हंस' की परंपरा के साथ विश्वासघात किया है या नहीं, मगर इतना शुरू से साफ था कि सन् 30-36 के 'हंस' की प्रतिलिपियां हम पुनर्प्रस्तुत करने नहीं जा रहे हैं। वह 'हंस' अपने समय से जुड़ा था और यह 'हंस' अपने समय और मुहावरे से जुड़ सके—यही हमारा प्रयास था। फिर से इस नाम को लेने के पीछे व्यावसायिक दृष्टि बिल्कुल नहीं थी—हां, पूर्व-स्वीकृति की आकांक्षा हो सकती है—ताकि साहित्यिक पत्र से नत्थी जोखिम को किसी हद तक कम किया जा सके...बहरहाल, बार-बार तुलना की अग्निपरीक्षा से गुजरने की बजाय मैं तो यही आग्रह करूंगा कि इस 'हंस' का मूल्यांकन एक स्वतंत्र पत्र की तरह हो। जो कुछ हम आज हैं, उसे बाप दादों का यश कब तक सहारा देगा ?

हां, प्रसिद्ध समाजशास्त्री डा. श्यामाचरण दुबे ने 'हंस' का पहला अंक देखकर लिखा था : "यह तो वह 'हंस' नहीं, जिसमें मैं पहले लिखा करता था—इतना भव्य, इतना खर्चीला।" निश्चय ही उनकी यह टिप्पणी इस 'हंस' के रूप रंग और प्रस्तुतीकरण पर थी। शायद कहीं यह रूपरंग ही है कि लघु-पत्रिकाओं के मानदंड और दंडाधिकारियों की निगाह में 'हंस' एक बाहरी और व्यावसायिक आयोजन है, और इधर व्यावसायिक दुनिया का सबसे दरिद्र-शूद्र...जिस पत्रिका के पीछे न देशव्यापी पत्रिका-समूह हो, न भारत-भवन, साहित्य अकादमी या ज्ञानपीठ जैसा संस्थान वह इस प्रस्तुतीकरण की हिमाकत करे—यह सचमुच गले उतरने वाली बात नहीं है। जरूर पीछे कोई हाजी मस्तान है या बद्रीविशाल पित्ती...लाटरी और बाहरी पैसे का भी शक किया गया। इस संदर्भ में भी दो-एक बातें बताना ज़रूरी हैं : मैंने प्रेमचंद के ज़माने के अंक देखे हैं, कागज, छपाई और रूपरंग में वह 'हंस' अपने समय का हल्का

प्रस्तुतीकरण नहीं है। दूसरे, फिर सिनेमा का उदाहरण दूं : अपने कथ्य और मंतव्य में नया, गैर-पारंपरिक, क्रांतिकारी या कलात्मक होने के बावजूद नयी तरह का सिनेमा, अगर अपनी तकलीफ या प्रस्तुतीकरण में प्रागऐतिहासिक होता या उन्नत और आधुनिक रुचि का ध्यान न रखता तो क्या अपनी लागत निकाल सकने लायक दर्शकों की भी उम्मीद कर सकता था ? वे फिल्में व्यावसायिक नहीं थीं, मगर प्रस्तुतीकरण में पिछड़ी हुई भी नहीं थीं। खर्चीलेपन की क्षतिपूर्ति उन्होंने प्रयोगों और नये तरीके तलाश करने के रूप में की थी। वे फिल्मों को स्टूडियो की घुटी दुनिया से निकालकर बाहरी और खुले प्राकृतिक, कम-खर्चीले परिवेश में ले आयी थीं। इसी संकल्प और विश्वास से प्रेरित 'हंस' भी ढाई संपादकों के कुटीर-उद्योग की व्यवस्था से निकल रहा है। हजार-पांच सौ प्रतियां हमारा आदर्श नहीं था और इस दृष्टि या सामग्री के साथ, लाख-पचास-हजार का सर्कुलेशन असंभव था। व्यावसायिकता के जिन तर्कों और तरीकों से नियोजित पत्रिकाएं सफल और समृद्ध होती हैं–वैसी न तो हमारी आकांक्षा थी, न हमारे पास दृष्टि या समझदारी, व्यवस्था तो थी ही नहीं। सिर्फ मित्रों और अपनी तरह सोचने वालों के बढ़ते दायरे का विश्वास ही एक मात्र संबल था और है। निरंतर और कमरतोड़ आर्थिक घाटे के बावजूद, लघु तथा व्यावसायिक दोनों तरह की पत्रिकाओं के बीच अछूत की स्थिति में तीन वर्ष 'हंस' का इस रूप में निकलते रहना चमत्कार ही लगता है। मैं फिर कहूंगा कि व्यावसायिकता न लागत से तय होती है, न रूपरंग से। वह तय होती है दृष्टि, एप्रोच, सामग्री और परिणाम से। हां, लागत कितनी भी कम या ज्यादा हो–आदर्श से प्रेरित हर आयोजन की कोशिश तो यह रहती ही है कि घाटा बर्दाश्त से बाहर न हो जाये और एक स्थिति ऐसी ले आयी जाये कि आयोजन आत्मनिर्भर हो सके। उदाहरण मैंने पहले भी दिया था कि चालीस लाख की फिल्म 'शतरंज के खिलाड़ी' गैर-व्यावसायिक फिल्म थी और ढाई-तीन लाख की 'जय संतोषी मां' जड़मूल से व्यावसायिक। हां यह जरूर है कि थोड़े घाटे को भूला या लंबे समय तक खींचा जा सकता है, बड़ा घाटा आयोजन को समाप्त करने या व्यावसायिकता के साथ समझौता कर लेने की मजबूरी पैदा कर देता है।

बहरहाल, भयानक कठिनाइयों और खींचतान से गुजरते हुए भी हम निरंतर सचेत थे कि 'हंस' की सबसे बड़ी कमजोरी है–प्रबंधन। अगर वितरण तथा अन्य प्रबंधनों को अनुभव या सूझ-बूझ से संभाला जा सके तो कठिनाइयों पर शायद विजय पायी जा सकती है। जो सामग्री हम दे रहे हैं या जिस तरह दे रहे हैं उसके समर्थक और पाठक देश-विदेश में इतने जरूर हैं कि 'हंस' जैसी पत्रिका को चलाये रख सकें; न तो हम उन संभावनाओं को खोज पा रहे हैं, न उपलब्ध स्थितियों का सही इस्तेमाल कर पा रहे हैं, वैसी क्षमता और साधन भी नहीं हैं।

['मेरी तेरी उसकी बात', हंस, अगस्त, 1989]

इधर कुछ आदर्शों और गंभीरता से निकाली जाने वाली पत्रिकाओं की जरूरत और जिम्मेदारी दोनों बहुत बढ़ गयी हैं। हिंदी के सारे नये-पुराने पत्र अब 'ब्राडशीट' में, यानी दैनिक पत्रों के आकार में हो गये हैं। उनके पुराने हिंदी नाम या तो बदल दिये गये हैं या सहयोगी अंग्रेजी नामों से उन्हें निकाला जा रहा है। 'दिनमान' अब 'दिनमान टाइम्स' है, सुना है 'धर्मयुग' और 'साप्ताहिक हिंदुस्तान' भी इसी दिशा में जाने को हैं, उधर 'संडे आब्जर्वर', 'संडे मेल' हिंदी में निकलने ही लगे हैं। यह प्रवृत्ति शुरू की थी 'इंडिया टुडे' ने हिंदी में इसी नाम से पाक्षिक निकालकर। यह राजीव गांधी-युग के दून-स्कूली उन्हीं नकलची उद्योगपतियों की भेड़ियाधसान है जहां रामसिंह, रेमज़े और मक्खनलाल, मैक्लीन होकर अचानक प्रतिष्ठा प्राप्त कर लेते थे। ब्रिटेन और अमेरिका से निकलने वाले अखबारों के नाम उड़ाकर ही उन्हें संतोष नहीं हुआ, वे जिंदगी के हर क्षेत्र में इस नकल को ठूंस देना चाहते हैं। इससे भारतीय मध्य वर्ग के हीनता-बोध को भी भुनाया जा सकता है और ठेठ गंवई देहात का आदमी या लखनऊ मेरठ का क्लर्क गर्व से, भाषा का जिक्र किये बिना कह सकता है कि वह अब 'इंडिया टुडे', 'संडेमेल', 'संडे आब्जर्वर', 'इलस्ट्रेटेड वीकली' पढ़ता है—यानी वह अंग्रेजीदां संभ्रांत है। इसके पीछे अंग्रेजी पत्रों के विज्ञापनों को भाषाई पत्रों में ले सकने की व्यावसायिक दृष्टि भी हो सकती है। क्योंकि विज्ञापन एजेंसियां सिर्फ अंग्रेजी जानती हैं। सरकार में आये नये लोगों को समय रहते इस बाढ़ को रोकना चाहिए, वरना पश्चिमी समृद्ध कंज्यूमरिज्म (उपभोक्तावाद) का यह लगातार होता हमला सारे देश को एक गलत होड़ या दौड़ में डाल देगा। हमें यह नहीं भूलना चाहिए कि पूर्वी योरुप की वर्तमान उथल-पुथल के पीछे पचास वर्षों से यही उपभोक्तावाद अपने दूरदर्शनी गुरिल्ला भी भेजता रहा है।

जहां कुछ लोगों को हर क्षण यह बताया जाता है कि वे कितने विपन्न, दीन, वंचित और अभावग्रस्त हैं—जबकि दूसरे कितनी पांच सितारा जिंदगी जी रहे हैं। एशियाई देशों के खुले खेतों में तो यह जहरबीज और भी आसानी से फेंके जा सकते हैं। क्योंकि यहां की व्यापक गरीबी नवीनतम चमकदार लालचों के लिए सबसे जरखेज़ जमीन है। चूंकि सीधे रास्तों से वह सब बेतहाशा समृद्धि संभव नहीं है इसलिए राष्ट्र और समाज विरोधी साजिशों या लूटमार, हत्या-षड्यंत्र ही एकमात्र तरीके बचते हैं जहां रातों-रात धन और संपन्नता पायी जा सकती है। व्यावसायिक हितों में सत्ता और समाज की प्राथमिकताएं बदलने का यह दूरगामी नुस्खा अब काफी जगह सफलता से आजमाया जा चुका है।

इन चुनावों ने यह सिद्ध कर दिया है कि उत्तर भारत को समझे बिना न अखिल भारतीय राजनीति की जा सकती है और न व्यावसायिकता। संयोग से भारत के हर क्षेत्र की भाषा हिंदी है इसलिए अपने प्रभाव की दृष्टि से हिंदी में पत्र निकालना इनकी राजनीतिक और व्यावसायिक मजबूरी है। नया नेतृत्व इनके दुर्भाग्य से अंग्रेजी

को पहलेवालों की तरह घास नहीं डालता।

ये ब्राडशीट या दैनिकाकार यहीं नहीं रुकते। चूंकि बड़े उद्योगपति इनके मालिक हैं इसलिए ये उनकी अपनी औद्योगिक गलाकाट प्रतियोगिता का राजनैतिक लठैतों के रूप में भी सेवा करते हैं–सत्ता को साधने या दुश्मन का सफाया करने की विशेष दक्षता के साथ। अधिकांश इस क्षेत्र के अनाड़ी हाथों में हैं इसलिए इन पर न परंपरा का अंकुश है न पेशे की निष्ठा–यानी प्रॉफेशनल इंटेग्रिटी। जिसे यह प्रॉफेशनल एटीट्यूड कहते हैं, वह विदेशों जैसे पत्रोंवाली पेशे की आचार-संहिता नहीं, साबुन-तेल के उद्योगों की प्रॉफेशनल चतुराई है। इन शिक्षा और संस्कारशून्य उद्योगपतियों ने शायद ही कभी विदेशों के बड़े अखबारों को उनके ऐतिहासिक परिप्रेक्ष्य में पढ़ने की कोशिश की हो उन्होंने तो शीर्षक देखे, सरकुलेशन जाना और देश की ओर दौड़ पड़े।

बात इतनी ही होती तब भी गनीमत थी। यह नयी पत्रकारिता जिस तरह सारे पत्र-पत्रिकाओं के चेहरे बदल रही है वह ज्यादा गंभीर मुद्दा है। हिंदी हो या अंग्रेजी, इनमें से किसी अखबर के नाम की जगह दूसरा फिट किया जा सकता है। वही सूचनाएं, वही समाचार। अपना ऐसा कुछ नहीं जो दूसरे से अलग हो। पूरे पन्ने को चार या आठ भागों में विभाजित करके भेलपूड़ी-छाप रिपोर्टें और विश्लेषण। नतीजे में ये पत्र पाठक को सूचनाएं तो बहुत परोसते हैं। मगर न स्थितियों की समझ देते हैं न दृष्टि। दृष्टिहीन सूचनाएं और जानकारियां आदमी को सिर्फ एक नासमझ गोदाम में बदल देती हैं। इसीलिए मैंने शुरू में कहा ऐसे समय 'हंस' जैसी पत्रिकाओं की ज़रूरत और ज़िम्मेदारी ज्यादा बढ़ जाती है।

['मेरी तेरी उसकी बात', हंस, अप्रैल, 1990]

हर बार रोता या मदद के लिए चिल्लाता आदमी किसे अच्छा लगता है ? 'भेड़िया आया' की गुहार बहुत जल्दी ही हास्यास्पद हो जाती है। मगर डूबता हुआ व्यक्ति अपनों को न पुकारे तो क्या करे ? चार वर्ष में दूसरी बार 'हंस' फिर अस्तित्व के ऐसे ही प्रश्न के सामने आ खड़ा हुआ है कि निर्णय की मजबूरी पैदा हो रही है : 'हंस' को बंद कर दिया जाये या त्रैमासिक-छमाही बनाकर किसी तरह चलाये रखा जाये ? यहां एक बात साफ कर देना जरूरी है। 'हंस' को न पाठकों के प्यार की कमी है, न स्वीकृति की। साहित्यिक पत्र दुनिया में कहीं और कभी लाखों में नहीं छपते–फिर 'हंस' जैसा पत्र जो स्वतंत्र और बेबाक-बेलाग होने की परंपरा और ग़लतफहमी का शिकार भी हो ! 'हंस' के पीछे न सरकारी पैसा है, न बड़ा संस्थान, न कोई ट्रस्ट है और न ही बदरी विशाल पित्ती जैसा 'सिरफिरा' पैसे वाला; शायद इस समय भारतीय भाषाओं में 'हंस' ही अकेला ऐसा पत्र है जो राजनैतिक अश्लीलताओं और बाज़ारू सनसनियों से भरी पत्रिकाओं के बीच एक यत्किंचित

विकल्प-प्रारूप देने की कोशिश कर रहा है ! इसलिए सुरक्षित छातों के नीचे और संरक्षित मचानों (या कोठों ?) के ऊपर बैठे लोग अस्तित्व के इस संघर्ष पर संतोष के साथ हंस सकते हैं कि "हम तो पहले ही जानते थे" या कि "व्यक्तिगत अहं और शौक ही पूरा करना था तो दर्जनों त्रैमासिकों की तरह आप भी एक निकाल देते–इस तरह की प्रस्तुति में और वह भी मासिक निकालने की जरूरत क्या थी ?" शायद उनकी सलाहें सही थीं। मगर मैं अपने इस विश्वास से मुक्त नहीं हो पाता कि द्वैमासिक-त्रैमासिक प्रायः संकलन या सर्वे होते हैं : बनते और बढ़ते (या गिरते) साहित्य में उनकी हिस्सेदारी या हस्तक्षेप उतना नहीं होता जितना एक साप्ताहिक या मासिक का...कि कहीं इतने पाठक जरूर हैं जो 'हंस' जैसे पत्र को चलाये रखने में मदद दें–यह दूसरी बात है कि हम शायद उन तक पहुंच नहीं पा रहे।

बहरहाल, कागज, छपाई, डाकखर्च और अन्य व्यवस्थाओं के चक्रवर्ती खर्चे–लागत और लौटने के बीच की खाई को निरंतर चौड़ा करते चले जा रहे हैं–यानी चार साल पहले यह खाई जितनी चौड़ी थी, आज सारी कोशिशों-किफायतों और कटौतियों के बावजूद उतनी ही है, हर चीज की तरह पत्र-पत्रिकाओं के दाम ड्योढ़े और दुगुने हो गये हैं। हमारी कोशिश थी कि यह बोझ पाठक पर न डालकर विज्ञापनों या दूसरे साधनों से पूरा किया जाये। इसी दृष्टि से व्यवस्था और वितरण के विशेषज्ञों से सहयोग लेने की कोशिश की गयी। मगर इसी अंक से आप देखेंगे कि वहां भी कुछ परिवर्तन करने पड़े हैं। चौतरफा कोशिशों में से अब एक यह भी है कि 'हंस' का मूल्य बढ़ रहा है। आज शायद ही कोई पत्रिका हो जिसका मूल्य आठ या दस रुपये से कम हो। सहयोगी 'सारिका' तो सालभर से दस की है। 'हंस' का मूल्य दस रुपये कर देना, बहुत बड़ी छलांग और पाठकों को अपने प्रति ज़्यादती लग सकती है, मगर इसके सिवा बचाव का कोई चारा भी तो नहीं है–शायद वर्ष के बारह अंकों में दो को संयुक्त करने के अपराध-बोध से हमें भी मुक्ति मिलेगी। मुझे पूरा विश्वास है कि 'हंस' को प्यार करने वाले पाठक इस ज्यादती को बर्दाश्त ही नहीं करेंगे–इसके प्रचार-प्रसार और विज्ञापनों के रूप में और भी अधिक हमारी भरपूर मदद करेंगे। हां, मेरी व्यक्तिगत अपील है कि आप जहां भी हों, जो भी हों दूर खड़े होकर हार-जीत के फैसलों पर तालियों और गालियों की मानसिकता से बाहर आयें और 'हंस' को बचाने के इस अभियान में सक्रिय हिस्सेदार हों, हर पाठक पांच या दस नये सदस्यों की व्यवस्था कर दे तो सच मानिए, हमें आगे लड़ने के लिए बहुत बड़ा संबल मिलेगा।

['मेरी तेरी उसकी बात', हंस, जुलाई, 1990]

हंस को चार सालों में एक बात का गर्व ज़रूर है कि जितने चौकन्ने, सजग, प्रबुद्ध और अपनी बात के लिए आग्रहशील पाठक हमारे साथ जुड़े हैं, वैसे कम ही

पत्र-पत्रिकाओं के होंगे। हमारा यह स्तंभ किसी भी महत्त्वपूर्ण रचना की तरह ही पढ़ा जाता है। रचनाओं के चुनाव को बहाना बनाकर या सीधे-सीधे संपादक की प्रशस्तियां गाकर छपने वाले पाठक धीरे-धीरे अपना धीरज खोते जा रहे हैं या उन्होंने दूसरी पत्रिकाएं तलाश कर ली हैं और किसी विचार, मुद्दे या रचना को केंद्र में रखकर अपना दृष्टिकोण प्रस्तुत करने वालों की संख्या बढ़ी है। वे पद, प्रतिष्ठा या उम्र का लिहाज़ बरतरफ करके साधिकार अपनी बात कहते हैं। मगर उनसे मुझे दूसरी शिकायत है। कुछ हैं जो प्रतिक्रिया देने के नाम पर मूल रचना से दुगुने-चौगुने आकार के 'पत्र' भेज देते हैं और आग्रह करते हैं कि उन्हें अक्षरशः छापा जाये। वैसे भी हमें प्रायः यह सुविधा नहीं है कि बाकायदा पत्रों का संपादन किया जा सके। हमारे लिए यह केवल एक रवायती स्तंभ नहीं है। संक्षेप में विचारों का ऐसा संकलन है जहां विभिन्न रचनाओं के अनदेखे आयामों को उद्घाटित किया गया हो। हमारी इच्छा है कि हर पत्र एक छोटी, मगर मुद्दे पर केंद्रित स्वतंत्र रचना हो—जैसे किसी सेमिनार में पांच-छः मिनट में अपनी बात कही जाती है। विश्वास है पाठक इस आमंत्रण और चुनौती को स्वीकार सकेंगे—विशेष रूप से कथाकार और चिंतक।

लगभग यही हाल विचार लेखों का है। गंभीर गवेषणाओं से भरी एक शोध-पत्रिका और रचनात्मक साहित्य की पत्रिका में अंतर है। यहां न तो पृष्ठों की संख्या को नज़रअंदाज़ किया जा सकता है और न ही ठस किताबी भाषा की गुट्ठल अपठनीयता को। व्यक्तिगत रूप से मैं नहीं मानता कि विचार की संश्लिष्टता और भाषा की जटिल दुरूहता एक दूसरे के पर्याय हैं। भाषा तभी उलझती है जब या तो विचारों में अस्पष्टता हो, या अंग्रेज़ी में सोचा गया वाक्य ज्यों का त्यों हिंदी में उतार देने की जिद हो। वहां भाव, वस्तु या उसकी संप्रेषणीयता उतनी महत्त्वपूर्ण नहीं होती जितनी शब्दों के मशीनी अनुवाद की प्रवृत्ति। वहां लेखक मूल वाक्य या शब्दों से इतना आक्रांत होता है कि उसे हिंदी का अटपटापन अखरता ही नहीं है, क्योंकि हिंदी में भी वह अपनी मूल अंग्रेजी ही पढ़ रहा होता है। इस हिंदी को पुनः अंग्रेजी में उल्था करके ही आप कुछ समझ सकें तो समझ लें। यह अनपची सोच मूलतः हिंदी में अंग्रेजी-लेखन का उदाहरण है। रमेशचंद्र शाह, रमेश कुंतल मेघ के बरअक्स वात्स्यायन, मुक्तिबोध, विजयदेव नारायण साही, रघुवीर सहाय, निर्मल वर्मा, नामवर सिंह, अशोक वाजपेयी जैसे न जाने कितने लेखक हैं जो विचार और चिंतन की अनेक-स्तरीय गहराइयों को संप्रेषणीय और पारदर्शी बनाकर रचनात्मक गद्य के पठनीय उदाहरण प्रस्तुत करते हैं। शायद इस विषय में आचार्य रामचंद्र शुक्ल और रामविलास शर्मा आदर्श हैं। दूसरी तरफ जिसे हम प्राध्यापकीय समीक्षा कहते हैं उसका सबसे बड़ा लक्षण विचार की दरिद्रता या अ-मौलिकता को भाषायी घटाटोप में छिपाना है। मुझे याद है 'कल्पना' पत्रिका में इन विषयों का मज़ाक उड़ाने वाले अनेक लेखकीय-निर्देश भी छपा करते थे। हमारा भी आग्रह रहा है कि अमूर्त और स्वतंत्र

साहित्यिक या शास्त्रीय समस्याओं के लिए 'हंस' सही जगह नहीं है। उनके लिए अनेक शोध और समीक्षा की पत्रिकाएं हैं। हमारे लिए वे ही साहित्यिक समस्याएं प्रासंगिक हैं जिनके व्यावहारिक रूप को किसी महत्त्वपूर्ण पुस्तक के मूल्यांकन और पुनर्मूल्यांकन द्वारा परिभाषित किया जा सके। तभी वे अधिकाधिक पाठकों को हिस्सेदारी के लिए उकसा सकेंगी। जाहिर है कि पुस्तकों की समीक्षाओं को हम अभी यह रूप नहीं दे पाये हैं। ज्यादातर लेखक अपने समकालीनों की रचनाओं पर बात करने से कतराते हैं। कितना अंतर्विरोध है कि हम दूसरों की रचनाओं पर प्रतिक्रिया नहीं करेंगे (या उस स्तर पर नहीं उतरेंगे) हां, अगर वे हमारी रचना पर चुप हैं तो यह उनकी ईर्ष्या या नीचता है। यही कारण है कि आज किसी भी महत्त्वपूर्ण रचना पर या तो पेशेवर समीक्षक लिखते हैं या फिर प्रशिक्षार्थी। लेखन के गहरे सरोकार दोनों ही जगह अनदेखे रह जाते हैं।

अब तक यह स्पष्ट हो जाना चाहिए कि 'हंस' के लिए निराकार और बारीक कलात्मक समस्याओं या आध्यात्मिक किस्म की सूक्ष्मताओं के मुकाबले वे सामाजिक और राजनैतिक मुद्‌दे ज्यादा महत्त्वपूर्ण हैं जिनके दबाव हर समकालीन प्रबुद्ध रचनाकार महसूस करता है या जो उसकी रचना और सोच को सीधे प्रभावित आंदोलित करते हैं। आपने देखा होगा कि हमने उन्हीं मुद्दों पर बहसें चलायी हैं या प्रतिक्रियाएं आमंत्रित की हैं—समाजशास्त्रीय शोधों के आंकड़ा-प्रिय विश्लेषणों से बचते हुए...

मगर यहां हमारी बाधाएं—या सीमाएं दूसरी हैं। चूंकि इस तरह की बहसें पहले से नियोजित नहीं की जा सकतीं, इसलिए उन्हें आग्रहपूर्वक लिखवाना पड़ता है—अनेक अन्य व्यस्तताओं में उलझे अधिकांश लेखक या तो समय पर अपनी रचना ही नहीं दे पाते या फिर यह अनुमान लगाना मुश्किल होता है कि उनके लेख के रूप और आकार क्या होंगे। 'हंस' जिस प्रक्रिया में छपता है उसमें न तो ऐन समय पर कुछ जोड़ा जा सकता है, न घटाया बढ़ाया जा सकता। निश्चित तारीख पर डमी दे देने के बाद उसमें कुछ भी नहीं किया जा सकता। उस स्थिति में या तो उस लेख को ही छोड़कर बहस के सिलसिले को तोड़ना पड़ता है या उसी आकार की किसी दूसरी रचना को निकालना पड़ता है। महीना-दो-महीना निकल जाने पर वह बहस बासी हो जाती है। 'माध्यमों की स्वायत्तता' वाली बहस हमें इसीलिए बीच में छोड़ देनी पड़ी।

घोषित रचनाओं को न दे पाना ऐसा दूसरा संपादकीय अपराध है जिसे जायज़ रूप से पाठक क्षमा नहीं कर पाते। यह सही है कि 'हंस' का सत्तर-अस्सी प्रतिशत स्थान नये लेखकों को ही समर्पित है मगर अपने साहित्य के महत्त्वपूर्ण नाम भी आयें—यह प्रत्याशा बहुत स्वाभाविक है। आखिर हम सबको यह जानने का हक है कि जिन्होंने नाम और प्रतिष्ठा अर्जित कर ली है वे क्या लिख रहे हैं। मगर घनघोर आश्वासनों के बावजूद समय का पालन न कर पाना उनकी मजबूरी है। पिछले दिनों

शिवमूर्ति और इस बार शैलेश मटियानी, मनोहरश्याम जोशी के साथ यही हुआ। रचनात्मक लेखन के संकट मैं जानता हूं मगर पत्रिका को यह आरोप भी तो बर्दाश्त करना पड़ता है कि पाठकों को धोखा दिया जा रहा है, या अंदर वह सब नहीं है जिसकी बाहर घोषणा है। आश्वासन इतना ही दिया जा सकता है कि अब ये रचनाएं दो अंकों में अघोषित ही आयेंगी...हां, कभी ऐसे आश्वासन सचमुच झूठे ही होकर रह जाते हैं; जैसे पिछली बार नामवरसिंह द्वारा कहानियों पर लिखने का वायदा ...आगरा-गोष्ठी के बाद अचानक नामवरसिंह को जोश आया कि अगर 'हंस' के पाठकों की मदद से मैं कुछ कहानियां चुन दूं तो वे एक-एक करके उन पर लिखेंगे। समय आने पर जब उनसे आग्रह किया गया तो उबाल ठंडा हो चुका था और वे साहित्य की दूसरी समस्याओं की तरफ मुड़ गये थे। इसी तरह स्तरीयता, आश्वासन और समय पालन--कुछ ऐसे कारण हैं कि फिल्म, दूरदर्शन, रंगमंच और अन्य सांस्कृतिक गतिविधियों के स्तंभ भी हमें छोड़ने पड़े। अब उन्हें फिर से शुरू करने का इरादा है। साथ ही सीधे-सीधे जिंदगी से जुड़े 'अभी दिल्ली दूर है' जैसे स्तंभों की जरूरत भी महसूस हो रही है। आप कुछ सुझायेंगे ?

नवां दशक समाप्त होने जा रहा है, क्या पाठक पिछले दस वर्षों में छपी हिंदी की ऐसी दस कहानियां बताना चाहेंगे जिनके लिए यह दशक याद रखा जाये ?

['मेरी तेरी उसकी बात', हंस, सितंबर, 1990]

'हंस' के पाठकों, शुभचिंतकों और कुछ हद तक साथी लेखकों की बार-बार शिकायत है कि मैं क्यों इस पत्रिका में मंडल, कमंडल, मंदिर-मस्जिद, राजनीति, सांप्रदायिकता जैसी घटिया और तात्कालिक समस्याएं उठाकर प्रेमचंद की गरिमा को मिट्टी में मिलाने पर तुला हूं ? मेरे और पाठकों के सरोकार मूलतः साहित्यिक हैं और वही वे पढ़ना भी चाहते हैं। 'हंस' को भी साहित्यिक समाचारों, सौंदर्यशास्त्र की बारीकियों और कला-संवेदना की रहस्यवादी चिंताओं की पत्रिका होना चाहिए। इनमें से अधिकांश ने प्रेमचंद के ज़माने के 'हंस' शायद बिल्कुल नहीं देखे। न परंपरा से परिचित हैं। अपने समय और परिवेश की शायद ही कोई समस्या हो जिसे प्रेमचंद, अमृतराय, शिवदानसिंह चौहान इत्यादि ने अनेदखा किया हो। आधा-दर्जन संपादकीय तो 'हंस' में ही उद्धृत हो चुके हैं। अंतिम (जनवरी' 91) में था जातिवाद पर। अगर उसमें नाम और हवाले बदल दिये जायें तो क्या वह टिप्पणी मंडल-कमीशन को लेकर मेरे ऊपर लगाये गये आरोपों का जवाब नहीं है ? जो कैंसर संस्कार बनकर सदियों से हमारे खून की बूंद-बूंद में समाया हुआ है उसे उजागर करने की बजाय छिपाने, ढांकने या अनदेखा करते जाने को ही 'साहित्यिक' होना कहते हों तो शायद ऐसे साहित्यिक हम लोग कभी नहीं रहे। मैंने अनेक बार स्पष्ट किया है कि 'हंस' तथाकथित

लघु-पत्रिकाओं की तर्ज पर लेखकों के बीच आपस में, या संपादक-लेखक के बीच के वाद-विवाद की पत्रिका कभी नहीं रही। वह संपादक के माध्यम से लेखकों और प्रबुद्ध पाठकों के संवाद की ही पत्रिका है और शायद इसीलिए अधिकांश पूर्वग्रही 'पहल' वानों के लिए वह व्यावसायिक पत्रिका है। ऐसे मित्रों की बुद्धि को क्या कहा जाये जिनके लिए किसी भी स्तर के पाठकों से संवाद करना ही व्यावसायिक हो जाना है। जिस समाज से हम अपने पात्र लेते हैं या जो कुछ हमारे भाग्य और भविष्य को निर्धारित कर रहा है, क्या उस पर बात करना सिर्फ समाजशास्त्रियों, राजनीतिज्ञों और पेशेवर पत्रकारों का ही एकाधिकार है ? सौंदर्यशास्त्री मनीषी चिंतक की तरह न सही, एक मरे-गिरे नागरिक की तरह भी क्या हमें अपनी नियति पर विचार नहीं करना चाहिए ? मसलन, यह कौन-सी लेखकीय-संवेदनशीलता है कि हर दूसरे महीने देश में चुनावों की मांग और दबाव बने रहें, देश जातिवादी अहंकारों, सांप्रदायिक उन्मादों और भ्रष्टाचार के भाड़ में भूना जाता रहे और हम अपने कला-सौंदर्यवाद की ढपली अलग ही बजाते रहें ? बहरहाल।

['मेरी तेरी उसकी बात', हंस, अप्रैल 1991]

इस अंक के साथ 'हंस' जैसे-तैसे अपने पांच वर्ष पूरे कर रहा है। यह निरंतरता किन जाने-अनजाने सहयोगों और सद्भावनाओं के बल पर बनाकर रखी जा सकी है, शायद इस सबका ब्यौरा देने का कभी मौका मिलेगा। मगर यह सच है कि मेरे पास कभी इतने साधन नहीं रहे कि अपने बल-बूते पर इतने खर्चीले आयोजन को चलाये रख पाता। मित्रों और सहकर्मियों के बिना तो यह असंभव ही था। इस बीच भरपूर गालियां भी मिलीं और ऐसी भूरि-भूरि प्रशंसाएं भी कि अपने मनुष्य होने पर ही संदेह होने लगे। हां, इस सारे दौरान, मैं हर पल इस कचोट को जीता रहा हूं कि पाठकों, मित्रों और सहधर्मियों की प्रत्याशाएं पूरी नहीं कर पा रहा। साधन और सुविधाएं होतीं तब भी कितना कर पाता, मैं नहीं जानता। पाठकों और साहित्य को इससे क्या मिला, यह बताने वाला सही निर्णायक मैं नहीं हूं, मगर निश्चय ही 'हंस' ने मुझे अपने समय की रचनाशीलता से जोड़कर मानसिक सक्रियता दी है, इसका बेहद कृतज्ञ हूं, मगर साथ ही अहसास निहायत दिल डुबाने वाला रहा है कि पांच साल का वक़्फा सिर्फ शोक-प्रस्तावों का एक अनवरत सिलसिला बना रहा। पच्चीस-पचास अविस्मरणीय व्यक्तित्वों के उठ जाने पर किये गये शोक-प्रकाशन इस सिलसिले की बहुत ऊपरी और सतही अभिव्यक्ति हैं। क्षण-क्षण, जिन मूल्यों, मानकों, विश्वासों, आस्थाओं, स्वप्नों और संघर्षों का पराभव झेलते जाने का जो अभिशाप 'हंस' ने जिया है वह हर सार्थक प्रयास की व्यर्थता ही रेखांकित करता गया है। बजता रहता है सिर्फ एक प्रश्न : हम कहां हैं, क्यों हैं ? सिर्फ एक भविष्यहीन जिद्दी जिजीविषा के सिवा क्या

है जो इस विकराल समय में सांस लेने को सही ठहरा सके ? कहते हैं, आदमी ने लाखों सालों से जीने और बढ़ने के रास्ते निकाले हैं, अभी भी निकालेगा। जरूर निकालेगा। मगर हमें तो यही लगता है कि शायद ऐसे ही होते होंगे। कुछ मूल्यवान को निगल जाने वाले प्रलयंकारी प्लावन...समझ में नहीं आ रहा कि वस्तुगत स्थितियां ही ऐसी हैं या हम कुछ लोगों की उम्र का परिणाम है ?

जैक लंदन की 'लव आफ लाइफ' अपनी जगह है, मगर इस तरह मेरुदंड टूटे नायकों को क्यों अगले वर्ष का सुमेरु अपने कंधों पर उठाना चाहिए ? चारा और चुनाव भी तो नहीं है।

['मेरी तेरी उसकी बात', हंस, जुलाई, 1991]

आपने राज थापर की किताब पढ़ी है 'ऑल दीज़ ईयर्स' ? राज की आत्मकथा और पति रोमेश थापर की जीवनी। इसे पढ़ते हुए मैं सोचता रहा कि इन लोगों के लिए शान से 'सेमिनार' जैसी पत्रिका निकालना और उसे पच्चीस-तीस वर्ष चलाये रखना कितना आसान था...जनरलों, ब्रिगेडियरों की संतानें, एक पांव यहां तो दूसरा इंग्लैंड-अमेरिका, जर्मनी-इटली में...कभी शीर्षस्थ कम्युनिस्ट पार्टी के केंद्रीय व्यक्ति रहे हुए, बाद में इंदिरा गांधी के खासुल्खास सलाहकार-दिमाग,–कर्णसिंह, दिनेश सिंह, गुजराल जैसों को मंत्री बनवाने वाले लोग...कभी बर्माशैल का चेयरमैन सुबह टहलता हुआ चाय पर आ रहा है तो कभी एयर-इंडिया का सर्वेसर्वा...बेरोकटोक प्रधानमंत्री निवास में आवागमन...पत्रिका निकलने से पहले ही बीसियों पृष्ठ विज्ञापनों का ढेर–कनॉटप्लेस में बढ़िया लकदक ऑफिस...फाइवस्टार बुद्धिजीवियों की अंग्रेजी पत्रिका। नैशनल बोर्जुआजी और इन्दिरा जी के अंतःपुर को समझने के लिए यह पुस्तक काफी उपयोगी है।

एक है 'हंस' जहां सारे देश की सद्भावनाएं और प्रोत्साहन तो हैं मगर पांच साल में ही छक्के छूट गये...मित्रों की जिज्ञासा से अधिक नाराजी। कैसे निकल रहा है की जगह, क्यों निकल रहा है की कुलबुलाहट...जरूर राजेन्द्र घपला कर रहा है। जिन्होंने कभी ऐसे कामों में एक पैसे की जोखिम नहीं ली, या हमेशा सरकारी, गैर-सरकारी संस्थाओं के खर्चों पर सेमिनार, गोष्ठियां, पत्रिकाएं करते रहे–वही सबसे ज्यादा नाराज हैं। वे यह भूल जाते हैं कि उनके सारे असहयोग और अड़ंगों के बावजूद कुछ साहित्य के काटे ऐसे भी हैं, जो चाहते हैं कि हिंदी की यह अकेली पत्रिका बची रहे, उन्हें पता है कि नाटक, सिनेमा, सेमिनार, पत्रिका कोई भी ऐसा सिरफिरा काम हो–किन आर्थिक स्थितियों का शिकार होने को अभिशप्त हैं...

इधर कुछ खास तरह के लेखक मित्रों को शिकायत है कि 'हंस' के साथ 'जन चेतना का प्रगतिशील कथा-मासिक' वाक्य क्यों चिपका हुआ है ? क्या 'हंस' में छपने

वाली रचनाएं सचमुच 'जनचेतना की प्रगतिशील' रचनाएं हैं ? या संपादकीय विचारों और कथा-रचनाओं में कोई तालमेल है ? इस अंतर्विरोध के बारे में क्या कभी मैंने विचार किया है ? मुझे लगता है कि यह प्रश्न अपने आप में कुछ रूढ़ सोच और सूचीबद्ध चिंतन को उजागर करता है। सही है कि जागरूक और संघर्षशील जनता द्वारा अपने वर्तमान और भविष्य को बनाने की दृष्टि से किया जाने वाला प्रयास ही वास्तविक जन-चेतना है। एक लाचार औरत को सती करने के नाम पर जलाने वाला या गंगा दशहरा पर परलोक सुधारने के लिए इकट्ठा हुआ 'अपार जनसमूह'–भीड़-चेतना तो हो सकती है–जनचेतना नहीं, मगर इस जनचेतना का दायरा सिर्फ खेतों-खलिहानों, कल-कारखानों, दफ्तरों और सड़कों तक ही सीमित है, यह कहना या सिर्फ यही मानना, 'जन-चेतना' के अर्थ को सीमित कर देना है। जो बाहर लड़ता है उसका एक घर-परिवार है, पत्नी-प्रेमिका है, मां-बाप बच्चे हैं। क्या वहां वह नहीं रहता ? या क्या उन सबसे उसके कोई संबंध नहीं हैं ? बल्कि कहना यह चाहिए कि वह लड़ता ही इसलिए है कि कहीं इन सबसे गहरे जुड़ा है। अगर कहानी–सारे देश-काल को व्यक्ति के अपने अणु-अनुभव में देखने का माध्यम है तो क्या उसके अनुभव का वह सब जरूरी और अनिवार्य हिस्सा नहीं है जो भावनात्मक रूप से उसे तोड़ता, बनाता और ढालता है ? क्या नारी और बच्चों को लेकर ही आदमी खूंखार, कायर, संघर्षशील और स्वप्नदर्शी सब कुछ एक साथ नहीं होता ? जो प्यार करता है, लड़ भी वही सकता है। प्यार दूसरों से अपने को जोड़ना और एकाकार करना है–आलंबन कुछ भी हो सकता है–स्त्री, पुरुष, बच्चे, बूढ़े, पशु-पक्षी, पेड़-नदी...इन सबको व्यक्तिगत स्तर पर प्यार करना ही देश को प्यार करना है। अमूर्तन में देश को प्यार करने का कोई अर्थ नहीं है। मगर न प्यार के संबंध इतने इकहरे और एकांगी हैं–न जीवन-संघर्ष के। वहां सैक्स भी है; भूख भी। ईर्ष्याएं भी और सहयोग भी। हत्याएं भी हैं और आत्म-बलिदान भी। इन सारी जटिलताओं और संश्लिष्टताओं की पहचान ही कथाकार का क्षेत्र है। 'हंस' का एक उद्देश्य यह भी है कि सोच के दकियानूसीपने और रूढ़िप्रियता से रचनाकार मुक्त हो...और संसार या जीवन का कोई भी जैनुअन (ईमानदार) अनुभव उसके लिए बहिष्कृत या अछूत न माना जाये...यह मेरी समझ में कभी नहीं आयेगा कि लाचार औरत पर बलात्कार दिखाना तो जनवाद है, क्योंकि इसमें शोषक या आततायी की नृशंसता खुलकर सामने आती है और वह 'जनवादी गुस्सा' भड़काने के लिए जरूरी है, मगर उस औरत की मजबूरी क्यों जनवादी नहीं है जो खेत, फ्लैट, दफ्तर या पंचतारा होटल के कमरे में हुए बलात्कार को इसलिए दबा लेती है कि 'सामाजिक मर्यादाओं' औरत के खराब या भ्रष्ट हो जाने की पुरुषकुंठा को अच्छी तरह समझती है ? उसका बलात्कारी तो उसके अपने घर ही बैठा है। बंधी-बंधाई रूढ़ियों या फार्मूलों पर लिखना ही जनवाद है यह किसने बताया ? यहां दिलचस्प बात यह है कि जनवादी

रचनाकार जहां अपने आपको रूढ़ियों से मुक्त करके नयी जमीनें तलाश करने में लगा है, वहीं कल तक के जनवाद-विरोधी हमें जोर-शोर से यह समझा रहे हैं कि क्या लिखना जनवाद है और क्या नहीं। उनकी तकलीफ यही है कि 'हंस' उनके बताये अर्थों में 'जनवादी' या 'प्रगतिशील' क्यों नहीं है; जिसे वे कल तक गालियां देते आये थे। इस ग्लासनॉस्त ने उनकी अभ्यस्त गालियों के सारे मुहावरे और समीकरण गड़बड़ा दिये हैं।

अब आइए, हंस के संपादकीयों और प्रकाशित होने वाली रचनाओं पर। सबसे पहले तो मैं दो-टूक स्पष्ट कर देना चाहता हूं कि 'हंस', 'कल्याण' या 'पांचजन्य' नहीं है जहां एक पंक्ति भी ऐसी न छप सके जो धार्मिक अंधविश्वासों, देवी-देवताओं, ईश्वर, संतों या 'हिंदू संस्कृति' के खिलाफ हो। वह एक ऐसा खुला लोकतांत्रिक मंच है जहां विचारों की टकराहट विचारों से है। इकतरफा विचार देकर फैसले सुनाने की तानाशाही से मुक्ति, रचनात्मक माहौल की सबसे पहली शर्त है। इसलिए किसी पार्टी, मालिक या किसी महंत की नाराजी-खुशी हमारी चिंता का केंद्र नहीं है। हां, कहानियों या दूसरी रचनाओं को लेकर कुछ संपादकीय पूर्वग्रह हो सकते हैं; अगर आप कहानी दे रहे हैं तो उसे सबसे पहले कहानी ही होना होगा, विचार, आंदोलन या क्रांति बाद में–यानी अगर आप घड़ा दे रहे हैं तो उसकी शक्ल सूरत आड़ी-टेढ़ी चपटी कुछ भी हो सकती है मगर उसमें पानी टिक सके–यह सबसे पहली शर्त होगी। आप घड़े की मिट्टी गंगा की तलहटी से खुरचकर लाये हैं या उसे पकाने में आपने कितना खून, पसीना, समय साधन लगाये हैं–ये सब लगभग अप्रासंगिक बातें हैं। मिट्टी आपके गांव की नाली की है, मगर घड़ा आपने सुंदर, कलात्मक बना लिया है तो मेरे लिए वही सर्वश्रेष्ठ है, यह सही है कि बिना मिट्टी के घड़ा नहीं बन सकेगा–मगर किसी भी हालत में मिट्टी का ढेर ही घड़ा है–यह तर्क मेरी समझ से बाहर है। हमारे अधिकांश उत्साही मित्र मिट्टी का महत्त्व बखानते हुए उसे ही घड़ा, मूर्ति, गुलदान या कुछ और मनवाने का आग्रह करते हैं और जब मैं उसे वैसा मानने से इंकार करता हूं तो नाराज हो जाते हैं।

एक संपादकीय जुल्म और भी है और लगे हाथ उस पर भी बात हो जाये : किसी भी मित्र कथाकार की रचना (कहानी) लौटते ही शिकायत मिलती है कि क्या 'हंस' में उससे कमजोर रचनाएं नहीं छपतीं ? फिर उन्हीं की रचना क्यों लौटा दी गयी ? या जो बीस-तीस सालों से लिख रहे हैं उन प्रतिष्ठित लेखकों की रचनाएं लौटाने की हिम्मत और हिमाकत; वह भी उस समय जब आप पारिश्रमिक के नाम पर एक पैसा न देते हों ? पारिश्रमिक वाली बात फिर कभी होगी और खुलकर होगी। इस बार इन आरोपों से उठने वाले कुछ मुद्दे ही लिये जायें। संपादक की अपनी भूमिका क्या है ? वह प्रूफ-रीडर, पोस्टमैन और प्रदर्शनी-निदेशक में से क्या बने ? हिंदी में इस समय मुख्य रूप से तीन तरह की पत्रिकाएं हैं, व्यक्तिगत स्तर

पर निकलने वाली लघु पत्रिकाएं, व्यावसायिक घरानों की बड़ी पत्रिकाएं और सरकारी संस्थानों से जुड़ी पत्रिकाएं। 'हंस' को मैं लघु पत्रिका ही मानता हूं, हालांकि नियमितता और छपाई या एक निश्चिंत संपादकीय दृष्टि के कारण इसे दोस्त लोग लघु-पत्रिकाओं की बिरादरी से बाहर रखे हुए हैं। पूछा जा सकता है कि नियमित समय पर निकलने और साफ-सुथरी छपाई के बावजूद 'वर्तमान साहित्य', 'कहानियां', 'पहल' या 'दस्तावेज' क्यों लघु पत्रिकाएं हैं और 'हंस' क्यों नहीं ? शायद लघु पत्रिका उसे ही कहते हैं जहां कोई भी सम्मानित प्रतिष्ठित या चर्चित लेखक कुछ भी भेज दे और वह सम्मान या कृतज्ञतापूर्वक छप जाये। इस रवैये से सबसे ज्यादा नुकसान खुद लेखक का हुआ है। वह पाठकों और खुद अपने प्रति अपनी जिम्मेदारी भूल गया है। अक्सर वह अपनी कैसी भी रचना (प्रायः दूसरी-तीसरी श्रेणी की) भेज देता है। वहां संपादक को आड़े हाथों लेने वाले पाठक नहीं होते जो कह सकें कि लेखक को तो एक बार माफ किया जा सकता है कि वह मूलतः आत्ममुग्ध प्राणी है और उसे अपनी हर रचना विश्व की सर्वश्रेष्ठ और कालजयी रचना लगती है, मगर संपादक के नाते आपका भी तो कोई दायित्व है। इतने दिनों आप साहित्य में घास खोदते रहे हैं ? क्या आपको इतनी तमीज और समझ नहीं है कि 'चुन' सकें : रचना लेखक और पत्रिका की प्रतिष्ठा के अनुरूप है या नहीं ? कोई भी रचना लौटाते हुए क्या मैं इतना नहीं जानता कि साहित्य में किस लेखक का क्या स्थान है, या इसके आगे परिणाम क्या होंगे ? लेखक, पाठकों या अपने लेखन के प्रति जिम्मेदार हुआ तो दूसरी बात है, वर्ना या तो वह खुद या उसका कोई बस्ताबरदार या खुदाई खिदमतगार जरूर यह आरोप लगायेगा कि आप अपने को बड़ा तीसमारखां समझते हैं, आपने अमुक जी जैसे महान लेखक की रचना लौटा दी...इस तकलीफदेह सचाई को मुझसे ज्यादा कोई नहीं जानता कि दसियों सालों की मित्रता और खुद आगे बढ़कर रचना मांगने के बावजूद किसी साथी लेखक की रचना लौटाना अपने और पत्रिका से ज्यादा खुद उनके अपने हित की दृष्टि से ही होता है। एक समय की विश्वसुंदरी, हृदय-सम्राज्ञी अभिनेत्री को, सिर्फ मंच देने के लालच में, बिना मेकअप के गलितं-पलितं, छुहारा रूप में 'पेश' करना क्या दुहरी हृदयहीनता और क्रूरता नहीं है—खास तौर पर यह कहकर कि ये आज भी वहीं हैं। यहीं निर्देशक की जिम्मेदारी है कि बुढ़िया की सनक की चिन्ता किये बिना तय करे कि कितना और क्या प्रदर्शित करना है ताकि न भूतपूर्व कलाकार के प्रति असम्मान हो, न दर्शकों की अस्वीकृति भड़के...शारीरिक स्तर का यह उदाहरण बुद्धिजीवी रचनाकार को बहुत अपमानजनक लग रहा है न ? बहरहाल, यह सम्पादक को ही चुनना है कि वह मित्र को सम्मान दे या उसकी रचना को पाठकों के असम्मान से बचाये। क्या आप नहीं चाहते कि आप अपने मित्र को उसके सर्वश्रेष्ठ रूप में ही परिवार से परिचित करायें और अगर किसी कारण (जैसे दारू में धुत्त होने की स्थिति में) वह पेश किये जाने योग्य नहीं हैं तो उस समय को इधर-उधर

बहला-फुसलाकर निकाल दें...मित्र के प्रति यह क्षणिक ज्यादती हो सकती है, मगर निश्चय ही उसकी 'इमेज' का सम्मान है...आत्मग्रस्त मित्र की ऐसी गालियां खा लेना भी 'संपादकीय जिम्मेदारी' है...यूं साहित्य या सम्पादन में 'अतिथि' बनकर आये मित्रों की तो बीस लन्तरानियां माफ हैं, क्योंकि 'मुश्किल' या 'विशिष्ट' अतिथि के चले जाने पर घर को अपने ढंग से सैट करना जरूरी हो जाता है। बाथरूम साफ करना पड़ता है, ड्राइंग रूम ठीक लगाया जाता है और तनाव-मुक्त गहरी सांस लेनी पड़ती है—चलो, स्यापा कटा...बड़ी-बड़ी विभूतियां इन कोहरामियों को भुगते पड़ी हैं।

['मेरी तेरी उसकी बात', हंस, अगस्त, 1991]

अगस्त '92 के इस अंक के साथ 'हंस' अपने पुनर्प्रकाशन के सातवें वर्ष में प्रवेश कर रहा है, सचमुच ?

चमत्कारों में मुझे कभी विश्वास नहीं रहा। मैंने उन्हें हमेशा संदेह और संशय की दृष्टि से ही देखा। मगर हर महीने लगातार 'हंस' का निकलते चले जाना अब खुद चमत्कार से कम नहीं लगता। जैसे एक प्रवाह या भीड़ के बहाव में आकर आदमी खुद नहीं चलता, बाहरी शक्तियों का दबाव उसे चलाये रखता है, ठीक वैसे ही, जैनेन्द्र जी के शब्द उधार लूं तो, "पत्रिका अपने आपको मुझसे निकलवाये चली गयी" यानी एक स्थिति के बाद आप सिर्फ निमित्त बनकर रह जाते हैं...निश्चय ही उसमें स्थितियां सबसे बड़ी कारक रही हैं। इधर जब-जब साधनों की खींचतान, निरंतर घाटे, अपनी थकान या अपने को अपने लेखन के लिए बचाने का तर्क देकर यह सोचा कि 'अब लौं नसानी, अब ना नसैंहों' या 'बहुत गई, थोरी रही, नारायण अब चेत' तो, एक स्वर से सारे मित्र रचनाकारों ने यही कहा, "नहीं, 'हंस' किसी भी हालत में बंद नहीं होना चाहिए...आज अकेली यही तो पत्रिका रह गयी है..."

क्या बात स्वयं मेरे मन की नहीं है, या इस जरूरत को मैं नहीं महसूस करता ? आज पत्रिकाएं हैं कहां ? 'धर्मयुग' और 'साप्ताहिक' कितने दिनों के मेहमान हैं, पता नहीं—रह गयी हैं नख-दंत विहीन त्रैमासिक या मासिक सरकारी पत्रिकाएं, या कुछ दैनिकों के रविवारीय परिशिष्टों में साहित्य-स्तंभ। नियमित तो यही कुछ दिखायी देता है—हां, व्यक्तिगत प्रयासों वाली अनियमित, लघु पत्रिकाएं ही साहित्य को बचाये हैं...निश्चय ही अपने सर्वश्रेष्ठ रूप में वे साहित्यिक दस्तावेज़ हैं, मगर प्रायः वे संकलन होती हैं और स्वयं साहित्य के बनाने या रूप देने में उनका कितना योगदान होता है, यह विवादास्पद है। अभी तक तो मासिक-पत्रिकाओं ने ही यह जिम्मेदारी निभाई है। दुर्भाग्य से पूरे हिंदी-प्रदेश में (और अगर 30 मार्च '92 के 'पायनियर' को उद्धृत करूं तो बंगला साप्ताहिक 'देश' के बाद सारी भारतीय भाषाओं में) अकेली पत्रिका 'हंस' ही रह गयी है जो विचार और रचना का ऐसा खुला मंच

प्रस्तुत करती हो। मैं यहां 'वर्तमान साहित्य' को भी शामिल करना चाहूंगा, जिसके कहानी और कविता विशेषांकों ने साहित्यिक ठहराव को काफी हद तक तोड़ने में मदद की है।

निस्संदेह 'देश' भारत का सर्वश्रेष्ठ साहित्यिक-सांस्कृतिक साप्ताहिक है, मगर यहां यह नहीं भूलना चाहिए कि 'देश' दूसरे (या तीसरे) सबसे बड़े पत्र-समूह 'आनंद बाजार ग्रुप' द्वारा प्रकाशित होता है, उसके पीछे अभीक सरकार जैसा धाकड़ (डायनैमिक) और संस्कारवान व्यक्ति हैं। यही कारण है कि बंगला-साहित्य में जो भी कोई, 'कुछ' है, वह 'देश' से जुड़ा है। कभी यही स्थिति 'धर्मयुग' की थी, मगर वहां के मालिकों की नयी पीढ़ी, अनपढ़, झक्की, अस्थिर और उधार के चकाचौंधी दिमागों से संचालित होने लगी, जो घर पर एक-एक पैसे की 'बचत' करती है, मगर बाहर के ताम-झाम में करोड़ों फूंक डालती है। नतीजे में उन्होंने घर के सारे लॉन और गमले यह कहकर तहस-नहस करा दिये कि वे व्यावसायिक रूप से 'पोसाते' (वॉयेबिल) नहीं हैं, और निरंतर घाटा देते हैं। ऊपर से मालियों के नखरे और झगड़े। या उन्होंने टिम्बकटू और होनोलूलू में जो पौधे देखे थे, अगर उन्हें ठीक वैसा ही यहां नहीं लगाया जा सकता, तो ऐसे लॉन और मालियों का क्या वे अचार डालेंगे ?

खैर, सच्चाई यह है कि पूरे हिंदी-भाषी क्षेत्र में कोई भी ऐसी पत्रिका नहीं रह गयी है जो रचना और विचार को नियमित और प्रभावी वाणी दे सके। इस वृहत्तर उत्तरदायित्व के लिए 'हंस' निहायत ना-काफी और साधनहीन माध्यम है। आश्चर्य, दुख और झुंझल तब होते हैं जब पुराने भुक्तभोगी, लेखन और पत्रकारिता से जुड़े लोग निहायत सादगी-भरी चालाकी से पूछते हैं, "अच्छा अब तो 'हंस' लगातार निकल रहा है, निकलते हुए छः साल भी हो गये। अब तो हालत बहुत अच्छी हो गयी होगी ?" अकसर ही ये लोग वे हैं जिनका एकमात्र सरोकार पत्रिका की मुफ्त प्रति प्राप्त करना या पारिश्रमिक की संभावनाओं को टटोलना है। इन्होंने कभी यह सवाल नहीं किया कि बीस साल नियमित और निरंतर निकलने के बावजूद 'कल्पना' क्यों आत्मनिर्भर नहीं हुई, और बंद हो गयी। 'ज्ञानोदय' और 'आलोचना' क्यों नहीं चले ? हर दूसरी सांस में विदेशों के उदाहरण देने वालों को साहित्यिक पत्रकारिता की सारी जानकारियां हैं, मगर वे शायद यह नहीं जानते कि एफ. आर. लेविस की 'स्क्रूटिनी' बीस साल घाटे में चली और कभी लेखकों को एक पैसा नहीं दे पायी ...'लंदन मैगज़ीन' दसियों बार बंद हुई। पीछे आगाखां जैसा ट्रस्ट न होता तो 'पेरिस-रिव्यू' कब का दुकान बंद कर चुका होता। हो सकता है, स्थिति बेहतर हो गयी हो, मगर ज्ञानरंजन अगर कॉलेज में न पढ़ा रहा होता और 'पहल' मासिक होता तो मुझे शक है कि वह उसे बीस साल निकाले रख सकता था। तीस साल की 'नियमित निरंतरता' 'सारिका' को बंद होने से नहीं रोक पायी...

हो सकता है पहले कुछ मुगालते रहे हों, मगर अब मेरे सामने साफ है कि विचार और अभिव्यक्ति की स्वतंत्रता और व्यावसायिक सफलता दो विरोधी बातें हैं। आपको सिर्फ चुनाव करना है। बहुत तनाव और यातनापूर्ण हो सकता है कि 'हंस' के पीछे न कोई पैसे वाला है, न ट्रस्ट, न व्यावसायिक संस्थान, न छोटा-बड़ा पत्र-समूह—और इसलिए हमेशा 'भेड़िया आया' का माहौल बनाये रखना पड़ता है—मगर यही इसकी शक्ति भी है, क्योंकि यह खतरा लगातार 'अपना जैसे सोचने वालों' की खोज और प्राप्ति की प्रक्रिया को सक्रिय रखता है। प्राचीनों ने शायद इसीलिए 'दरबारी' आचार्यों के मुकाबले, जंगली ऋषियों को अधिक महत्त्वपूर्ण माना है। वसिष्ठ दरबार से जुड़े थे, राजपुरोहित थे, इसलिए उन्हें अपने सारे ज्ञान और शास्त्रों को सम्राट के हित में लगाना पड़ता था, वे सत्ता और स्वार्थ के अनुषंग थे, उन्हीं के समीकरणों और जोड़-तोड़ के बीच रहना पड़ता था; विश्वामित्र जंगली थे, भिक्षा और मधुकरी से 'आश्रम' चलाते थे, इसलिए स्वतंत्र और निर्भीक थे। दस जगहों से उन्हें आरोप और इनकार मिलते होंगे तो बीस जगहों से सहायता और समर्थन भी आता ही होगा, वर्ना आश्रम कैसे चलता ? किसी एक जगह से जुड़ने की सुरक्षा, वहीं चिपके रहने के तर्क ईजाद करती है, स्वर और तेवर की धार निर्धारित (टैंपर) करती है, बीस जगह की निर्भरता दर-दर भटकाती और उन्हीं को दयनीय या खुशामदी बनाती है जो सिर्फ 'आत्मसेवा' करते हैं। हो सकता है अभी तक मैं अपने मित्रों, साथियों और पाठकों को सफलतापूर्वक यह विश्वास नहीं दिला पाया होऊं कि 'हंस' को न मैंने कभी आत्म-प्रचार (सैल्फ प्रोमोशन) का स्रोत बनाया है, न सुख-संपन्नता का। शायद इसीलिए जो कुछ और जैसे सोचता हूं उसे निर्भीकता और बाहरी दबावों को नकारते हुए कहने की कोशिश करता हूं। अपनी महत्त्वाकांक्षाएं, कुंठाएं, दृष्टि, समझ, मेरी अपनी सीमाएं जरूर रही होंगी—मगर यही शायद 'हंस' की ऊर्जा भी है। इससे अधिक कुछ कर सकने की मेरी सामर्थ्य भी नहीं है—हो सकता है अब मेरा 'अक्षमता-बिंदु' आ गया हो।

जाहिर है कि बिना समर्पित टीम और बाहरी सहयोग के 'हंस' ही क्या, नाटक, फिल्म, प्रकाशन, शिक्षा का कोई भी ऐसा काम नहीं किया जा सकता, जहां शर्तें और दबाव व्यावसायिक हों, मगर उद्देश्य और ज़िद अव्यावसायिक और आदर्शवादी... 'हंस' को चलाये रखने में सबसे अधिक उत्साही सहयोग रहा है साथी लेखकों का...मैं खुद मानता रहा हूं कि लेखक को अपनी रचना का पारिश्रमिक जरूर मिलना चाहिए और हमने वह शुरू के तीन वर्षों में किया भी, शायद व्यावसायिक प्रतिष्ठानों से अधिक ही किया। मगर जब पत्रिका को चलाये रखने और बंद कर देने के बीच निर्णय लेने की मजबूरी आयी तो अनेक कटौतियों के साथ उस मद को भी स्थगित करना पड़ा। अंतर्विरोधी लग सकता है कि एक तरफ तो लाखों रुपयों के विज्ञापन-सहयोग से इनकार किया जाये और दूसरी तरफ लेखकों को पारिश्रमिक

देना तो दूर, उनसे उम्मीद की जाये कि वे 'हंस' को आर्थिक मद दो या दिलायें ! यानी रचना भी दें और कम से कम पत्रिका भी खरीदें। इस पर इधर स्वयंप्रकाश और जगदंबाप्रसाद दीक्षित से लंबे पत्र-व्यवहार भी हुए हैं। तर्क वही हैं कि जब कागज, प्रेस, दफ्तर इत्यादि सभी को दिया जा सकता है तो लेखकों को क्यों नहीं ? सिद्धांततः बात सही है। मगर अभी पारिश्रमिक न देना सिर्फ स्थगित करना है, उस आइटम को समाप्त मान लेना नहीं। समस्या जब अस्तित्व बचाने की हो तो आपको अपरिहार्य का ही चुनाव करना पड़ता है। जैकलंदन के 'भेड़िए' में नायक उस सोने को ही सबसे पहले छोड़ता है जिसके लिए उसने अपने आपको इस जोखिम में डाला था। पत्रिका के संदर्भ में कागज, प्रेस, डाकखर्च, या नाटक के संदर्भ में हॉल-माइक, सैट्स वालों को कोई फ़र्क नहीं पड़ता कि आप गीता छाप रहे हैं या कोकशास्त्र। 'चढ़ी जवानी बुड्ढे नूं' का मंचन कर रहे हैं या स्वदेश दीपक के 'कोर्ट मार्शल' का। फ़र्क पड़ता है उन्हें जो चाहते हैं कि 'हंस' जैसी पत्रिका बनी रहे या 'कोर्ट मार्शल' जैसे मंचन होते रहें। वे ही लोग नौकरियों या काम के बाद अपने पैसे खर्च करके रिहर्सल में समय भी देते हैं, टिकट भी बिकवाते हैं और 'ब्रोश्योर' में विज्ञापनों का जुगाड़ भी करते हैं, क्योंकि हिंदी-प्रदेश में कोई भी नाटक टिकट-बिक्री से अपना खर्चा नहीं निकाल सकता या कोई भी पत्रिका अपने सर्कुलेशन पर आत्मनिर्भर नहीं हो सकती। ऐसे सहयोग की जरूरत उस समय और भी सबसे अधिक है जबकि 'दर्शक' के सामने टी. वी. फिल्म इत्यादि के आनंददायी आक्रामक विकल्प मौजूद हैं। इसलिए मैं समझता हूं कि 'हंस' का अधिकार है कि वह लेखकों से ही सहयोग ले, क्योंकि किसी और को इस तरह की पत्रिका की कतई जरूरत नहीं है। हो सकता है कि उनमें से अधिकांश की रचनाएं 'हंस' में कभी न आयें; मगर 'हंस' वह वातावरण और पाठक जरूर बना रहा है जहां उनकी रचना को समझा और सराहा जा सके...देश-विदेश के चकाचौंधी उदाहरणों से मुक्त होकर हिंदी-लेखक को अपने यथार्थ से सीधे मुठभेड़ करनी ही होगी। हो सकता है अमरीका की कोई पत्रिका या पुस्तक लाखों और करोड़ों में बिकती हो और लेखक को इतना पारिश्रमिक मिल जाता हो कि देसी-रुपये में वह एक साल का अच्छा-खासा खर्चा उठा सके, या 'माया' और 'इंडिया टुडे' एक स्टोरी के लिए महीने-भर मौज करने के रुपये देते हों—मगर यह भी नहीं भूलना चाहिए कि हम हिंदी-प्रदेश के उन पाठकों के बीच हैं जिन्हें न पढ़ने-लिखने का शौक है न किसी सांस्कृतिक आंदोलन से लगाव...शिक्षा और संस्कृतिविहीन मध्यवर्ग को संपन्नता तो प्राप्त हुई है, मगर उसके बौद्धिक दीवालिएपन को भरने के लिए टी. वी. वीडियो, केबुल, कपड़े, मोटरें, होटल, रात-दिन अपनी सेवाएं अर्पित कर रहे हैं। कान्वेंटी संस्कृति हर स्तर के भारतीय में 'हीनता ग्रंथि' गहरी कर रही है। धर्मांधता, हिंसा और अपराध का बोलबाला है—और बुद्धिजीवी लेखक डूबा है उन सूचनाओं में कि विदेशों में किसे कितनी रॉयल्टी मिलती है। जिस मिस्त्री को चार सौ रुपये देने को

कोई तैयार नहीं है, वह उदाहरण देता है चालीस हज़ार महीना पाने वाले इंजीनियर का। मिलेगा, जरूर मिलेगा। मगर उसके लिए या तो आपको उस वर्ग और स्तर का हिस्सा बनना पड़ेगा या फिर अपने यहां के लोगों को उस स्तर तक प्रशिक्षित करने के आंदोलन का। मेरे पास क्वालिफिकेशनें भी हैं और किया हुआ काम भी है—किसी भी बड़ी जगह संपादक बनने की सेंध लगायी जा सकती थी, मगर मेरा चुनाव है कि 'हंस' में ही जिंदगी झोंकनी है। आज भी हमारे यहां न जाने कितने विशेष योग्यता प्राप्त डाक्टर हैं जो मज़े में वातानुकूलित क्लिनिक और नर्सिंग होम खोलकर (हो सकता है दहेज वसूल करके) 'महान' बन सकते थे—मगर वे हैं कि आदिवासियों और पिछड़े इलाकों में जाकर अपनी ऐसी-तैसी करा रहे हैं। क्या उन्हें आपसे किसी भी सहयोग की उम्मीद सिर्फ इसलिए नहीं करनी चाहिए कि उससे आपको व्यक्तिगत रूप से क्या लाभ ? 'मिशन' शब्द शायद हम लोगों की जिंदगी से बहुत अपरिचित हो गया है। वह दिन दूर नहीं है जब यह किसी कोश के प्राचीन और अप्रचलित शब्दों वाले खंड में मिला करे...

शायद अधूरा सच ही बहुत सी गलतफहमियों और संदेहों का कारण है। जो मित्र 'हंस' की छः वर्षों की निरंतरता और नियमितता को ही मेरा या पत्रिका का अपराध मानते हैं, वे बहुत गलत नहीं हैं। उन्हें 'हंस' की भीतरी आर्थिक परेशानियों को विश्वास में लेकर कभी खुलकर बताया भी नहीं गया। निश्चय ही इसके पीछे मेरी यही मध्यवर्गीय कुंठा रही है—घर की भीतरी दरिद्र जोड़-तोड़ की 'रामायण' दूसरों के सामने उजागर न हो, यही 'सम्मानपूर्ण' है। 'सुन इठलैंहे लोग सब'...मगर बात बीसियों बार मन में आयी है कि वह कच्चा-चिट्ठा भी क्यों न पाठकों के सामने रख दिया जाये कि कैसे 'हंस' का अब तक का घाटा आठ लाख तक पहुंच गया है या किस तरह बिना लेखकों को पारिश्रमिक दिये या स्टाफ़ के नाम पर केवल दो-ढाई सहकर्मियों के बावजूद हर महीने पच्चीस हजार की दरार से निपटा जाता है। या इस सारे संकटों को पार करने के लिए क्या-क्या शेखचिल्ली योजनाएं रोज बनती और बिगड़ती हैं। "हंस जिनकी जरूरत है" ऐसे मित्रों के या हम सहमत हों या न हों—मगर एक ज़रूरी काम हो रहा है—ऐसा सोचने वाले सद्भावी, खुले-दिल साथियों के सहयोग के बिना क्या मैं या कोई भी दो-तीन अंकों से अधिक निकाल सकता था ? उन्हीं सबके साथ पूरे किये हैं हमने ये छः साल—बिकी हुई या स्थगित आवाजों, दबी-घुटी चुप्पियों या सहमी सिसकियों के बीच खुली सांस लेने की कोशिश के ये छः युग...

चमत्कार नहीं है यह ? 'टाईट रोप वॉकिंग', तनी रस्सी पर जैसे-तैसे संतुलन बनाकर चलने को कुछ मित्र 'बाजीगरी' के खेल का नाम दें तो मैं उन्हें रोकने वाला कौन होता हूं ? "हां अभी तक गिरा नहीं" का संतोष जिन मित्रों को नहीं दे पाया हूं उनसे अस्थायी सहानुभूति तो रख ही सकता हूं।

इधर बहुत कुछ हुआ है जिस पर 'हंस' को अपनी प्रतिक्रिया देनी चाहिए थी। शंकर गुहा नियोगी के सहयोगी मजदूर साथियों पर गोलियां चलीं, कुम्हेर (भरतपुर) में जाटों ने जाटवों का पूरा मुहल्ला उजाड़ दिया, निश्चिंतता से पच्चीसों लोगों की योजनाबद्ध ढंग से हत्याएं हुईं, 'काफ़िर' शब्द हिंदुओं के लिए इस्तेमाल हो सकता है या नहीं, इस पर पटना की खुदाबख्श लाइब्रेरी के आबिद रज़ा बेदार का जीना मुहाल कर दिया गया, अहमदाबाद में रथयात्रा को लेकर भयानक सांप्रदायिक दंगे हुए और इंदिरा गांधी को चुड़ैल-डायन या बेअंतसिंह को शहीद कहने वाली पंजाबी कविता पुस्तक पर पुरस्कार को लेकर उठे हंगामे ने साहित्य अकादमी की सारी गतिविधियों, पुरस्कार प्रक्रिया और अन्य आर्थिक अनियमितताओं को कठघरे में ला खड़ा किया; अयोध्या में तेजी से बन रहे मंदिर ने, मंदिर-मस्जिद विवाद को खूनी मुठभेड़ की सीमा पर ला खड़ा किया, या सारनाथ के विश्वप्रसिद्ध बौद्ध-मंदिर को अपनी संपत्ति कहने वाले हिंदू-महंतों ने दूसरा मंदिर-मस्जिद विवाद खड़ा कर दिया। हर्षद मेहता ने इतने बड़े आर्थिक घोटाले का घड़ा फोड़ दिया जहां पचासों बोफोर्स कांड समा जायें। सारी भारतीय अर्थव्यवस्था लड़खड़ा उठी। मुझे लिखना था मगर फिर मैं यह तय नहीं कर पाया कि इनमें कौन-सा विषय इतना गैर-साहित्यिक है कि प्रेमचंद का नाम लेकर मुझ पर पत्थर न फेंके जा सकें। मुझे तो यह सारे विषय ऐसे लगते हैं जिनसे आज न कोई कवि बच सकता है, न लेखक। जो बातें हमारे सारे सामाजिक अस्तित्व के लिए खतरा बन उठी हों उन पर सिर्फ इसलिए बात न की जाये कि वे सीधे-सीधे 'साहित्य' की कोटि में नहीं आतीं—यह मुझे अधरंगी दृष्टि लगती है।

और जो साहित्यकार या उसके समाज के लिए खतरा है वह साहित्य के लिए क्यों नहीं ? क्या स्वयं प्रेमचंद ने अपने संपादकीयों में मिलों की हड़तालों पर, सांप्रदायिक दंगों पर, हरिजन अत्याचारों पर, अंग्रेजों की ज्यादतियों पर, हिंदू-धर्म की गलाजतों पर, मॉरिशसफिज़ी में भारतीयों की दशा पर, मलियाना के मुसलमानों पर या ऐसे ही 'गैर-साहित्यिक' सामाजिक विषयों पर संपादकीय नहीं लिखे ? मेरे सामने सिर्फ विकल्प एक ही है कि या तो आज की अधिकांश पत्रिकाओं की तरह 'संपादकीय' बिल्कुल हटा दिया जाय या फिर उन सब समस्याओं पर खुलकर और बेबाकी से लिखा जाये जो आज रचनाकार की चेतना को झकझोरती हैं। हां, तब मैं "किस तरह अपने गलीज़ लेखन से प्रेमचंद की आत्मा को नरक में धकेल रहा हूं" का आरोप लेकर चढ़ दौड़ने वाले पाठकों से इतना ही अनुरोध करूंगा कि प्रेमचंद की दुहाई देने से पहले अनपढ़ों की तरह बौखलाने की बजाय वे सन् '30 से 36 तक 'हंस' के अंकों को जरूर देख लें...

अपने समाज से जिसका जितना गहरा सरोकार होगा, गुस्सा भी उसका उतना ही उग्र होगा...

['मेरी तेरी उसकी बात', हंस, अगस्त, 1992]

रहिमन पुस्तक राखिए...

घटना को लगभग बीस साल हो गये, मगर वह दहशत आज भी मेरे मन में वैसी ही सुरक्षित है। किसी जगह भाषण के लिए बुलाया गया था। शायद कोई औद्योगिक प्रतिष्ठान (काम्पलेक्स) था। ठहरने की व्यवस्था भव्य गेस्ट हाउस में थी। रात में देर तक बातचीत में पता नहीं चला कि मेरा सामान गाड़ी से नहीं निकाला गया है। सोते समय नशा था और सोचा, अब सामान वहीं रहने दें, सुबह देखा जायेगा। उन्हीं कपड़ों में सो गया। सुबह वही साढ़े चार-पांच बजे आंख खुल गयी। रोशनी की, पानी पिया और अचानक लगा कि दिल बहुत घबरा रहा है। ख्याल आया कहीं हार्ट-अटैक तो नहीं है ? पास रखा टेलीफोन मुर्दा था। समझ में नहीं आया कि मुझे क्या और क्यों हो रहा है ? बार-बार लगता कहीं चलने का समय तो नहीं आ गया ? अकेला और एकान्त कमरा–चारों तरफ सन्नाटा, निहायत अपरिचित जगह। पता ही नहीं कि कहां क्या है, या मदद के लिए किसे बुलाया जाये ? डूबते आदमी की तरह छत और दीवारों को देखा, आस-पास निगाहें दौड़ायीं, मगर घबराहट थी कि नियंत्रण में ही नहीं आ रही थी। बैठे रहना मुश्किल हो गया तो उठकर दरवाजा खोला–बाहर अंधेरा था और लम्बी-सी गैलरी थी जो लॉन में खुलती थी–दूर-दूर तक न कहीं आदमी, न आदमजाद...कहां टिका दिया सालों ने, डेढ़ दो घंटे से पहले तो शायद कोई आयेगा ही नहीं...फिर अंदर आ गया और अन्तिम क्षणों में किसको कैसा लगता होगा की भयावह कल्पनाएं करने लगा–डूबने से लेकर गैस-चैम्बर तक सभी की फिल्में चलती रहीं...झटके से ध्यान आया, सुबह आंख खुलते ही कमरे में कहीं कोई किताब नजर नहीं आयी थी। ओ हो, तो यह वजह थी...अचानक अपने को निष्कवच, बेसहारा और सुरक्षित महसूस करने की...आलमारियां खोलीं, दराजें खींची, कोने-अंतरे तलाशे...न कहीं कोई किताब थी, न पत्रिका...यह गेस्ट हाउस था, होटलों के कमरों में तो मीनू से लेकर गीता बाइबिल तक पता नहीं क्या-क्या रखते हैं–पत्रिकाएं या दूसरे पैम्फलैट, सूचनाएं पड़ी रहती हैं। एक पागल उन्माद भीतर उमड़ रहा था कि अभी, फौरन इसी समय कुछ पढ़ने को नहीं मिला तो दम

घुट जायेगा....है क्यों नहीं, होनी चाहिए...आखिर एक दराज़ के तले में बिछे सालों पुराने अखबार के टुकड़े का आविष्कार किया तो लगा कि दुनिया की हर चीज वापस अपनी जगह आ रही है...दिल की धड़कनें सामान्य हो रही हैं और मुझे कुछ नहीं हुआ है...अपने को दस-बीस गालियां दीं : कोई विश्वास करेगा इस सब पर ? हवाई कूद के बाद पैराशूट न खुलने की घबराहट के इस क्षण को मैं किसी को कैसे बता पाऊंगा ? ...हां, तब से यह निश्चय ज़रूर कर लिया कि सोने से पहले आस-पास पढ़ने को कुछ ज़रूर होना चाहिए...चाहे दारू के साथ लाये गये नमकीन का फटा लिफाफा ही क्यों न हो।

उस दिन समझ में आया कि उमर खैयाम ने अपनी आखिरी इच्छा में, नदी के किनारे, छतनार वृक्ष की एकान्त छांव, प्रेमिका, शराब के साथ एक किताब पास होने की इच्छा क्यों प्रकट की थी...या सार्त्र ने अपनी आत्मकथा का नाम 'शब्द' क्यों रखा था और क्यों अपने जीवन को एक घटना से दूसरी घटना तक नहीं, एक किताब से दूसरी किताब तक जुड़ने के पर्याय के रूप में कॉफी के प्यालों की तरह नापा था...

कभी-कभी तय करना मुश्किल हो जाता है कि मानवीय विकास का इतिहास राजा-सम्राटों के युद्धों और षड्यंत्रों से बना है या वह सारी यात्रा 'शब्द ब्रह्म' और आदि शब्द से शुरू होकर किताब-दर-किताब होती हुई हम तक आयी है ?

मूल्यों के बदल जाने का महत्वपूर्ण उदाहरण एक विशेष बुद्धिजीवी वर्ग में देखने को मिलता है। आज जिसके पास राजनैतिक या सत्ता से जुड़ी महत्वाकांक्षाएं हैं, वह अपने या दूसरों के साधनों से दैनिक–साप्ताहिक–पाक्षिक निकालने दौड़ पड़ता है। उसे राजनीति और समाज के ऊंचे हलकों में प्रभाव पैदा करना है–फिर इस प्रभाव को 'लाभ' और कुर्सी में भुनाना है। या तो उसे राजनेता, नौकरशाही और अपराधी को एक साथ साधना है या फिर वह स्वयं ही इनमें से एक है। बाकी दूसरे उसे सुरक्षा और संरक्षण देते हैं–अपनी कीमत वसूल करते हुए...

इन 'साधन-सम्पन्नों' को वे लोग सचमुच ही बेवकूफ, सिरफिरे या झक्की लगते होंगे जो सिर्फ शिक्षा के प्रसार के लिए स्कूल-कॉलेज खोल देते थे, पत्रिकाएं निकालते थे या पुस्तकालय बनाने में अपना सब कुछ झोंक डालते थे। विश्व प्रसिद्ध व्यक्तिगत संग्रहालयों-पुस्तकालयों के मालिक ज़रूरी नहीं है कि सभी सालारजंग, राजा राजेन्द्र मलिक, खुदाबख्श, रामपुर के नवाब रज़ा (जो कुछ भी उनका नाम हो) या महाराज कुमार रघुवीर सिंह ही रहे हों, 'शब्द' उनका शौक था और अपार साधन थे। तारीफ उनकी इस दृष्टि से की जानी चाहिए कि उन्होंने होटलों, शिकार, कोठों, महफिलों, क्लबों और विदेश यात्राओं के बदले यह सब किया या कहिए उन सबके अतिरिक्त किया...

मगर ऐसे कुछ नाम ज़रूर हमारे सामने हैं जो उतने सम्पन्न नहीं थे, वे अपने पीछे ज्ञान का ऐसा अद्भुत खज़ाना छोड़ गये हैं कि आश्चर्य होता है। साहित्य, शिक्षा, ज्ञान, संस्कृति के लिए उन्होंने भारतेन्दु जैसी अपार सम्पत्ति चाहे न फूंकी हो, मगर सचमुच अपनी सीमित और सुरक्षित कमाई का बड़ा हिस्सा देकर ज्ञान के इस कोश में स्मरणीय संग्रह छोड़े हैं। मुझे इस दिशा में अनायास ही व्यक्तिगत स्तर पर दो नाम याद आ रहे हैं : आगरा के चिरंजीलाल और बीकानेर के अगरचंद नाहटा। नाहटा जी स्वयं विद्वान थे और गंभीर पत्रिकाओं में अपने शोध-निबंध लिखते रहते थे। राहुल जी की तरह पुरानी पांडुलिपियों का पाठशोध, संपादन, विश्लेषण और प्रकाशन ही उनका पागलपन था। सुनते हैं उन्होंने चालीस-पचास हजार दुर्लभ पांडुलिपियां छोड़ी हैं जो पारिवारिक उपेक्षा के चलते धूल खा रही हैं। शायद उनका सूचीकरण भी नहीं हुआ है। मगर चिरंजीलाल जी ज्यादा व्यवस्थित थे। अपनी जमीन बेच-बेचकर उन्होंने हिंदी पत्रिकाओं की संपूर्ण फाइलें जमा की थीं, उन्नीसवीं के उत्तरार्ध और बीसवीं शताब्दी के पूर्वार्ध की सारी महत्वपूर्ण रचनाओं के प्रथम संस्करण उनके व्यक्तिगत पुस्तकालय में सुरक्षित हैं। उन्हें कब से यह शौक था मैं नहीं जानता, लेकिन 'चन्द्रकांता संतति' पर अपने लेखन के दौरान उस पुस्तकालय से मदद ली थी। फिर एक बार अमृतलाल नागर, विष्णु प्रभाकर, शिवमंगल सिंह सुमन के साथ इस 'ज्ञान मंदिर' के दर्शनों के लिए गया था। उन दिनों सुमन जी हिंदी संस्थान के निदेशक थे और उन्होंने बुजुर्गवार को प्रस्ताव दिया था कि वे उत्तरप्रदेश सरकार को बीस लाख में यह संग्रह खरीदने के लिए तैयार कर सकते हैं। बुजुर्गवार व्यंग्य से मुस्कराये थे, "सुनते हैं वहां तो किताबों को धूल और दीमक खाती हैं...यहां मैं उनकी देखभाल तो करता हूं। शोधार्थी आते हैं, उनकी मदद करता हूं।" चलने-फिरने में असमर्थ चिरंजीलाल जी को अपने 'पुस्तकालय' के बीच शांति से बैठे देखना एक दिग्विजयी राजा के संतोष को देखना था। आज उनकी संतान समर्थ है और सुनते हैं उनकी 'विरासत' को बड़ा रूप देना चाहती है।

ऐसा ही एक पागल था, पद्मकुमार जैन...करोड़पति व्यवसायी बाप का बेटा। 'कम्युनिस्टों के चक्कर' में पड़ गया था और घर-घर मार्क्स-लेनिन, राहुल-यशपाल की किताबें बेचता था, उन दिनों मुझ जैसे किशोरों से किताबों पर बहसें करता था। बाद में कलकत्ता आता तो किताबों की ऐसी-ऐसी दुकानों और लाइब्रेरियों में ले जाता था जहां शायद धूप-हवा का गुज़र ही नहीं हुआ था। चौरंगी धर्मतल्ला से लेकर सारी कॉलेज स्ट्रीट पर हर रोज पुरानी किताबों की एक-एक दुकान छानी जाती थी और सब 57-58 में दस बीस हजार के बंडल आगरा जाते थे। मुझे उसकी उन्मत्त बेचैनी अभी भी याद है। लौटकर कमरे में वह पागल की तरह इधर से उधर भटक रहा था : "राजेन्द्र, मुझे वह किताब लेनी ही है, जैसे भी हो...कल तक कोई और न ले

जाये..." शायद इतिहास की कोई बहुत ही दुर्लभ किताब थी, या हो सकता है फ्रैंक हैरिस की 'माई लाइफ एंड लव्स' के तीन खंड हों जो उसे लंदन में भी नहीं मिले थे...तब पहली बार मैंने देखा था कि अपनी योजनाओं और किताबों के बारे में बातें करते हुए उसके हाव-भाव, आंखें चेहरा असामान्य हो उठते थे–लगभग एबनार्मल ...बाद में देहरादून में उसने अपनी सारी किताबों और संभव-असंभव योजनाओं का केंद्र बनाया–'ज्ञान लोक'। कहते हैं इतिहास संबंधी ऐसी किताबों का कोई दूसरा व्यक्तिगत संग्रह पूरे उत्तर भारत में नहीं था। जब 'लाल बहादुर शास्त्री प्रशासकीय विद्यालय' का सारा पुस्तकालय जल गया तो पद्मकुमार जैन की पुस्तकों की मदद से ही उसे पहले से अधिक समृद्ध संग्रहालय बनाया जा सका था...

अभी-अभी तीन महीने पहले ही एक ऐसे ही दूसरे पागल मित्र गये हैं बालमुकुन्द अग्रवाल...सुप्रीमकोर्ट के वरिष्ठ अधिवक्ता। पन्द्रह-बीस साल से गुलमोहर पार्क के पास नीतिबाग में आ गये थे। परिवार नीचे रहता था और ऊपर दोनों मंजिलों पर सिर्फ वे थे और किताबें...सन् 47-48 में कभी बंबई से एक मोटी-सी पत्रिका निकाली थी 'चेतना' (या श्रेयस ?) अंक तो शायद चार-पांच से अधिक नहीं निकले, मगर युवा-अवस्था में लगा किताबों का चस्का उनकी आय का बड़ा हिस्सा निगलता रहा। दुनिया के किसी भी भाग में किस तरह की दुर्लभ किताबें कहां-कहां मिलेंगी इसकी जानकारी बालमुकुंद जी से अधिक शायद ही किसी को हो...अलभ्य और प्रतिबंधित पुस्तकें उनका शौक था। अश्लीलता के लिए चर्चित और जब्त तो शायद ही कोई किताब हो जो उनके पास न हो...सुनते हैं विदेश से जब भी आते थे उनके पास के बक्सों को कस्टमवाले कभी नहीं खोलते थे, इन्हें क्या देखना, किताबें होंगी. ..उधार देते नहीं थे, यहीं आइए, दो घंटे, चार घंटे पढ़िए, चाय-खाना लीजिए...दिल्ली की दौड़ती दिनचर्या के बीच साल में दो-चार बार से अधिक मिलना नहीं होता था, मगर जब भी शाम बितायी मैं किताबों से भरा ही लौटा, एक धिक्कार के साथ–कहां भाड़ झोंक रहा हूं–पास हीरे, हीरे की खान...जिन दिनों 'स्टोरी आफ ओ' फ्रांस में भी प्रतिबंधित थी, उनके पास उसके तीन संस्करण थे, मार्क्विस द साद का सम्पूर्ण लेखन, उसके पत्र, उसकी जीवनियां और समीक्षाएं, रिचर्ड बर्टन की 'हजार रातें' का मूल संस्करण जो सुनते हैं सौ डेढ़ साल पहले केवल पांच सौ प्रतियों में छपा था...

एक सफल वकील की याददाश्त वैसे भी विलक्षण ही होती है–किस तरह के मुकदमे में कहां, कब किस जज ने क्या फैसला दिया, देश-विदेश में किस मुद्दे पर क्या बहस हुई और संबंधित सामग्री कहां-कहां मिलेगी ? बालमुकुंद जी हजारों किताबों और पत्रिकाओं के हवाले साधारण बातचीत में उड़ेलते रहते थे, दुनिया भर की पत्रिकाएं देखते थे। लेखों पर निशान लगाते थे और मौके पर आश्चर्यजनक सामग्री

दे सकते थे। 'हंस' के हर अंक पर उनकी प्रतिक्रिया मिलती थी। सुनते हैं, जिन दिनों परम पढ़ाकू श्री टी. एन. चतुर्वेदी होम सेक्रेटरी थे उन दिनों भी कभी-कभी उनके यहां पढ़ने जाते थे। एक बार 'नई दुनिया' (इंदौर) के ज्ञानेन्द्र पांडेय का मेरे पास फोन आया। उन्हीं दिनों राजस्थान में 'चेस्टिटी बैल्ट' (औरतों की शील रक्षा के लिए तालेवाली लोहे और चमड़े की पेटी) का विचित्र केस पकड़ा गया था और पांडेय जी इस विषय पर कुछ साहित्य चाहते थे। छूटते ही मैंने बालमुकुंद जी को फोन किया। उन्होंने फोन पर ही ऐसी तीन किताबों के नाम बता दिये जहां 'चेस्टिटी बैल्ट' का इतिहास, मनोविज्ञान, विवरण इत्यादि विस्तार से बताये गये थे और न जाने कब कहां से छपीं ये तीनों पुस्तकें उनके यहां थीं। पता नहीं पांडेय जी बालमुकुंद जी के यहां गये या नहीं। बालमुकुंद जी मेरे लिए एक जीवित संदर्भ थे। उनके साथ नई-पुरानी किताबों पर बात करना, किसी भक्त से भगवान के बारे में बातें करना था। सचमुच पुजारी की तरह ही वे किताबों के बीच बैठते थे और नाम सुनते ही बच्चों जैसी फुर्ती से कहीं भी रखी किताब निकाल लाते थे। हार्ट अटैक हो चुका था और हम कहते, "आप परेशान न हों, हम निकालते हैं। बहुत ऊपर है, किसी को बुला लेते हैं।" विश्वास से कहते, "किताबों को निकालना, रखना, पढ़ना ही तो मुझे बचाए हुए है।" जब वे विजयी भाव से हाथ में किताब लिये वापस आकर बैठते तो सचमुच लगता जैसे मां अपनी इकलौती संतान को दुलार रही है ...अच्छे से अच्छे कुर्ते या कमीज से उसे पोंछते और विभोर होकर उसके बारे में बताने लगते...शायद मैं उन दो-चार चुने हुए लोगों में था जो उनके यहां से किताब ला सकता था, मगर अचानक ही कार्ड मिलता, प्रेस-फ्रीडम पर सन् 48 में इंग्लैंड में हुई बहस वाली किताब छः महीने से आपने लौटाई नहीं है...किसी दिन आइए...

कभी-कभी एक कुसंस्कारी विचार भी आता था–मारवाड़ी खून है, किताबों के लिए भी वैसा ही उत्साह और रवैया है जैसा पैसे के प्रति हो सकता था–संचयन और संरक्षण।

कहने की ज़रूरत नहीं कि बालमुकुंद जी भी किताबों के कबाड़ी बाजार के पुराने कोठे-बाज थे और शायद उनका कोई विशेष कबाड़ी भी था जो अलभ्य किताबों की सूचना देता था। जाने से पहले एक दिन मुझे और लालानी जी को उन्होंने स्कॉच की दावत दी थी। कहने लगे, "राजेन्द्र जी, मेरे पास तीस-चालीस ऐसी किताबें हैं जो दुनिया के बहुत-बड़े लोगों ने अपने मित्रों और आत्मीयों को स्मरणीय वाक्य लिखकर भेंट दी थीं। आप उन पर एक फीचर बनाइए। आखिरी किताब है उस दिन की जब शंकरदयाल शर्मा राष्ट्रपति बने थे। उन्होंने अपनी नयी किताब किसी को भेंट दी है...एकाध दिन में आ जायेगी तब आप लिखिए..." शायद तब नये राष्ट्रपति

को आठ-दस दिन ही हुए थे...

नाम याद नहीं आ रहा मगर उस व्यक्ति की हत्या करने और चरण छूने को मन करता है जिसने लकड़ियों की जगह किताबों से अपनी चिता सजाने की कामना लिखकर प्राण त्यागे थे....

पता नहीं, पागलों की उस प्रजाति में अब कितने लोग बसे हैं, मगर सचमुच मेरी इच्छा है कि 'हंस' में उन पर एक अच्छी लेखमाला दी जाये। कहीं भी आनी चाहिए। मेरा दृढ़ विश्वास है कि प्रलय के बाद, मनु या हजरत नूह जिस नाव में मानवीय अस्तित्व की कुछ मूलभूत स्मृतियों और निशानियों को बचाकर इतिहास-देवता को सौंप गये थे उस नाव का नाम था किताब...

['मेरी तेरी उसकी बात', हंस, नवंबर, 1992]

किताब की मौत पर एक लोककथा

"आज किताब मर रही है" सुनना हमारे भीतर अब कोई हलचल पैदा नहीं करता। होगी कोई किताब जो कहीं मर रही होगी--जैसी उदासीनता का भाव उसे मारने में और भी मदद कर रहा है। जब तक लेखक अपने ऊंचे आसन से उतरकर, लिखने वाले से लेकर पढ़ने वाले तक की इस किताब-यात्रा में शामिल नहीं होता, किताब को कोई बचा नहीं सकता। सिर्फ प्रकाशक पर सारी जिम्मेदारी डालकर उसे गालियां देना, या इस शब्द-वध पर छाती-माथा-कूट विलाप करना, समस्या का हल है ही नहीं। जिस समाज में जीवन-रक्षिणी दवायें और खाने-पीने की कोई चीज मिलावट और भ्रष्टाचार से न बची हो, या जहां दुर्घटना, बाढ़ या अकाल में लाशों के व्यापार होते हों और वे ही लोग हमारे आका बनकर संसद में बैठते हों, वहां प्रकाशक नाम का व्यवसायी साफ-सुथरे ढंग से किताब को जन-जन तक पहुंचायेगा, इस विश्वास से लेखक क्यों नहीं बाहर आना चाहता ? जिन्होंने इसे मिशन बनाकर लिया क्या उनका हश्र लेखक के सामने नहीं है ? इस व्यवस्था में अगर कोई पुस्तक-समर्पित होना भी चाहे तो आस-पास के दबाव उसे होने देंगे ? जीवित रहने और भ्रष्ट होने में अगर एक चुनना हो तो प्रकाशक क्या चुनेगा ? अगर किताब या रचना, लेखक की संतति है तो उस बाप को आप क्या कहेंगे जो बच्चे को पैदा करके दूसरों पर छोड़ देता है और बाद में उसके बिगड़ जाने पर माथा पकड़कर रोता है ? मैं फिर कहता हूं कि लेखक जब तक खुद अपनी किताब को सम्मान देना और प्यार करना नहीं सीखेगा तब तक उसे कोई बचा नहीं सकता। इस प्यार पर 'मेरा दाग़िस्तान' में रसूल हम्ज़ातोव ने एक बेहद सार्थक कहानी सुनाई है :

बालखारी के कुम्हारों ने मिट्टी से बनायी हुई अपनी चीजों को बड़ी-बड़ी टोकरियों में रखा, उन्हें गधों और खच्चरों पर लादा और बेचने शहर चल दिये। रास्ते में उन्हें अपने निकटवर्ती गांव के शरारती लड़के मिले।

"कुम्हार, बहुत दूर जा रहे हो क्या ?"

"बर्तन बेचने।"

"क्या कीमत है इनकी ?"

"छोटों की बीस कोपेक और बड़ों की पांच।"

"ऐसा क्यों ?"

"इसलिए कि बड़े बर्तनों की तुलना में छोटे बर्तन बनाना ज़्यादा मुश्किल होता है।"

शरारती लड़कों ने बालखारीवासियों से उनके सारे बर्तन खरीद लिये।

"हमारे माल से बहुत खुशी होगी तुम्हें," कुम्हारों ने लड़कों से विदा लेते और अपने गधे-खच्चरों को गांव की ओर मोड़ते हुए कहा। "बहुत मन लगाकर हमने अपना माल तैयार किया है। तुम्हारे पोते-पोतियों तक हमारे बनाये हुए ये बर्तन काम देते रहेंगे।"

पहाड़ पर चढ़कर कुम्हार आराम करने के लिए बैठ गये। उन्होंने दूर से पहाड़ी सड़क पर नजर डाली और अचानक उन्हें यह जानने की कुरेद हुई कि लड़के उनके बनाये हुए टनकते और सुंदर बर्तनों का क्या कर रहे हैं। लड़कों ने उन बर्तनों को खड्ड के सिरे पर रख दिया था और खुद उनसे बीस कदम हटकर उनपर कंकड़ फेंक रहे थे। शायद उनमें होड़ हो रही थी कि कौन ज़्यादा बर्तन तोड़ता है। बर्तन टनकती आवाज करते हुए टूटते और उनके टुकड़े खड्ड में बिखर जाते। लड़कों को इससे बहुत खुशी हो रही थी।

कुम्हार एकसाथ ऐसे उछलकर खड़े हुए मानो उन्हें फौजी हुक्म मिला हो और म्यानों से खंजर निकालकर वे उन बदमाश लड़कों की ओर भागे।

"अरे दुष्ट लड़कों, यह तुम क्या कर रहे हो।" वे चिल्लाये, "हमने तो अपने बहुत ही अच्छे बर्तन बेचे हैं और तुम...कोई शर्म-हया है तुममें ?"

"किसलिए बिगड़ रहे हैं आप ?" कुछ न समझते हुए लड़कों ने पूछा। "आपने अपना माल हमें बेच दिया, हमने आपको उसके अच्छे पैसे दे दिये, अब ये बर्तन हमारे हैं। हम इनका क्या करते हैं, आपको इससे मतलब ? जी में आयेगा, तो यहीं सड़क पर छोड़ देंगे।"

"मगर इन बर्तनों के साथ हमारा भी तो नाता है। बर्तन बनने के पहले हमने इनके लिए मिट्टी तैयार करने में बहुत मेहनत की। हमने बड़े मन से उसे गूंधा ताकि उससे सुंदर बर्तन बनें, ताकि लोग उन बर्तनों को देखकर मुग्ध हों। हमने तो यह सोचा था कि हमारी बनायी चीजों से लोगों को खुशी मिलेगी, कि वे किसी के जीवन में रंगीनी लायेंगे, तुम्हें इन बर्तनों को बेचते हुए हमने यह आशा की थी कि एक गागर से तो तुम अपने मेहमानों को बूज़ा (बीयर) पिलाओगे, दूसरी में चश्मे का ठंडा पानी रखोगे और कुछ गमलों में सुंदर फूल उगाओगे। मगर तुम तो बड़े बेहया हो, इन सभी बर्तनों के टुकड़े कर डाले। हमारी सारी मेहनत, हमारी सारी कोशिश, हमारे सारे सपनों को तुमने खड्ड के सिरे पर चूर-चूर कर डाला। तुमने हमारी बनायी हुई चीजों पर वैसे ही कंकड़ फेंके हैं, जैसे कि नासमझ बालक गाने वाले सुदंर पक्षियों

पर कंकड़ फेंकते हैं।"

कुम्हारों ने लड़कों से वे सभी बर्तन, जो वे तोड़ नहीं पाये थे, दृढ़तापूर्वक छीन लिये और अपने घर लौट गये।

कुम्हारों के दिलों को लगी ठेस को हर वह आदमी समझ जायेगा, जो खुद कड़ी मेहनत करता है, अपने काम में पूरी तरह से अपना मन लगा देता है और अपने श्रम के फल पर मुग्ध होता है।

['मेरी तेरी उसकी बात', हंस, जनवरी, 1991]

पाठक-लेखक-प्रकाशक : एक नाव के यात्री

आज कुछ विषय इतने 'भड़कीले' हो गये हैं कि उन्हें छूना ख़तरनाक मान लिया गया है। सबसे सुरक्षित यही है कि उन पर जब भी बोला जाये तो सिर्फ़ वही बोला जाये जो दूसरे बोलते रहे हैं, उन्हीं बातों का समर्थन किया जाये और वे ही नतीजे निकाले जायें। जैसे, धर्म-निरपेक्ष या 'सैक्युलर' होने का आज सबसे आसान और सुविधाजनक तरीका यही है कि अपने आपको किसी भी धर्म से अलग और ऊपर दिखाया जाये और दूसरे के धार्मिक, तर्कहीन, अंधविश्वासी और सामंती मूल्यों को खुला समर्थन दिया जाये। औरों के असामाजिक, राष्ट्रविरोधी कठमुल्लेपन और जहालत पर जहां आपने कुछ कहा कि खुद साम्प्रदायिक हुए। लेखक-प्रकाशक सम्बन्ध भी आज कुछ वैसा ही बना दिया गया है। अजीब साम्य है कि धर्म की तरह लेखक-प्रकाशक के सम्बन्धों को लेकर कोई 'वर्ग-चेतना' नहीं है। जिन्दगी-भर चार या पांच अंकों की मासिक आमदनी डकारनेवाले लेखक की शिकायत की भाषा भी वही है जो तीन अंकों वाले की है। जो भी उन आरोपों को नहीं दुहराता वह काफ़िर या दूसरे पक्ष का दलाल है। सामाजिक बुनावट और रिश्तों का एक-एक महीन रेशा उधेड़ने वाला परम बुद्धिवादी लेखक कैसे यहां इतना सपाट और भीड़वादी हो जाता है, यह सचमुच आश्चर्य की बात है। मुझे लगता है कि 'साम्प्रदायिक', 'दलाल,' और 'पिट्ठू' कहलाने का ख़तरा बर्दाश्त करते हुए भी कुछ महत्त्वपूर्ण मुद्दों के तटस्थ विश्लेषण से बचना या गहराई से उनपर विचार न करना भी ग़ैर-बुद्धिजीवी होना है, कायरता या भीड़ की मानसिकता का शिकार हो जाना है।

कोई भी मुद्दा इसीलिए 'नाजुक' या 'भड़कीला' बनाकर रखा जाता है कि उसके साथ कुछ लोगों के व्यक्तिगत हानि-लाभ जुड़े होते हैं। वहां समुदाय के हित का नाम तभी तक और उतने ही वज़न के साथ इस्तेमाल होता है जितने से अपना सौदा अपने ढंग से पट रहा हो। एक बुद्धिजीवी के नाते सबसे पहले यही जांचने की ज़रूरत है कि वे लोग कौन हैं जो किसी मुद्दे को नाजुक, खुदा की तरह तर्क से ऊपर, स्वयंसिद्ध और भड़कीला बनाकर रखे हुए हैं ? किसी भी तर्क, युक्ति या प्रश्न का सामना करते ही क्यों कुछ बातें भावना, आवेश या सम्मान का सवाल बन जाती हैं ? आपस में

बैठकर उन पर खुली बहस या बातचीत क्यों नहीं हो सकती ? लेखक-प्रकाशक सम्बन्धों के सिलसिले में ही हम कब तक आरोपों-प्रत्यारोपों में जीते रहेंगे और कब तक 'बेचारा लेखक' घाव दिखा-दिखाकर जनता की दया वसूल करता रहेगा ? हम क्यों नहीं एक सच्चे बुद्धिजीवी की तरह उन आर्थिक, सामाजिक और सांस्कृतिक कारणों का विश्लेषण करते जिसके शिकार दोनों हैं ? पिछले पचास वर्षों से लगातार यही कहते रहने से कहीं कोई समाधान निकलता दिखायी दिया है कि प्रकाशक चोर, बेईमान और शोषक है ?

सबसे पहले तो हम उस सामाजिक माहौल पर ही दृष्टि डालें कि क्यों एक अच्छी पत्रिका, एक अच्छा नाटक, एक अच्छी फ़िल्म या एक अच्छा प्रकाशन 'सफल और आकर्षक' व्यवसाय नहीं है ? क्यों इनकी तरफ़ लोग पैसा लेकर उसी तरह नहीं दौड़ते जैसे किसी भी अन्य उद्योग या व्यापार की तरफ़ दौड़ते हैं ? इससे भी पहले हमें एक तमीज़ और भी कर लेनी होगी कि 'माया', 'धर्मयुग' या 'सरिता' एक तरह की पत्रिकाएं हैं और 'पहल', 'दस्तावेज़', 'कलम', 'उत्तरार्द्ध' दूसरी तरह की। 'चढ़ी जवानी बुड्ढे नूं' और 'अदरक के पंजे' एक तरह के नाटक हैं और 'कबिरा खड़ा बज़ार में', 'द्रौपदी' या 'तुगलक' दूसरी तरह के। सारा आकाश, निशान्त, गोधूलि, घट-श्राद्ध, खण्डहर एक तरह की फ़िल्में हैं और शोले, दीवार, बॉबी, कुली या विधाता दूसरी तरह की। न तो इन सबको एक ही ख़ाने में डाला जा सकता है और न ही इनसे एक जैसी प्रत्याशाएं की जा सकती हैं। क्या लेखक इतना 'भोला' और 'मासूम' दिखायी देना चाहता है उसे प्रकाशनों के चरित्र में कोई अन्तर ही नज़र न आये ? क्या किसी भी स्थिति में निर्मल वर्मा अपने एक उपन्यास से वही प्रत्याशा कर सकते हैं जो शिवानी या विमल मित्र करते हैं ? क्या ओम पुरी और नसीरुद्दीन शाह अपना व्यक्तित्व क़ायम रखे हुए अच्छी-से-अच्छी फ़िल्म से वही मांग करेंगे जो अमिताभ या राजेश खन्ना बिना मांगे पाते हैं ? और क्या डा. नगेन्द्र, मन्मथनाथ गुप्त, गोविन्द मिश्र, गिरिराज किशोर, भारती या अशोक वाजपेयी ठीक उन्हीं अर्थों में लेखक हैं या जीवन और साहित्य में उनकी वही स्टेक हैं जो नागार्जुन, शैलेश मटियानी, विष्णु प्रभाकर, मुक्तिबोध, नरेश मेहता, योगेश गुप्त और देवेन्द्र सत्यार्थी के हैं ? कहने की ज़रूरत नहीं है कि ये लेखकों के दो वर्ग हैं, एक वर्ग ने साहित्य से सिर्फ़ लेना सीखा है—नाम, प्रतिष्ठा, पैसा, पुरस्कार। इसलिए उनका दृष्टिकोण प्रायः दक्षिणपंथी या यथास्थितिवादी है। दूसरे वर्ग ने लिखने-जीने के साथ स्थितियों के हाथों या तो कष्ट उठाये हैं या उन्हें बदलने की कोशिशें की हैं। इसलिए शब्द एक होने के बावजूद इनकी ज़बानें अलग हैं, होनी चाहिए।

दुहराने की ज़रूरत नहीं है कि रचनाओं और रचनाकारों के ये दो वर्ग हैं और दोनों अलग मानसिकताओं, अर्थशास्त्र और दृष्टिकोणों से परिचालित हैं। घपला वहीं होता है जब हम 'सब धान बाईस पंसेरी' के विवेक से सभी को एक ही लाठी से

हांकने लगते हैं या उन कारणों में नहीं जाना चाहते कि क्यों जब मनमोहन देसाई, सिप्पी या शक्ति सामंत जब एक फ़िल्म बनाते हैं तो फ़ार्म या कोठियां खड़ी होती हैं, मणिकौल या अरुण कौल के घरों पर कुर्कियां आती हैं—मोटे रूप में फ़िल्म-निर्माता दोनों ही हैं ?

यहां क्या सचमुच यही विश्वास किये रखना चाहते हैं कि कला और साहित्य के इस सामाजिक माहौल में प्रकाशन एकदम अछूता, अलग-थलग और अप्रभावित द्वीप है ? या जो कुछ पत्रिका, फ़िल्म, नाटक पर लागू होता है; प्रकाशन उस सबसे एकदम अलग है ? क्या सचमुच कला और साहित्य के ये सारे प्रयास किन्हीं अलग सामाजिक, आर्थिक या सांस्कृतिक परिवेश और व्यवस्था में सांस ले रहे हैं ? फिर हम यह मानने के लिए क्यों तैयार नहीं हैं कि सुरुचि और रचनात्मक मूल्यों से प्रतिबद्ध एक प्रकाशन-संस्था के संघर्ष भी ठीक वही हैं जो कला-संस्कृति के अन्य क्षेत्रों के ?

लेकिन यहां हमें लेखकीय प्रत्याशाएं, महत्त्वाकांक्षाएं और मानसिकताएं इन तकलीफदेह बारीकियों में जाने से रोकती हैं और हमें यही नारा ज़्यादा सुविधाजनक लगता है कि 'शोषक और शोषित' के मोटे खाने बनाकर मूल समस्या को टाल दें। दूसरे शब्दों में हम मणिकौल से कहना चाहते हैं कि अगर मनमोहन देसाई की तरह सफल और धांसू फ़िल्म नहीं बना सकते तो क्या डाक्टर ने बताया है कि फिल्में बनाओ ? बनानी है तो 'शोले', 'दीवार' बनाओ, वर्ना कोई ज़रूरत नहीं है। या फिर "आप शोले बनाइए या गोधूलि, मुझे तो अपनी कहानी की इतनी राशि ही चाहिए, वर्ना आप शोषक हैं।" (फ़िल्म 'आधारशिला' का कथ्य) और मान लीजिए, आपके या आप जैसे फिल्मी-पक्ष के दूसरे और लोगों के उपदेशों, दबावों या धमकियों से क्षुब्ध होकर मणि शोले बनाता है तो आप ही उन पहले व्यक्तियों में होंगे जो कहेंगे, "अजी वह तो हम पहले ही जानते थे कि बनानी तो उसे शोले ही थी, वह तो वैसे ही 'उसकी रोटी' और 'दुविधा' के चक्कर में पड़ गया था..." यहां आप बड़ी आसानी से यह भी भूल जायेंगे कि जो 'शोले' बनायेगा वह मोहन राकेश या विजयदान देथा की नहीं, सलीम जावेद या मुखराम शर्मा की कहानी लेगा। अमरकान्त की एक कहानी का कथ्य है कि एक अच्छी-भली लड़की के साथ ज़मींदार साहब बार-बार बलात्कार करते हैं और फिर सबसे पहले कहते फिरते हैं, "अरे हमें तो पहले ही पता था कि वह रंडी है !"

प्रकाशन व्यवसाय है। वह हर चीज़ व्यवसाय है जो किसी भी तरह का दाम लेकर बाज़ार में खरीदी और बेची जाती है। रचना अपनी सृजन और ग्रहण प्रक्रिया में चाहे व्यवसाय न हो, मगर प्रकाशन के लिए तैयार पाण्डुलिपि से लेकर बिकने वाली पुस्तक तक व्यवसाय ही है। यहां उसे उन सारे दबावों, शर्तों और स्थितियों से गुजरना होता जिनसे कोई भी 'माल' गुज़रता है। लेकिन अच्छी पत्रिका, अच्छी

फ़िल्म और अच्छे नाटक की तरह अच्छी पुस्तक बुरा व्यंवसाय है। वह जटिल व्यवसाय भी है। नाटक, पत्रिका या फ़िल्म में शुरू में ही लेखकीय पारिश्रमिक की तरह छोटी या बड़ी रक़म निकाल कर लागत के रूप में रखी जा सकती है। जब सभी पैसा लेंगे तो लेखक क्यों नहीं लेगा ? वहां आप यह भी कह सकते हैं कि जब पूरी लागत की व्यवस्था नहीं है तो काम ही क्यों शुरू किया गया था ? मगर पुस्तक की बिक्री से जुड़ा लेखकांश दिक्क़त, ग़लतफहमी और शक या आरोपों की स्थिति पैदा करता है। अगर नाटक या पत्रिका में लेखकांश टिकट या अंकों की बिक्री पर निर्भर होता तो वहां भी यही स्थिति पैदा होती। ज़रूरतमंद लेखक को एक नगण्य-सी रक़म देकर एक तरफ़ डाल देना निश्चय ही शोषण है, क्योंकि किताब की उम्र लम्बी है। लेख को पुस्तक की प्रक्रिया का हिस्सा बनाना, लाभांश में भागीदार रखना उसके सर्जनात्मक विश्वास को तो सक्रिय रखता ही है, जीवन और अस्तित्व के संघर्ष को आसान कर सकने का आश्वासन भी देता है। आश्वासन और लाभांश में यह भागीदारी, यानी रायल्टी लेखक को पुस्तक के व्यवसाय-पक्ष से भी, चाहे अनचाहे, जोड़े रखती है।

मगर आज की भारतीय परिस्थितियों में लेखक-प्रकाशक की यह भागीदारी बहुत-सी उलझनों और समस्याओं को जन्म देती है। एकमुश्त रक़म लेकर सर्वाधिकार दे देने वाला लेखक शिकायत या संतोष के अहसास के साथ अलग हो जाता है, मगर रायल्टी वाले लेखक के साथ दिक्क़त यह है कि तटस्थ तो वह पहले प्रकार के लेखक की तरह होना चाहता है जबकि सम्बन्ध उसके सारी व्यावसायिक प्रक्रिया या परिणाम से बंधे होते हैं। किसी भी व्यवसाय के ऐसे भागीदार की कल्पना कीजिए जो अपना 'हिस्सा' लगा देने के बाद केवल लाभांश से ही मतलब रखे, हानि में या पूरी प्रक्रिया में उसकी कहीं कोई हिस्सेदारी न हो। बल्कि जिसकी ज़िद यह भी हो कि वर्किंग-पार्टनर, यानी प्रकाशक को हानि हो या लाभ, मुझे तो लाभांश या विक्रयांश ही चाहिए। जिस व्यवसाय में लाभ ही न हो वहां केवल लाभांश का आग्रही हिस्सेदार एक बोझ या अतिरिक्त देनदारी लगने लगता है। दूसरी तरफ़ दूर बैठे इस निष्क्रिय हिस्सेदार को हमेशा शक बना रहता है कि उसे वास्तविकता का पता नहीं है, ज़रूर लाभ हो रहा है मगर उसे उसका लाभांश नहीं दिया जा रहा। तब उसकी मांग होती है कि "मुझे आपकी व्यावसायिक प्रक्रिया से कोई मतलब नहीं, आपको हानि हो या लाभ, मुझे मेरा लाभांश ही चाहिए" स्वाभाविक ही है कि यह असन्तुलित हिस्सेदारी या तो टूट जाती है या कटुताएं पैदा करती है। यह छोटे और बुरे व्यवसाय की प्रकृति है : वहां अगर लाभ भी होने लगे तो भी स्लीपिंग या तटस्थ पार्टनर शीघ्र ही बोझ और फ़ालतू लगने लगता है।

व्यवसाय में आप चीज़ों यानी आइटमों और अपने क्षेत्र का चुनाव तो कर सकते हैं सम्बन्धों में किसी हद तक लिहाज़ और भावना भी बरत सकते हैं मगर

निर्णय वहां ठण्डे तर्कों और स्थितियों के अपने दबावों में से ही लिये जाते हैं। व्यवसाय स्वयं एक स्वतंत्र व्यक्ति या इकाई बनकर बाप-बेटों, भाई-भाई के सम्बन्धों को नये सिरे से तय करने लगता है। और इस परिप्रेक्ष्य में सारी ग़लतफ़हमियों की जड़ यही है कि लेखकीय अंश पुस्तक की बिक्री से जुड़ा है और किसी भी भारतीय भाषा की स्थिति ऐसी नहीं है कि कोई भी प्रकाशन सिर्फ अच्छी और सुरुचिपूर्ण पुस्तकें छापकर अपने आपको ज़िन्दा रख सके या लेखकांश नियमित देता रह सके। बिक्री के लिए उसे या तो 'बाज़ारू' किताबें छापनी पड़ती हैं या कोर्स-बुक्स तैयार करानी होती हैं या फिर सरकारी ख़रीदों के पीछे भागना होता है। वहां की अपनी गंदगियां, अपनी तिकड़में हैं, पाठ्य-क्रम कमेटी के मेम्बरों से लेकर अध्यक्ष तक की अपनी क़ीमतें हैं और जो जितनी सेवा करता है उतनी मेवा पाता है। सरकारी ख़रीद में चाहे सीमेण्ट हो या किताब, डिस्पैच-क्लर्क से लेकर अफसर तक को अपना हिस्सा चाहिए—ख़रीदने से लेकर भुगतान मिलने तक, क्योंकि सब अलग-अलग विभाग हैं। सरकारी सौदे में आप सीमेण्ट में रेत मिलाइए या किताबों के नाम पर रद्दी काग़जों की जिल्द बनाकर दे दीजिए। मूलतः वहां आपकी और सिर्फ आपकी किताब की ज़रूरत नहीं है।

एक लेखक की तरह मैं शायद ही कभी इस मुद्दे पर विचार करूं कि 'मानवीय नियति और उदात्त मूल्य' नाम की मेरी पुस्तक की जो भी रायल्टी मुझे मिल रही है वह किस प्रणाली से आयी है ? क्या हमें सचमुच यह बहुत सुखद और स्वस्थ लगता है कि 'भांग की पकौड़ी' की बिक्री या विश्वविद्यालयों और सरकारी अफ़सरों को सभी प्रकार की घूस देकर की गयी कमाई से हमें रायल्टी मिलती रहे और हम अनजान और मासूम बने महान मानवीय नैतिकताओं पर बहस करते रहें ? ठीक है, सीधे आप नहीं कर रहे, लेकिन किसी के लिए तो मजबूरी पैदा कर ही रहे हैं वह आपके लिए यह डर्टी-वर्क करे और पूरे में से कुछ टुकड़े आपको भी डालता जाये ? हां, यह सादालौही सुनने में तो अच्छी लगती ही है, "जिनका काम है, वे करेंगे ही। हमारे कहने से तो रुक नहीं जायेंगे। व्यवस्था ही ऐसी है। सही है आपने अगर 'रंगीन रातें' न लिख कर 'ऋचागीत' लिखने का चुनाव किया है तो निश्चय ही आपको हक़ है कि इस चुनाव पर गर्व करें या इसकी क़ीमत चुकायें। लेकिन यही रियायत उस प्रकाशक को क्यों नहीं देना चाहते जिसने 'मस्तानी जवानी' छोड़कर आपकी किताब छापने का चुनाव किया है ? अगर आप उसे औरों से अलग या थोड़ा भी प्रबुद्ध मानते हैं तो यह मानने में आपको क्यों आपत्ति है कि ग़लत करते हुए उसका नैतिक-बोध भी उसे कोंच सकता है ? सामाजिक जागरूकता की सारी ज़िम्मेदारी सिर्फ आपकी ही है ? फिर मेरे एक मित्र के साथ ही यह घटना क्यों मज़ाक जैसी सुनायी देती है कि 'मद्य-निषेध' पत्रिका में उसने तभी लिखना स्वीकार किया जब सम्पादक की ओर से उसे शराब की एक बोतल भेंट दे दी गयी ?

लेखक की यह 'मासूमियत' मुझे एक ऐसे पूंजीपति घाघ सेठ की संत-मुद्रा की याद दिलाती है जो कहता है, मुझे तो किसी तस्करी, मिलावट, ब्लैक-मार्केटिंग या हत्या की जानकारी नहीं है, हो सकता है 'नीचे वाले' ऐसा कुछ करते हों। बीस बरस तक माफ़िया-संगठनों के 'सरदारों के सरदार' बने रहने वाले लूसियानो का दावा है कि उसने कभी अपने हाथों से कोई हत्या नहीं की। शायद हाजी मस्तान भी यही कहता है। यह दूसरी बात है कि इनकी आज्ञा पर और जानकारी में नीचे वालों ने दस-पांच हज़ार लोगों को इधर-उधर कर दिया हो। यह जानकर कम से कम मेरे अहं को तो धक्का लगता है कि अगर गुलशन नंदा, कर्नल रंजीत या रानू की कमाई न हो तो अपने प्रकाशक से मुझे मेरी रायल्टी कभी समय पर न मिले और मैं भूखा मर जाऊं। कम से कम अपने लेखन में हम सबकी लड़ाई भी तो इसी बाज़ारू लेखन के खिलाफ़ है। वेश्याएं हैं और रहेंगी, मगर उनकी कमाई पर मैं बाहर बैठक में बैठा-बैठा पान चबाता हुआ शील, नैतिकता, संस्कृति और सतीत्व की महिमा बघारता रहूं तो आपको कैसा लगेगा ? भ्रष्टाचार की कमाई से आंख मूंद कर या उसे सही ठहराते हुए ही हम भ्रष्टाचार का विरोध करेंगे ? न कुछ कर पायें मगर अनजान या इस सबसे ऊपर होने का नाटक तो न करें। क्योंकि सचाई यही है कि जो ऐसा नहीं कर पाये, नहीं कर पाते या नहीं करना चाहते वे प्रकाशक समाप्त और बदनाम ही हुए हैं। कहां हैं 'तार सप्तक' और 'नदी के द्वीप' छापने वाले प्रगति-प्रकाशन ? अभिव्यक्ति प्रकाशन ? हिंदी ग्रंथरत्नाकर ? भारती भंडार बदरी विशाल पित्ती जैसे व्यक्ति का भाषा-प्रकाशन या न्यू-एज और वोरा क्यों बंद कर दिया ? किताब-महल, मित्र-प्रकाशन, आत्माराम, एस. चांद, मैकमिलन ने 'कलात्मक, सुरुचिपूर्ण, साहित्यिक' पुस्तकें छापना ? क्यों दूसरा कोई भी व्यवसाय उन्हें अपनी ओर खींच पाया ? बीस साल बाद दूसरा प्रगति-प्रकाशन बंद करते हुए विमल कुमार जैन का यह वाक्य क्या सचमुच कम तकलीफ़देह है, "शब्द हीरे हो सकते हैं, मगर व्यवसाय करने में अब असली हीरों की ही तरफ़ जाऊंगा।" और क्या ये सारे दुखान्त, अवन्तिका, सुप्रभात कल्पना, ज्ञानोदय, प्रतीक और माध्यम के बंद होने से अलग हैं ?

क्या गंभीर और साहित्यिक लेखक इसी से सन्तुष्ट बना रहेगा कि उसकी पुस्तकें किसी सरकारी गोदाम, किसी साहित्य-अकादमी, नेशनल बुक ट्रस्ट या ज्ञानपीठ के कबाड़खानों में भरी रहें ? उसे तो सिर्फ अपनी रायल्टी से मतलब है। बहुत पैसा है उनके पास, क्या फ़र्क पड़ता है ? अच्छा, इस बात के लिए हममें से कितने लेखक तैयार होंगे कि उनकी पुस्तक का सारा संस्करण ख़रीदकर रायल्टी चुका दी जाये और उन प्रतियों में सामने ही आग लगा दी जाये ? सामने आग लगाने और गोदामों में भरकर दीमकों को खिलाने में कहीं कोई मौलिक अन्तर है ? काश, लेखक में इस सचाई का सामना करने की हिम्मत होती कि जिस आम आदमी को वह प्रशिक्षित करना चाहता है, या जिस प्रबुद्ध पाठक का नाम लेकर अपने होने को सार्थक करने

की बात करता है उस तक किताबें क्यों नहीं पहुंचतीं ? और वहां तक पहुंचने में उसकी भी कोई भूमिका है या नहीं ?

"प्रकाशक चाहता ही नहीं है। सब सालों की जालसाज़ी है।" देखा, कितना गहरा कारण निकाल कर लाया है सूक्ष्मद्रष्टा लेखक। "प्रकाशक क्यों नहीं चाहता ? उसे किताबें बेचना बुरा लगता है ?" उत्तर सुनिए, "सरकारी संस्थानों में उलटे-सीधे दाम रखकर, घूस खिलाकर ही अगर अंधाधुन्ध मुनाफ़ा मिले तो क्यों वह पाठक की चिन्ता करे ?" जहां तक मैं जानता हूं, किसी सरकारी ख़रीद की यह घोषित नीति बिल्कुल नहीं है कि पुस्तक सामान्य पाठक को नहीं बेची जायेगी। और यह कैसा धूर्त-व्यापारी है जिसे अतिरिक्त व्यवसाय नहीं चाहिए ? लेखक पूछता है, "अगर आपकी बात सही है तो फिर यह दफ़्तरी ताम-झाम, ये व्यक्तिगत कोठियां, ये रईसियां कहां से होती हैं ?" जी नहीं, किसी पराग प्रकाशन ने, किसी संभावना, लिपि, शब्दकार, प्रकाशन-संस्थान, अलंकार, दिशा, शीर्षक ने सिर्फ आपकी पुस्तकों के प्रकाशन से दो-दो दशक के व्यवसाय के बाद भी कोठियां नहीं खड़ी की हैं। अधिकांश के पास न दफ़्तर हैं, न स्टाफ़। जिनके पास टूटा-फूटा कुछ है वह निश्चय ही इन साहित्यिक पुस्तकों की कमाई का नहीं है। फिर लेखक को इस सचाई से भी आंखें नहीं चुराना चाहिए कि उसकी दो या पांच पुस्तकों की बारह-पन्द्रह प्रतिशत रायल्टी के मुकाबले दो-चार सौ पुस्तकों का तीन या पांच प्रतिशत लाभांश (चाहे वह सूची की बीस प्रतिशत पुस्तकों पर ही क्यों न मिलता हो) निश्चय ही अधिक होगा। हो सकता है इसी से प्रकाशक अपने संस्थान के 'व्यवसाय-चक्र' को चलाये रख पा रहा हो। फिर लेखक के पास उन्हीं रचनाओं के लिए रेडियो, टी. वी., फ़िल्म, अनुवाद, पत्रिकाएं, संकलन, पाकेट-बुक्स, पुरस्कार, फ़ैलोशिप सभी कुछ की संभावनाएं खुली हैं। भारतीय प्रकाशक को वे सब सहारे भी नहीं हैं जो दुनिया के दूसरे प्रकाशकों को हैं। ब्रिटिश प्रकाशक एन्थौनी ब्लोण्ड ने अपनी 'पब्लिशिंग गेम' पुस्तक में आठवें दशक की प्रकाशन-स्थितियों का विस्तार से जायज़ा लेते हुए बार-बार बताया है कि "जनरल कथा-साहित्य का प्रकाशक अक्सर अपनी बिक्री के आधार पर मुनाफा नहीं कमा पाता, इसके लिए उसे और दूसरे सहायक स्रोतों की ओर निगाह दौड़ानी पड़ती है।" (पृष्ठ 87)

हो सकता है इस व्यवसाय के अधिकांश लोग किसी और काम के लायक़ न हों, या फिर वे हों जो दुलारेलाल भार्गव और मुंशी नवलकिशोर की तरह अधिकतर लेखक को एकमुश्त रक़म देकर कापीराइट ख़रीद लेते हों, या तीन हज़ार छाप कर हज़ार बताते हों—लेकिन जब शीला सन्धु और अरविन्द कुमार जैसे लोग अच्छी और कलात्मक पुस्तकें प्रकाशित करने के संकल्प से आते हैं तो यह सोचना ज़्यादती है कि वे सिर्फ व्यापार की दृष्टि से वहां हैं। करोड़ों के टर्न-ओवर वाला व्यवसायी या विदेश से ओटोमोबाइल इंजीनियरिंग में डिग्री वाला आदमी अतिरिक्त व्यापार के

लिए पत्रिका-समूह की तरफ़ तो जा सकता है, लेकिन साहित्यिक प्रकाशन की ओर आयेगा, यह सिर्फ हवा में रहने वाला मूर्ख ही सोच सकता है। यह दूसरी बात है कि स्थायित्व देने की दृष्टि से दोनों का आग्रह अपने संस्थानों को आत्म-निर्भर बनाने का हो। विद्या-भवन या ज्ञानपीठ की तरह ट्रस्ट होते तो शायद यह आग्रह भी न होता। मगर प्रकाशन के अपने अनुभव के आधार पर मैं दृढ़ता से कह सकता हूं कि साहित्य और कला से मिलने वाला मानसिक संतोष ही उन्हें यहां रोके हुए है, मुनाफ़े की अपरिमित राशि या उसकी संभावनाएं बिल्कुल नहीं। वापस वे भी लौट सकते थे या पन्द्रह-बीस साल इस व्यवसाय में रहने के बाद कमाई के सारे तरीक़े उनसे भी नहीं छिपे होंगे, फिर कौन रोकता है उन्हें देहाती, पंजाबी, प्रभात या मल्होत्रा बनने से ? क्या वे चार राजवंस, दस समीर या पांच कर्नल ताबड़तोड़ सिंह नहीं खड़े कर सकते ?

परम बुद्धिवादी लेखक का जवाब मुझे मालूम है : "तो बंद कर दें, बन जायें रीगल और आर्य...रोकता कौन है ? सिर्फ़ पाठ्य-पुस्तकें छापें और पांच-सितारा होटल खड़े करें..." यानी हमें संतोष तब तक मिल ही नहीं सकता जब तक कि 'कल्पना', 'कम्पीटीशन' 'रिव्यू' या 'मनोहर कहानियां' नहीं बन जाती या मणिकौल को हम 'शोले' बनाने के लिए मजबूर नहीं कर देते। बनी तो थी 'सारिका' देह-व्यापार पत्रिका, फिर इतना हाय-तोबा क्यों मचा था ?

कभी-कभी मैं सोचता हूं कि हम लोग संवेदनशील लेखक, रचनाकार हैं या डाकुओं का ऐसा गिरोह जो अपने किसी साथी के घायल होकर गिर जाने पर उसकी गर्दन काटकर ही आगे बढ़ता है। वहां असमर्थ होना ही अपराधी होना है।

और साहित्यिक पुस्तकों के प्रकाशन पर ही निर्भर रहने की सामर्थ्य यह माहौल देता नहीं है जिसमें रहने के लिए हम अभिशप्त हैं। "प्रकाशक ही मेरी पुस्तकों से हज़ारों-लाखों क्यों कमाये ? मैं उसकी कृपा और दया पर ही क्यों निर्भर रहूं ? मैं खुद कमा सकता हूं।"–के तर्क पर हममें से कितनों ने अपनी पुस्तकें खुद छापने की योजना नहीं बनायी ? सौ प्रतियां भी अपने ढंग से नहीं 'बेच' पाये। शैलेश मटियानी की पुस्तकें आज भी गोदाम में भरी हैं, कमलेश्वर का मसिजीवी इतिहास बन गया, शानी का अनुभव प्रकाशन छः महीने नहीं चला और पता नहीं मार्कण्डेय का नया-साहित्य प्रकाशन या नागार्जुन का यात्री-प्रकाशन हैं भी या नहीं। हां, यह सच है कि रेणु का 'मैला आंचल' अपने समता प्रकाशन में बरसों धूल ही खाता रहा। यशपाल, जैनेन्द्र, अश्क, या मैं अगर अपने-अपने प्रकाशनों से अपनी रायल्टी ठीक उसी तरह वसूल करें जैसे किसी और प्रकाशन से करते हैं तो निश्चय जानिए, ये प्रकाशन कब के बंद हो गये होते। आज भी हमारी जीविका के आधार केवल ये प्रकाशन नहीं हैं। वास्तविकता तो यह है कि साहित्यिक प्रकाशन अभी भी कुटीर-उद्योग से निचले स्तर पर है। इसीलिए इसमें न आज तक कोई बड़ा पैसेवाला आया है,

और न ही इसे किसी बैंक या अन्य आर्थिक संस्थानों से मदद मिलती है, स्टाक-एक्सचेंज में तो बड़े से बड़े प्रकाशन की कोई पूछ ही नहीं है। यानी आज के व्यवसाय का कोई आधार इस तथाकथित उद्योग को सुलभ नहीं है। लम्बी उधारी, घटते बजट, नक़द पैसों की कमी तो राजरोग हैं ही। आज यह संभव ही नहीं है कि किसी भी लेखक या गैर-लेखक द्वारा संचालित कोई प्रकाशन, अपने उद्देश्यों और घोषणाओं पर ईमानदारी से क़ायम भी रहे और लेखक-प्रकाशक दोनों ही आत्मनिर्भर हो सकें। इसीलिए इतनी छीना-झपटी, आरोप-प्रत्यारोप हैं। अगर लेखक अपना जायज़ अधिकार लेता है तो प्रकाशन बंद होता है और अगर प्रकाशक अपने को ज़िन्दा रखता है तो लेखक कहीं का नहीं रहता। लेखक नहीं रहेगा तो प्रकाशक देश-विदेश की कापी राइट मुक्त किताबें छाप लेगा, या घूस देकर लाखों-करोड़ों की कमाई करने वाले किसी भी व्यवसाय में चला जायेगा, मगर प्रकाशक का ख़त्म होना लेखक के लिए...

और अगर आज सिर्फ़ लेखक को ही ज़िन्दा रखना है तो एकमात्र रास्ता फिर वही बचता है कि वह अपनी पुस्तकों का प्रकाशन खुद करे और अपने 'सिद्धान्तों, मूल्यों और आत्मा' की रक्षा करता हुआ पुस्तकें 'बेचने' के नरक में उतरे। या फिर दस-बीस लेखक मिलकर कोऑपरेटिव जैसी चीज़ बनायें। मगर केरल को छोड़ कर यह किसी और भारतीय भाषा में सफल हो पायी है, मुझे इसकी जानकारी नहीं है।

अब कोऑपरेटिव के सैद्धान्तिक नहीं व्यावहारिक पक्ष पर भी कुछ बातें कर लें। बन जाने के बाद उसकी व्यवस्था, बिक्री, हिसाब और पुस्तकों का चुनाव कौन देखेगा ? लेखकीय अहं और पाण्डुलिपियों के चुनाव का कटुता-विहीन तरीक़ा क्या होगा ? अगर वहां हम प्रोफ़ेशनल या पेशेवर लोगों की सेवाएं लें तो क्या सही व्यक्तियों को उनकी योग्यता के अनुसार बाज़ार-भाव से उचित पैसा दिया जा सकेगा ? यानी, दो-चार हज़ार रुपया महीना। हज़ार-पांच सौ में तो ऐसा नया या अनाड़ी मिलेगा जो अपेक्षित नतीजे ही नहीं दे पायेगा। योग्य पेशेवर कर्मचारियों के लिए बाज़ार-दर से किराये, वेतन, ख़र्चे इत्यादि निकालने के बाद क्या लेखकों को उनकी रायल्टियां समय पर, ढंग से दी जा सकेंगी। इस सारी व्यवस्था पर निगरानी और प्रशासनिक देख-भाल कौन और किस मुआवज़े में करेगा ? व्यवस्थापक के कार्य, अनुभव और सेवाओं का अधिक से अधिक लाभ लेने की दृष्टि से यह भी ज़रूरी होगा कि पाण्डुलिपियों के चुनाव से लेकर पुस्तकों की तैयारी और प्रचार-प्रसार सभी कुछ उसे साथ लेकर या उसके हाथों, उसकी योजना के अनुसार करना पड़े, वर्ना वह प्रत्याशित नतीजे कैसे दिखायेगा ? तब क्या धीरे-धीरे अपने घर में ही वही पुराना 'भस्मासुर प्रकाशक' तैयार नहीं हो जायेगा जिससे जान छुड़ाकर हम कोऑपरेटिव की तरफ़ भागे थे ? यानी कोऑपरेटिव भी तभी सफल हो सकता है जब लेखक अपने-अपने हित, स्वार्थ या महानता और अमरता के अहं को स्थगित करके खुद ही सारी व्यवस्था

देखें और कोऑपरेटिव को वे सारी सुविधाएं दें जो वे अपने प्रकाशकों को बिल्कुल नहीं देना चाहते। यानी पुस्तकें देने के दो-चार साल न तो किसी रायल्टी की उम्मीद करें, न अपने पार्ट-टाइम या पूरे टाइम का कोई मुआवज़ा चाहें। या फिर कोऑपरेटिव में शुरू में ही पच्चीस-पचास लाख रुपयों की पूंजी डाली जाये ताकि उसका अपना 'व्यवसाय-चक्र' बनने तक सभी की प्रत्याशाएं पूरी की जा सकें। हां, यह सही है कि ईमानदारी, सावधानी, योग्यता और धैर्य के साथ अगर हमने यह व्यवस्था जमा ली तो एक सम्मान-जनक स्थायी आधार बन सकता है। मगर जब तक यह सब नहीं होता, हमारे सामने इसके सिवा विकल्प ही क्या है कि हम इन्हीं प्रकाशकों, ट्रस्टों या अनुदानी संस्थाओं पर निर्भर करते रहें और किताबें न बिकने के तर्कों को देखते-सुनते रहें...

प्रकाशक के तर्क पर आप अविश्वास कर सकते हैं, मगर सरकारी या ग़ैर-सरकारी संस्थानों के सस्ती कीमतों वाली पुस्तकों के रोज़ बढ़ते अनबिके ढेर को कब तक अनदेखा करेंगे ? "व्यावसायिक संस्थान बेईमान होते हैं और अव्यावसायिकों में किताबें बेचने में किसी की दिलचस्पी नहीं होती।" यह भोली दलील न तो स्थिति को बदल पायी है और न कोई लेखकीय मदद कर पायी है। तब ?

और अब मैं सीधे उसी तथ्य पर आता हूं जिसे एक सच्चे स्नॉब लेखक की तरह टालता और अनदेखा करता रहा हूं—अर्थात् पाठक ! किताबें बिकती क्यों नहीं हैं ? या तो पाठक हैं ही नहीं, हैं तो इस तरह की किताबों में उनकी कोई रुचि ही नहीं है। जो हैं भी उनके बाप के बस का नहीं है 150 पन्नों की किताब पच्चीस-तीस रुपयों में ख़रीदें...यानी एकमात्र शरण सरकार या सरकारी अनुदानों वाली लाइब्रेरियां ! सरकार उस किताब को क्यों ख़रीदेगी जो उसके 'होने' और 'बने रहने' का समर्थन न करे ? यानी सिर्फ वही लेखन वहां स्वीकार होगा जो कतई किसी भी अर्थ में 'आपत्तिजनक' न हो, सत्ता या व्यवस्था को या तो अनदेखा करता हो या सिर्फ समर्थनकारी हो, वर्ना कौन विधान और राज्य-सभाओं में जवाब देता फिरेगा ? कहीं दूर, किसी कमरे में बैठा सरकारी अफ़सर बिना आपको बताये तय करेगा कि आप कैसा और क्या लिखें ! जाइए, पुंगी बनाइए लेखकीय स्वतंत्रता और व्यवस्था को बदलने के अपने दृष्टिकोण की...या धन्यवादी वक्तव्य दीजिए कि आप प्रजातंत्र में हैं जहां कम्युनिस्ट देशों जैसा अंकुश नहीं है वर्ना आप भी सोल्ज़ेनित्सिन की तरह...

हम फिर वहीं लौट आये : बिना पाठक से जुड़े न तो लेखक आर्थिक रूप से आत्मनिर्भर होगा और न अपनी लेखकीय स्वतंत्रता और स्वायत्तता को बनाये रख सकेगा। यही असली और ठोस व्यावहारिक रास्ता है और हमारे जीवन-मरण को निर्धारित करता है। विदेशी लेखकों की समृद्धि या खुशफ़हम स्थितियों के हवाले की ज़रूरत नहीं है, उनका ज़िक्र मैं भी चार-छः पन्नों में कर सकता हूं। यहां तो हमारी

अपनी सचाई, अपने संघर्ष और उसके अपने दंश हैं। जिस पाठक के हाथ में हमारी संजीवनी है वह ग़रीब, अनपढ़, पुस्तक-संस्कार से शून्य और बेख़बर है, ज़िन्दगी की जद्दोजेहद में खुद सांस लेने का अवकाश नहीं पा रहा। दूसरी तरफ़ हमारा लेखक भयानक आत्महीनता, कुंठाओं और अन्तर्विरोधों का शिकार है–किताबें नहीं बिकतीं तो प्रकाशक का सिर फोड़ता है, बिकने लगती हैं तो अपना माथा धुनता है कि वह बाज़ारू, लोकप्रिय या गैर-साहित्यिक हो गया। अजीब मानदण्ड बना लिया है उसने कि साहित्यिक रचना वह जो कम से कम बिके या जिसके पाठक बहुत ही गिने-चुने हों। इसमें कई सुविधाएं हैं, एक तो पाठक का सीधा सामना न करने का बहाना, गिने-चुने पाठकों की उच्च कलात्मक समझ का संतोष, दूसरे प्रकाशक को भला-बुरा कह सकने की आज़ादी कि मेरी किताब तो हज़ारों में बिक सकती है, प्रकाशक चाहता ही नहीं। एक संस्करण समाप्त हो गया तो दूसरा करने को तैयार नहीं। कितनी बड़ी कुंठा और बड़बोलापन है कि वह 'अथातो सौन्दर्य-जिज्ञासा' लिखकर रायल्टी 'सुबोध हिन्दी-साहित्य' की चाहता है ! या हमेशा इसी संशय में कलाबत्तू हुआ जा रहा है कि प्रकाशक ने पांच-हज़ार प्रतियां छाप ली हैं और दिखा हज़ार रहा है। पांच साल बाद भी स्टाक शेष होने से ही साफ है कि कहीं घपला है...

हवा या खोल में रहने वाले हिन्दी लेखक का असली भय या वास्तविक कुंठा है पाठक ! उसकी मूर्खता और जहालत पर ही लेखकीय महानता की इमारत खड़ी है। पाठक की उपस्थिति या उसके होने की अनिवार्यता को लेखक भूल चुका है। नितान्त खाली हॉल में अपनी प्रतिभा का चमत्कार दिखाने वाले इस नाटककार ने बहुत खूबसूरत, बारीक़ सिद्धान्त गढ़ लिये हैं कि पाठक का होना ही कलात्मक शुद्धता की रचना-रसोई को भ्रष्ट करता है। उसे किसी पाठक की ज़रूरत नहीं है, सम्प्रेषण रचना का अनिवार्य हिस्सा हो ही नहीं सकता। यह अवांछित और बाहरी हस्तक्षेप है। यह लेखक क्यों किसी नीच पाठक से संवाद करने की चिन्ता करे ? दूसरी तरफ़ प्रकाशक उसे उसकी जेब के अनुसार पुस्तक दे नहीं सकता। एक है कि पाठक की समझ को गालियां देकर अपनी आत्म-परक महानता को सहलाये रखता है तो दूसरा एक-एक किताब बेचने की तवालत से बचकर अपने गोदाम का माल सरकारी गोदाम में सरका देता है। पाठक के पास कर्नल रंजीत और मनोहर कहानियां के सिवा बचा क्या है ? वही उसे सुलभ है और वही उसकी पहुंच में है। कितनी क्रूरता और निर्दयता से हमने उसे सिर्फ 'शोले-लावारिस' जैसी फ़िल्मों और 'गुमनाम लाश' या 'दुहरा सिंदूर' जैसी नक़ली, पलायनवादी सनसनीदार मनोरंजन की कृपा पर छोड़ दिया है–या फिर हैं पुलिस की महान शौर्य-गाथाओं की चटख़ारेदार 'सत्यकथाएं'। रही सही कसर कमर-लचकाऊ चित्रहारों और हफ़्ते की तीन मुफ़्ती फ़िल्मों ने पूरी कर दी है। यह शायद लेखकीय सरोकार बिल्कुल नहीं है कि सारे देश की आंखों और कानों में कौन-सा ज़हर लगातार भरा जा रहा है–अधिकारियों और सत्ताधारियों को चिन्ता शोर और

वायु-प्रदूषण की उससे अधिक है। नतीजे में इन्हीं संस्कारों और 'शिक्षा' से निकल कर जो पीढ़ी हमारे सामने आ रही है, वह लूट-मार, छुरेबाज़ी और जूडो-कराटे करेगी या बैठकर आपकी कालजयी रचनाएं पढ़ेगी ? क्या इसी पाठक वर्ग को आधार बनाकर हमारा लेखक 'कला का जोखिम' उठायेगा या समाज को बदलने की आशा करेगा ?

क्या लेखक को इस सारे माहौल में किसी भी षड्यन्त्र की गंध नहीं आती ? उद्योगपतियों से चुनावों के लिए पैसा खाकर जनता को मनमाने ढंग से लूटने की छूट देने वाली सरकार या विश्वनेता को नहीं मालूम कि दो-ढाई रुपये किलो मिलने वाला कागज़ कैसे तेरह और पन्द्रह रुपये किलो हो गया है ? बीस रुपये की किताब को भेजने का डाकख़र्च सात रुपये क्यों है ? अपनी हर असफलता और बेईमानी को विश्व-व्यापी फ़िनोमिना बताने और सही ठहराने वाली नेताई सुर्खियों के पीछे यह देख सकना क्या बहुत मुश्किल है कि स्वतंत्रता के पैंतीस साल बाद किताब और पाठक के बीच यह दीवार कौन और क्यों ऊंची उठाये चला जा रहा है ? क्या इस स्थिति के पीछे कोई योजना नहीं है ? आपके हाथ-पैर पकड़कर हमलावर पीटने वालों को खुली छूट देना सिर्फ परिस्थिति ही होती है, षड्यंत्र नहीं ? महंगाई का अनुपात और कीमतों के आंकड़े बिछाकर प्रकाशक को गालियां देने वाले आत्मकेन्द्रित लेखक को दिखायी नहीं दे रहा कि कल उसका क्या भविष्य होने जा रहा है ? मैं यहां ज़ोर देकर कहना चाहूंगा कि यह समस्या लेखक-प्रकाशक से भी अधिक या सिर्फ लेखक की है, ईमानदार और समाज-सम्बद्ध लेखन की है। क्योंकि इसमें अन्ततः घायल वही हो रहा है और यह बारीक़ लेकिन धारदार हमला आवाज़ सिर्फ उसी की घोंटेगा। अब चाहे तो लेखक यह मुद्रा धारण कर ले कि सरकार से क़ीमत कम कराने की मांग करना या डाकख़र्च में रियायत की आवाज़ उठाना बहुत छोटी-छोटी और दुनियादारी की घिसी-पिटी–मण्डेन–बातें हैं, इस सबकी चिन्ता सिर्फ प्रकाशक को होनी चाहिए, क्योंकि इसका सीधा फ़ायदा सिर्फ उसे ही मिलेगा–हमें क्या मिलना है। हमें उठाने की ज़रूरत होगी तो और महंगाइयों के खिलाफ़ आवाज़ उठायेंगे। कालजयी, भविष्यद्रष्टा लेखक-विचारक को आप क्यों इन टुच्ची समस्याओं में उलझाते हैं ? उसकी सोच के मुद्दे विश्वव्यापी मानवीय नियति और सांस्कृतिक संकट के हैं...कागज़, मुद्रण, पोस्टेज, बिक्री, छिः ये सब भी लेखक के कोई कॉज़ हुए ?

नहीं, ये सारी शुतुरमुर्गी सिर-गड़ाऊ युक्तियां और हाथीदांती कलश-कंगूरों वाले विधवा-विलाप लेखक को सिर्फ अंधे कुंओं और बंद गलियों में ही ले जायेंगे। एकाध प्रकाशक को खुद या कोर्ट-कचहरी के ज़रिए सबक़ सिखाने या उसका वध कर देने से स्थिति नहीं बदलेगी। संकट और साज़िश की इस घड़ी में अगर लेखक और प्रकाशक दोनों ही मिलकर स्थिति को नहीं संभालते या कीचड़ में धंसी इस गाड़ी के पहियों को साथ और सहयोग से नहीं निकालते तो सच जानिए, दोनों ही मार दिये जायेंगे

(स्पष्ट ही मैं ख़ास तरह के प्रकाशकों और ख़ास तरह के लेखकों की बात कह रहा हूं) प्रकाशक मूंगफली की दुकान कर लेगा, हम और आप क्या सिर्फ अपने सार्थक और महान लेखन को फ़ाइलों में बंद कर-करके भविष्य के नाम रखते चले जायेंगे–'कालोह्यं निरवधि, विपुला च पृथिवी' का कीर्तन करते हुए...? पाठक या आम आदमी को अफ़ीम और आत्मघाती हिंसा बांटने की निरंकुश छूट देने वाले इस नेताई और सरकारी षड्यंत्र से ज़हर को निकालना क्या हमारा अपना स्वार्थ और सरोकार नहीं है ? चोघम, नाम, एशियाड और चुनावों के लिए राजनैतिक घूस के रूप में दोनों हाथों से अरबों रुपया फूंकने वालों और रंगीन टी. वी., मारुति और पांच सितारा होटलों को दुनियाभर की सुविधाएं और रियायतें देने वालों से हम यह मांग भी नहीं कर सकते कि किताबों के लिए काग़ज रियायती दामों पर मिले, डाकदरों में विशेष प्रावधान और फिल्म-वित्त-निगम की तरह पुस्तक-वित्त-निगम बने, अच्छी किताबों के लिए केन्द्रीय स्थानों पर स्टाल और बूथ मिलें, लाइब्रेरियों और संस्कृति के बजट न काटे जायें, हर दो लाख की आबादी के बीच पुस्तकालय-वाचनालय हों, किताबों का चुनाव या ख़रीद भ्रष्ट अफ़सरों और मूर्ख मंत्रियों को न सौंपे जायें और साहित्य-संस्कृति के क्षेत्र में कमीशन की नीलामी-बोलियां तुरंत बंद कर दी जायें, पुस्तकों के आदेश और भुगतान घूस या चन्दों के आधार पर बिल्कुल न हों ? प्रकाशक की इस लड़ाई में हिस्सेदार होने के साथ ही तो हम उससे कह सकेंगे कि क़ीमतें कम हों, पुस्तकें प्रसारित-प्रचारित हों और लेखक को सही रायल्टी सम्मान से मिले। किताब के साथ कहां क्या सलूक होता है यह प्रकाशक से ज्यादा लेखक का अपना सरोकार है। पुस्तक-विक्रेता से लेकर घूस के जितने भी हिस्सेदार होंगे, पुस्तक का मूल्य उतना ही बढ़ेगा और वह उतनी ही आम आदमी से दूर होती चली जायेंगी। आंकड़े फैलाकर आप हिसाब समझाते रहिए, असली अर्थशास्त्र तो यह है।

सचमुच मेरी समझ में नहीं आता कि अपने ही अस्तित्व को बचाने और अपने आप को प्रासंगिक, पाठक स्वीकृत बनाये रखने की इस मूलभूत समस्या को लेखक ने क्यों सिर्फ प्रकाशकों पर ही छोड़ दिया है ? हमारी असली शिकायत यही तो है न, कि हमारी लड़ाई को वह क्यों नहीं लड़ता ? हमें क्यों पाठक बनाकर, खोजकर नहीं देता कि हमारी रायल्टी और गरिमा बनी रहे ? क्यों ओढ़े वह आपकी बला अपने सिर ? उसे तो जो संभव और आसान तरीक़ा दिखायी देगा वही करेगा ! अपने बच्चों को शंकास्पद व्यक्ति या हत्यारे के संरक्षण में छोड़कर सिर्फ लेखक ही अपने आपमें डूबा रह सकता है, कोई मां-बाप नहीं। अपनी भयानक परिणतियों में, हमें संस्कृति-विहीन कर डालने की यह उतनी ही विकट समस्या है जितनी दहेज की मौतें, साम्प्रदायिक हिंसा, पुलिस की नृशंसताएं या तस्करी साम्राज्य...

और अपनी आत्मलीन महानता में हम तो शायद इस पर भी नहीं सोचना चाहते कि व्यापक जन-संचार के माध्यमों से किताब क्यों अचानक एक सिरे से ग़ायब हो

गयी है ? संस्कार-शून्य और बेपढ़े-लिखे राजनीतिज्ञों और व्यापारियों में किताब के प्रति उदासीनता हो तो समझ में आता है, लेकिन उन पत्रकारों की उदासीनता मुझे भीतर तक क्षुब्ध करती है जो सीधे किताबों की ही दुनिया से गये हैं, जुड़े रहने या अपने अग्रलेखों के बहाने कभी-कभी वापस आने की बात कहते हैं। एक लेखक की दस-बीस किताबों की सालाना रायल्टी या सौ-पचास लेखकों के कुल पारिश्रमिक से दुगुना अपने संस्थानों से हर महीने पाने वाले ये अपराध-बोध-पीड़ित सम्पादक अपने पत्रों में क्यों सिर्फ चटनी, अचार, शर्बत, मेंहदी, टीकोज़ी या स्वेटरों के बारे में ही अपने पाठकों को बताये रखना चाहते हैं ? इस स्वार्थ या मानसिक स्तर में किसी को कोई आपत्ति नहीं है कि क्रिकेट या फ़िल्मी हस्तियों का महत्त्व इन स्वनामधन्य महान सम्पादकों की निगाह में बहुत ज्यादा हो, मगर इससे तो यह पता ही चलता है कि किताब न तो रोज़मर्रा की चीज़ों में है, न मनोरंजन में–इसलिए उन पर बात करना पत्र के सर्कुलेशन में बाधक है। मगर ये लोग पाठकों की रुचि बनाने की घोषणाएं लेकर भी तो आये थे और हुआ यह कि सुरुचि का आडम्बर रखे हुए इनका सारा ज़ोर बनी-बनायी रुचियों को सहलाने या बिगाड़ने तक ही सीमित होकर रह गया। हां, एकदिशा में इन्होंने ज़रूर रुचियां बनायीं–यानी गालियां तो दहेज की हत्याओं को दीं, लेकिन महात्म्य और महिमा बखानी सती होने वाली (या जबरन कर दी जाने वाली) महान भारतीय नारियों की; उड़ने वाले साधुओं और बोलने वाले पत्थरों की। यह था इनका मानव मूल्य और साहित्य ! यह सचाई सचमुच दुखदाई है कि बंगालियों की तरह किताब हिन्दी-भाषियों की ज़िन्दगी और दिनचर्या का अनिवार्य हिस्सा नहीं है, फिर हिन्दी-भाषी पत्रकारों-सम्पादकों का क़िमाश क्यों अलग होगा ? काश, किताबों की सिर्फ पांच प्रतिशत सूचनाएं या परिचयात्मक समीक्षाएं ही ये नियमित दे पाते, आख़िर निहायत अपठनीय कविताएं भी तो छापते ही हैं !

अंग्रेजी पत्रकारिता, पुस्तक और प्रकाशन को अपना ही अपरिहार्य हिस्सा मानकर चलती है, इसलिए अपनी भाषा के लेखकों और किताबों को वहां जिस तरह उठाया जाता है, परिचित और प्रसिद्ध कराया जाता है वह हिन्दी पत्रिकाओं और पत्रकारिता का सरोकार क्यों नहीं हो सकता ? क्या अंग्रेज़ी पत्रकार भी उसी कुंठा का शिकार है कि हम किसी प्रकाशन या लेखक को क्यों उछालें ? हमें क्या मिलेगा ? वे यह क्यों नहीं सोचते कि जब किताब परिचित होती है, बिकती है और पाठक लेखन के साथ जुड़ता है तो यह लेखक-मात्र का स्वार्थ हो जाता है ? सलमान रुशदी या रूथ झाबवाला की नयी पुस्तक, उनका कुछ कहना या कहीं होना निरपवाद रूप से अंग्रेज़ी पत्रकारिता के लिए बाक़ायदा एक ख़बर है। हिन्दी का हीनता-ग्रस्त पत्रकार ज्यादा से ज्यादा उन्हीं की उसी ख़बर को छाप सकता है, अपनी भाषा और साहित्य के प्रति उनके लगाव से सीखता कुछ नहीं है। कम से कम मैंने अज्ञेय या महादेवी वर्मा तक को हिन्दी-पत्रों में इस तरह मुख-पृष्ठ की ख़बर बनते नहीं देखा।

थैचर या इन्दिरा जी उन्हें पुरस्कार या उपदेश दे रही हों तब उनकी तस्वीरों के साथ शायद ये लोग भी हों। और ये वे लोग हैं जो किताबों में ही अमर होने वाले बैठे हैं।

रास्ता इसके सिवा आज बचा नहीं है कि जिन भी साधनों, सहयोगों से संभव हो, लेखक-प्रकाशक-पत्रकार मिलकर अपने पाठक को पहचानें, बचायें और बढ़ायें–क्योंकि सवाल न सिर्फ किताब का है, न लेखक का, सवाल सम्पूर्ण बौद्धिकता, कला, संस्कृति, सोच, स्वतंत्रता और उसको बचाने का है। यहां फिर दुहरा दूं कि यह वह निराकार, हवाई और 'कहीं किसी देश-काल' में रहने वाला बेचेहरा पाठक या आम आदमी नहीं है जिसका ज़िक्र हम अपनी लेखकीय समस्याओं में तकिया कलाम की तरह करते हैं। यह तो वह पाठक है जो किताबों से जुड़ा रहना चाहता है; उन्हें ख़रीदकर अपने पास रखना चाहता है, किताब से आन्दोलित-प्रभावित होता है; जो गांवों, कस्बों और शहरों में अपनी ज़िन्दगी के संघर्षों के बीच भी कुछ अच्छा पढ़ सकने की इच्छा को अभी तक बचाये है, लेकिन उन्हें अपनी पहुंच से ऊपर पाता है। इस पाठक को न तो व्यावसायिक पत्रकारिता की दया पर छोड़ा जा सकता है, न प्रकाशक की क्षमताहीनता पर। इसे तो सब मिलकर ही कुशिक्षा और संस्कृति-वंचना के अंधे कुएं से निकाल सकते हैं। वही तो लेखक और प्रकाशक दोनों का अन्नदाता है, रचना का ऊर्जा-स्रोत है। बिना इससे सीधा सम्पर्क और संवाद स्थापित किये, इसे विश्वास में लिए या इसके साथ हुए लेखक मानसिक और भौतिक स्तर पर सिर्फ भूखा मरेगा...या भीख मांगेगा...सरकार से, सेठों से, प्रकाशक से...

अगर आज अच्छे नाटकों में, संगीत-सम्मेलनों में या चित्र-वीथियों में सौ-पचास श्रोता और दर्शक दिखायी देने लगे हैं तो इन सबके पीछे के दसियों सालों के उन प्रयासों और संघर्षों को नज़रअंदाज़ नहीं करना चाहिए जब कलाकार स्वयं, व्यक्तिगत स्तर पर अपनी कृतियों को समझने वालों से आग्रह करते थे, उन्हें निमंत्रित करते थे। हममें से अभी भी कुछ मित्रों के पास वे निमंत्रण-पत्र होंगे जिनमें हुसैन और राजकुमार जैसे चित्रकार अपनी प्रदर्शनियों में आने का अनुरोध करते थे। पृथ्वीराज कपूर, बलराज साहनी और शम्भू मित्रा अपने दर्शकों से सीधे संवाद करते थे, उनके सामने झोलियां फैलाकर खड़े होते थे। आख़िर यह लेखक ही किस देवलोक का प्राणी है कि उसे सीधे पाठक के सामने जाने में अपनी हेठी लगती है ? खुद किताबें बेचने को वह 'घिनौना और घटिया' काम समझे और प्रकाशक पर विश्वास न करे तो यह लेखक आख़िर जायेगा कहां ? चाहता क्या है ?...चमत्कार ?

व्यवसाय की दुनिया के उन 'आन्दोलनों' पर एक बार विचार कर लेने में ही आख़िर ऐसा क्या हर्ज है जब मुफ़्त और घर-घर जाकर लोगों में चाय-काफ़ी का चस्का लगाया जाता था ताकि पांच-सात साल बाद लाखों-करोड़ों का व्यवसाय किया जा सके...

[19-2-84]

लेखक और प्रकाशन

कलकत्ते से श्रीमती सविता बनर्जी ने लिखा : "...की कृपा से मुझे 'गल्प-भारती' मिल जाती है। उसमें श्री मन्मथनाथ गुप्त की टिप्पणी आपने देखी ? इन लोगों की पुस्तकें छापकर प्रकाशक रोये, तभी इन्हें अपना प्रकाशन खोलने को मजबूर होना पड़ा। पढ़कर बहुत बुरा लगा। शायद यह संकेत आपकी ओर ही है...क्या इन लोगों में सामान्य शिष्टाचार और सभ्यता का स्तर भी नहीं रह गया है बोलने का ?"

उन्हें तो मैंने यह लिखकर समझा दिया : "इन लोगों की बातों को आप इतनी गम्भीरता से लेती ही क्यों हैं ? ये बेचारे अपनी अवस्था और उम्र की उस स्थिति में पहुंच गये हैं जहां इन्हें अपने लिखे-कहे के अर्थ स्वयं पता नहीं होते। ग़नीमत है कि ये लोग साहित्य में यह सब करके मन का गुबार निकाल लेते हैं; कल्पना कीजिए, अगर इन लोगों के पास लिखने का माध्यम न होता तो अपने घरवालों के लिए कितने बड़े सिरदर्द होते ? भारत के न जाने कितने घरों में पेन्शनयाफ़्ता बुजुर्ग, फुरसत से बैठे-बैठे जो कुछ करते-कहते रहते हैं, उस सबसे अलग तो इस भाषा में कुछ भी नहीं है। अपने किये का बखान और नयों की हर चीज़ की क्षुब्ध आलोचना...वर्ना, क्या चीज़ है जिससे ये अपना अस्तित्व प्रमाणित करें..."

ठीक कुछ इसी भाषा में, प्रसिद्ध सिने-कलाकार किशोर साहू के पिता श्री कन्हैयालाल साहू ने मुझे लिखा था, "आप अपने मित्रों के साथ प्रकाशन कर रहे हैं, अच्छा है, अपना और अपने दोस्तों का खूब प्रचार कीजिए।"

लगता है, जिन्हें पेंशनें बंधी हैं, वे दूसरे के हर प्रयत्न को प्रचार के अतिरिक्त कुछ मान ही नहीं पाते। मैंने सादर श्री साहू जी से पूछा था : "क्या कभी आपने सोचा है कि क्यों आपके सुपुत्र, स्वयं अपनी फ़िल्मों के निर्माता हुए ? आपने तो पत्रों में स्वयं किशोर जी की इस बात का समर्थन और प्रशंसा की है। यही क्यों, दिलीप, देवानन्द, राजकपूर, उत्तमकुमार प्रसिद्धि की ऊंची सीढ़ियों पर जाकर किसलिए स्वयं निर्माता होने को बाध्य हुए ? क्यों लेखक प्रकाशक होता है, क्यों सफल कलाकार निर्माता होता है, क्यों मिस्त्री स्वयं अपना कारखाना खोलने बैठता है ?" जब-तब, जाने-अनजाने समाजवाद का हथियार भांजने वाले गुप्तजी शायद उस मिस्त्री के ही

पक्षपाती हैं, जो रोज़ाना मजदूरी और मालिक की बुद्धि के अनुसार काम करे और अपने सर्वश्रेष्ठ से दूसरे की दुकान का नाम ऊंचा करके स्वयं अपने लिए अगले दिन के अनिश्चय में जिये। इस समस्या को वह व्यक्ति शायद समझ ही नहीं सकता जिसने अपनी कला को कभी गम्भीरतापूर्वक लिया ही न हो। उससे आप उपन्यास लिखवाइए, उपन्यास लिखेगा; कहानी मांगिए, कहानी देगा; कामशास्त्र पर किताब चाहिए, वह भी उसके पास तैयार है; समाजवाद, इतिहास, हर प्रकार के अनुवाद, सम्पादन...जो चाहिए उसके पास थोक तैयार है। न उसे किसी विद्या से लगाव है, न साहित्य के किसी स्तर के प्रति निष्ठा। वह अगर बाज़ार का रोना नहीं रोयगा, सारी दुनिया को बाज़ारू न बतायेगा तो और कौन बतायेगा ? उसने बाज़ार के सिवा कब किसी भाषा में सोचा ? केवल अपनी इच्छा, अपनी विद्या और अपनी रुचि, 'मूड' पर लिखने वाले आत्मसम्मान को समझना हरेक के वश का नहीं है।

क्या श्री मन्मथनाथ गुप्त, अपने इस तर्क से मैथिलीशरण गुप्त, जयशंकर प्रसाद, प्रेमचन्द, वृन्दावनलाल वर्मा, दिनकर, यशपाल, जैनेन्द्र, अश्क और पुराने अज्ञेय पर यही आरोप लगाना चाहते हैं कि जब इन लोगों ने प्रकाशन खोले थे तो केवल अपने सम्मानजनक अस्तित्व की समस्या इन लोगों के सामने नहीं थी, केवल प्रकाशकों का रोना और आत्म-प्रचार ही इनके मन में थे। (इनमें से किसी भी लेखक की पुस्तक किसी भी समय छापकर प्रकाशक अपने को धन्य मान सकता था) क्यों रवीन्द्र, शरत, मुंशी और कल्कि ने अपने प्रकाशन खोले ?

चूंकि लेखन और लेखकीय समस्याएं गुप्तजी जैसे लोगों के क्षेत्र से बाहर की चीज़ें हैं, इसलिए मैं उनके इन फ़तवों से हटकर समस्या को ज़रा गम्भीर रूप में उठाना चाहूंगा कि क्यों कोई लेखक, कलाकार और शिल्पी उस समय अपना प्रकाशन-माध्यम स्वयं खड़ा करने की बात सोचता है जबकि अच्छे-से-अच्छे और बड़े-से-बड़े स्थापित माध्यम को वह, उसके आदेश पर नहीं, बल्कि अपनी शर्तों पर अपनी सेवाएं और रचनाएं दे सकने की स्थिति में हो ? जमने और मान्यता प्राप्त करने के संघर्ष के समय नहीं, बल्कि इसके बाद क्यों कोई लेखक प्रकाशक बने जब उसकी रचनाओं के अनेक संस्करण समाप्ति पर हों और अपनी अगली अनलिखी रचनाओं पर वह अधिक-से-अधिक पेशगी ले सकने की स्थिति में हो। क्यों आन्द्रे ज़ीद गैलीमार आर्ट-गैलरी के साथ मिलकर प्रकाशन आरम्भ करता है, क्यों टी. एस. इलियट फ़ेवर-एण्ड-फ़ेवर का डायरेक्टर होता है, सामरसैट माम हाइनेमैन से मिलकर अपनी रचनाओं के प्रकाशन की स्वयं व्यवस्था करता है, दस्तोयेव्स्की अपनी रचनाएं स्वयं छापता है, और हावर्ड फास्ट अपना प्रकाशन चलाता है; क्यों चार्ली-चैप्लिन अपनी फ़िल्म-कम्पनी खड़ी करता है ? यश ? पैसा ?...जी नहीं, जिसके लिए यश सपना और पैसा खुदा हो वही यह सब सोच सकता है !

इस 'क्यों' के दर्द को तो शायद हैमिंग्वे ही समझ सकता है जिसके पास यश

और पैसा अपनी सदी के किसी भी लेखक से अधिक था, लेकिन जिसकी कुछ किताबें उसके लाख प्रयत्नों के बावजूद उसके जीवन-काल में नहीं ही छप सकीं; निराला समझ सकता है जिसे किसी राजा का आश्रय नहीं मिला, मुक्तिबोध और मानिक बन्द्योपाध्याय समझ सकते हैं, राहुल और मण्टो समझ सकते हैं, शमशेर और त्रिलोचन और नागाबाबा...या बीते हुए कल के छवि विश्वास और आने वाले कल के बलराज साहनी समझेंगे...नहीं समझेंगे तो केवल मन्मथनाथ गुप्त और...

मैं यह मानता हूं कि कलाकार की स्वतंत्रता की बात करना उस व्यक्ति की सीमारेखा से बाहर की समस्या है, जिसकी जीविका उसी संस्था, व्यवस्था या स्रोत से नहीं चलती जिसमें स्वयं उसकी अपनी आस्था भी है। यों देखा-देखी हम कलाकार की स्वतंत्रता की बात भी करते हैं, अस्तित्व और मृत्यु की समस्या पर भी अपने विचारों से लोगों को लाभान्वित करते हैं और युद्ध और साहित्य पर भी बोलते हैं। वस्तुतः कलाकार की स्वतंत्रता तभी सम्भव है जब जीविका, लिहाज, कुछ की नाराज़ी-खुशी, उसकी कला-सर्जना को निर्धारित नहीं करते और इसके लिए यह आवश्यक है कि वह या तो इनसे मुक्त हो या इन्हीं में अपने अस्तित्व का निदान भी खोजे।

लेखक या कलाकार जब इस प्रकार के प्रयोग और प्रयत्न करता है तो अपनी कला के प्रति निष्ठा और अपनी साधना के साथ किसी भी समझौते से इनकार ही इसका कारण होता है, वर्ना क्यों उदयशंकर अल्मोड़े में जाकर अपना केन्द्र खोलने को बाध्य हुआ ? क्या वह फ़िल्मों में 'स्विंग' और 'ट्विस्ट' नहीं दे सकता था ? या ऊपर गिनाये नामों में से कौन सरकारी नौकरी नहीं कर सकता और कौन पत्र-पत्रिकाओं का सम्पादक नहीं हो सकता ? (कलाकार अपने प्रयत्नों में असफल हो जाये, उसका संस्थान न चले, इस बात का यहां समस्या के मूलभूत पहलू से कोई सम्बन्ध नहीं है) आज जब एक उपन्यास के लिए आसानी से ढाई-तीन हज़ार रुपये पेशगी और एक कहानी के ढाई-सौ से पांच-सौ रुपये तक पारिश्रमिक मिल जाता है तो किसी भी उस आदमी के लिए साल-भर में दो उपन्यास और बारह-पन्द्रह कहानियां घसीट डालना मुश्किल नहीं है जो लिखना जानता हो। बहुत लोग कर ही रहे हैं। लेकिन नहीं, बाज़ार का हुकुम ही बजाना हो तो नौकरी बुरा सौदा नहीं है। हर लल्लू-पंजू प्रकाशक और सम्पादक से उपदेश सुनने की अपेक्षा एक ही बॉस को खुश रखना क्या बुरा है ? लेकिन यहां एक 'लेकिन' भी है...स्वतंत्र कलाकार की जिस निष्ठा के तहत वह नौकरी छोड़ता है, प्रलोभनों से बचता है, सरकारी पुरस्कारों की जोड़-तोड़ से परहेज़ करना चाहता है, वही स्वतंत्रता उसे मजबूर करती है कि वह अपनी कला के साथ समझौता न करे...सब समय और सब-कुछ न लिखे, या अपने लिखने को टालता या छिपाता न रहे। किसी प्रकाशक की नाराज़ी या मालिक की प्रसन्नता से उसका लेखन अनुशासित न हो, जीवन के दबाव उसे वह सब कराने

को मजबूर न करें जो स्वतंत्र रहकर शायद वह न करता—तभी वह अपनी कला को अधिक-से-अधिक स्वतंत्रता और ईमानदारी से अपना सर्वश्रेष्ठ दे सकेगा। उसका अपराध यही तो है कि वह अपनी अस्तित्व-समस्या को पेंशनों और अनुदानों से पूरा न करके अपनी कला के माध्यम से ही हल करना चाहता है और उसी में टूट या बन जाता है ?

मान लीजिए, मुझे अपने उपन्यास में साल-दो-साल लगाने हैं, बिना अपना ध्यान बंटाये उसी में जीना और उस पर ही काम करना है और उसके लिए किसी दूर-दराज़ जगह जाकर रहना है, या मान लीजिए मैं बीमारी या 'मूड' के कारण लिख नहीं पाता—कौन इन दो सालों के लिए मुझे बिना किसी प्रत्याशा के पेंशन देगा ? और मैं किस शर्त पर, और क्यों लूंगा ? दया और दोस्ती में यदि प्रकाशक ने अग्रिम दे भी दिया तो क्या निश्चय है कि उस अग्रिम से मेरा काम पूरा हो ही जायेगा, या वह रुपया रचना में से निकल ही आयेगा ? किसी कारणवश वह काम पूरा न हुआ तो उसे चुकाया कैसे जायेगा ? और क्या सचमुच कोई प्रकाशक इतना दे सकेगा कि अपनी व्यवस्था को बिना अस्त-व्यस्त किये मैं बाहर जाकर काम कर लाऊं ताकि लौटकर आने का ठिकाना बना रहे ? सब कुछ मान लें कि हो भी जाये तो इसका ही क्या ठीक है कि रचना प्रकाशक के व्यवसाय और नीति के साथ मेल ही खा जायेगी ?

जी नहीं, मैं उस भ्रान्ति का शिकार नहीं होना चाहता कि पहले नौकरी, व्यापार या और तरीक़ों से पैसा कमाकर घर बनवा लूं; बच्चों का इन्तज़ाम कर लूं, अपने उत्तरदायित्व पूरे कर डालूं, इसके बाद लिखना-पढ़ना तो बुढ़ापे में शान्ति से चल सकता है। बहुत लोगों ने ऐसा सपना पाला है, ऐसे प्रबन्ध किये हैं और फलस्वरूप अपने सर्वश्रेष्ठ वर्षों और सामर्थ्य को अस्तित्व की समस्या के हल में लगा दिया है। लेकिन दस वर्ष बाद ही पाया है कि समय उन्हें छोड़कर आगे निकल गया, काल की नब्ज़ उनके हाथ से छूट गयी है और उस वातावरण को आज वह उसी तीव्रता और उत्कटता से नहीं जी सकते जो उन्हें कुछ अच्छा और महान् लिखने को उकसाया करती थी। आज तो वे किनारे फेंके हुए घास-सिवार की तरह केवल प्रवाह को गालियां दे सकते हैं, लोगों की सफलताओं और यश को गुटबन्दियों और बाज़ारू हथकण्डों के नाम से जानते और बताते रह सकते हैं, अपने बुजुर्ग होने का वास्ता दे सकते हैं...वे यह भूल जाते हैं कि जब वे बैंक-बैलेन्स बना रहे थे; तब भी कुछ थे जो बिना अगले दिन खाने-रहने की फिक्र किये रातों को अपनी आंखें फोड़ा करते थे।

स्वतंत्र और गम्भीर लेखक के लिए आज की दुनिया में अपने अस्तित्व की समस्या का यही हल रह गया है कि या तो वह लगातार, एक ही गति से स्तर और ईमानदारी की चिन्ता किये बिना लिखता चला जाये, या पुराने ऋषियों की तरह

ज़िन्दगी से हटकर किसी छोटे-से पहाड़ी क़स्बे में कुटी बनाकर रहे और शाश्वत साहित्य की रचना करे। जब तक रूस की तरह उसकी आस्था की सरकार ही उसके अस्तित्व की समस्या को हल नहीं करती तब तक तो यही रास्ता उसके सामने बचा है कि वह इन सारे प्रलोभनों को झटकारकर फेंक दे, अपनी ज़िन्दगी को अपने ढंग से चुने, दबावों और लिहाज़ों से लड़ते हुए। उस स्थिति में उसके लिए यह आवश्यक है कि उसकी सारी रचनाएं, सारी पहले वाली पुस्तकें उसे लगातार रॉयल्टी देती रहें, ताकि साल-छह महीने अपनी नयी किताब को भी दे सके, जैसा विश्व के सारे लेखक करते हैं। उधर प्रकाशकीय सचाई यह है कि कोई भी किताब अपने पहले संस्करण में जितनी तेज़ी से निकलती है, बाद वाले संस्करणों में उतनी ही नहीं निकलती। दूसरी बार उतनी ही लागत लगाकार प्रकाशक पुरानी किताब छापने की बजाय नयी छापना पसन्द करता है जो उसी तरह निकले--या आग्रह करता है कि लेखक स्वयं अपने प्रभावों से सरकार या पाठ्यक्रम में उनके निरन्तर निकलते रहने की व्यवस्था कर दे। यदि ऐसा नहीं है, तब या तो प्रकाशक दूसरा संस्करण करते कतराता है या पहले की ही कुछ प्रतियां इस तरह लटकाये रखता है कि लेखक की ज़बान बन्द रखी जा सके, "क्या करें, पहला संस्करण ही अभी तो समाप्त नहीं हुआ", अश्क जी बता रहे थे कि उनकी जो पुस्तकें अपने यहां से निकली हैं, उनके संस्करण दूसरों के यहां से निकली पुस्तकों से कहीं अधिक जल्दी निकल गये थे...वही लेखक, वही बाज़ार और वही पुस्तक...स्वतंत्र लेखक के लिए समस्या नयी पुस्तकों की नहीं, सारी पुस्तकों की होती है। इस दृष्टि से रास्ता केवल यही बचता है कि...

अभी हमारे यहां प्रकाशन न तो इतना स्वतंत्र उद्योग है और न इतना बड़ा उद्योग है जैसा विदेशों में है, समर्पित उद्योग तो है ही नहीं। वहां गैलीमार से प्राप्त रायल्टी के आधार पर सार्त्र नोबेल पुरस्कार अस्वीकार कर सकता है (यहां जिनके स्वयं अपने प्रकाशन हैं वे भी दो और पांच हज़ार के पुरस्कारों के लिए शर्मनाक तिकड़में भिड़ाते हैं) ताकि लेखकीय स्वतंत्रता की रक्षा कर सकें। जिन्हें सरकार, संस्थाओं या सेठों से पैसा और पुरस्कार लेना है वे समय आने पर इनके खिलाफ़ बोल पायेंगे ?

हमारे यहां तो प्रकाशन अशिक्षित और छोटे व्यापारियों के हाथ का हल-बैल-स्तरीय धन्धा है और इस धन्धे में लेखक ही ऐसा प्राणी है जिसे आदर्श, सज्जनता का पाठ पढ़ाते हुए सब तरह का धोखा दिया जा सकता है, "आप महान् हैं, महान् मूल्यों पर जीते हैं, रुपये-पैसे और हिसाब-किताब जैसी छोटी-मोटी बातों में क्यों पड़ते हैं ?" या "जी, हम रुपया लगाते हैं, दुकानें और दफ़्तर रखते हैं, प्रेस वाला लाखों रुपयों की मशीनें लाता है, काग़ज़ वालों ने मिलें लगायी हुई हैं, बाइण्डर दुनिया-भर की ताम-झाम लिये बैठे हैं--वे पैसे लें, उन्हें कुछ मिले"; यह समझ में आता है, लेखक को किस बात का मिलना चाहिए ? उसे काग़ज़-स्याही का कुछ मिल जाये,

चाय-पानी को दे दिया जाये, बस! लेखक को औरों की तरह ढंग से रहने की ज़रूरत ही क्या है? फटी चप्पल, चिथड़ा पाज़ामा, बिखरे बाल, चुंधी आंखें, दुबला-बीमार किसी अकेली कोठरी में साहित्य सृजन करे—यह सच्चे लेखक की तस्वीर है। उसे अच्छा खाने, अच्छी तरह रहने का सपना पालने की गुस्ताखी करने का साहस क्यों हो?"

इन प्रकाशकों का एक दूसरा रवैया प्रकाशन की उस गरिमा को खा गया है जिसे सर एलेन (एलेन एण्ड अनविन नाम की विश्व-प्रसिद्ध संस्था के स्वामी) ने अपने प्रकाशकीय जीवन के अनुभवों की बहुमूल्य पुस्तक में 'एक सम्भ्रान्त व्यवसाय' या 'ए प्रोफ़ेसन फ़ॉर द जैण्टिलमैन' बताया है। इन्होंने तो इसे विशुद्ध दुकान का दर्जा दे दिया है और लगता है कि वे ईंटों का भट्टा लगाने के बजाय इस पेशे में आ गये हैं और यहां का भट्टा बैठाने में जी-जान से लगे हुए हैं। बंगला और फ्रैंच में प्रकाशन केवल दुकानें ही नहीं, सांस्कृतिक संस्थाएं भी करती हैं, शाम को वहां लेखकों-कलाकारों का अड्डा जमता है और विभिन्न वैचारिक तथा अन्य आन्दोलन वहां से चलते या जमते हैं। केवल एक प्रकाशक को छोड़कर हमारे यहां के किसी भी प्रकाशक के ऐसे मानसिक स्तर की कल्पना नहीं की जा सकती। बाक़ी तो अपने सांस्कृतिक दीवालियेपन और बौद्धिकहीनता को ठीक उसी भाषा में ढंकने का प्रयास करते हैं जिसमें आज का मारवाड़ी करता है: "फलाने साहब को तो नेता बनने का शौक़ है, वे गोष्ठियां ज़माकर बैठ सकते हैं, हम काम-काजी आदमी हैं। हम इन लेखकों-कलाकारों को इतना मुंह लगाने का, उनके घर जाने या उन्हें अपने यहां बुलाने का सिलसिला शुरू नहीं कर सकते, जिसे ज़रूरत होती है बीस बार आता है।" असभ्य पैसे वाले की ज़बान यही होती है। शायद इसे अहसान-फ़रामोशी ही कहते हैं कि जिसके बल आपकी यह सारी नबावी चले उसके बारे में आपकी भाषा यह हो। यों सिद्धान्ततः यह भी नहीं है कि वे कहीं आते-जाते नहीं हैं। लोकसभा-सदस्यों, अफ़सरों, डायरेक्टरों, मिनिस्टरों, कमिश्नरों या कोर्स में लगवाने वाले 'लेखकों' के आगे-पीछे घूमने में उन्हें कोई संकोच नहीं है। वे उनके घर भी जाते हैं और उनकी दावतें भी करते हैं। यहां स्वतंत्रता के बाद पनपने वाली नयी-नयी रईस जमात और पुराने खानदानी रईसों की तुलना किये बिना नहीं रहा जाता, पैसा जिनके खून में था, दिमाग़ में नहीं चढ़ा था। ज़रूरतमन्द लेखक इन प्रकाशकों के पास ज़रूर जाता है, लेकिन कुछ इसी भावना से जैसे ज़रूरत पर दिन में बीस अच्छी-बुरी जगहों पर जाता है, बसों में सफ़र करता है क्योंकि दूसरा विकल्प नहीं है।

विकल्प के रूप में जो कुछ सामने है उसकी स्थिति दूसरी है। यहां प्रकाशन, कला और साहित्य के उन अभिभावकों का शौक़ है जिन्हें 'ट्रस्ट' चलाने हैं, बड़े-बड़े व्यापारों से लाया गया रुपया खर्च होते हुए दिखाना है। उन्हें कोई ज़रूरत नहीं कि

इसे व्यावसायिक स्तर पर चलाएं, अतः पेशगी के रूप में थोड़ा-बहुत देकर वे दसियों वर्षों के लिए लेखक और उसकी पुस्तक को मार देते हैं। इनके यहां के कर्मचारी और सम्पादक सबसे कम वेतन पाने वाले, सबसे अधिक बन्धनों में बंधे हुए वे लोग हैं जो मज़बूरी में इनकी सारी शर्तें स्वीकार तो कर लेते हैं, लेकिन पहला मौका पाते ही भाग खड़े होते हैं, इसलिए दो साल से अधिक कोई टिक नहीं पाता। 'मोक़ों और न तोक़ों ठौर' वाले जो रह जाते हैं वे बाक़ी पर स्लेव-मास्टरों जैसी क्रूरता और हृदयहीनता से शासन करते हैं। चूंकि ऊपर से नीचे तक एक असुरक्षा या अनिश्चयता का माहौल हावी रहता है इसलिए किसी भी एक के लिए यह शुभ नहीं है कि दूसरा अधिक दिन टिक पाये।

इस अन्दरूनी व्यवस्था के साथ ये लोग लेखक को रायल्टी और पारिश्रमिक के रूप में वह रक़म भी नहीं देना चाहते जो दूसरे दे देते हैं, ताकि दान, अनुदान, और वृत्तियों का सिलसिला क़ायम रखा जा सके और लेखक या कलाकार स्वाभिमानी नागरिक की तरह अपने परिश्रम पर नहीं, याचक की तरह इनके पास आता रहे। एक रचना का पारिश्रमिक इन्हें सौ-डेढ़ सौ देना बेहद खलता है, लाख रुपये का पुरस्कार इन्हें ज्यादा यश लाता है। यह देखकर तो लगता है मानो, लेखकों-चित्रकारों के पारिश्रमिक से दस-दस बीस-बीस काटकर ही यह लाख रुपयों की रक़म जमा की जा रही हो...ज़रूर इसके पीछे कोई सुचिन्तित तर्क ही होगा कि पारिश्रमिक के नाम पर सौ-डेढ़ सौ भी नहीं, दान और पुरस्कार के नाम पर लाख रुपये और उस लाख रुपये की पूरी योजना पर एक लाख और...पता नहीं ठेकेदारों, पेट्रोल-पम्पों, टाइपराइटरों, कालीनों, 'एयरकण्डीशनर' सप्लाई करने वालों, हवाई-यात्रा वाली कम्पनियों को भी यह तर्क दिया जाता है या नहीं कि 'यह सब तो ट्रस्ट का साहित्य-कला की सेवा का काम है...'

हां, इससे एक लाभ यह ज़रूर होता है कि हज़ारों अपने ऊपर खर्च करने वाले, लेखकों-कलाकारों के दस-बीस रुपये काटकर, सौ रुपये के चपरासी को साठ में तय करके मालिकों की निगाहों में कुशल कर्मचारी होने की वाहवाही लूटते हैं और जिन कलाकारों, लेखकों की नज़रें इन दानों, वृत्तियों, नौकरियों और पुरस्कारों पर लगी रहती हैं वे यों ही अपनी रचनाएं देकर इन्हें प्रसन्न करते हैं। तब तर्क आता है : "देखिए, अमुक जी ने दस रुपये भी अपनी कहानी के नहीं मांगे, वे आपसे बड़े लेखक हैं, और आप सौ-डेढ़ सौ मांगते हैं।" तब कहीं मन में वे भी जानते हैं कि 'अमुक जी' कहानी के दस नहीं लेंगे, लड़की की शादी के लिए दस हज़ार मांगने आयेंगे ...चाहिए तो यह था कि ये अव्यावसायिक संस्थान, व्यावसायिक दुकानदारों के बीच नये आदर्श और मूल्य स्थापित करते, एक नये तरह का वातावरण बनाने की कोशिश करते।

ऐसे समय कुछ लेखकों का प्रकाशन के नाम पर छोटा-मोटा कुटीर-उद्योग ही

शायद कोई रास्ता निकाल सके...हां, मैंने यह ज़रूर सोचा था कि एक लेखक की इस समस्या को हल करने के लिए जो मशीनरी जमायी जाती है, उससे हो सकता है छह-आठ औरों की समस्या का भी समाधान किया जा सके...और...और सफलता किसी भी प्रयत्न का मानदण्ड नहीं होती, न ही असफल प्रयत्न समस्या को महत्त्वहीन कर देते हैं...।

['प्रेमचंद की विरासत' से, जनवरी 66]

किताब मरती है तो मरे... !

मुद्दत हुई किताब की चर्चा सुने हुए...

इसी महीने दिल्ली में आठवां अंतर्राष्ट्रीय पुस्तक-मेला हो रहा है। चलिए, कुछ किताबों के दर्शन तो होंगे। बीते दिनों के पानदान और सरोतों की तरह हम यह देख सकेंगे कि आज भी कहीं कुछ किताबें हैं, और लोग उन्हें पढ़ते हैं।

अनेक वर्षों से मैं यह महसूस करता और लिखता रहा हूं कि किताब हमारे जीवन से गायब हो गयी हैं। एक सोची-समझी साजिश के तहत किताब को समाज से बाहर निकाल फेंका गया है। मूलतः इसे रचना और विचार के निष्कासन के अलावा कोई और नाम नहीं दिया जा सकता और इस शून्य को भरा जा रहा है सस्ती पॉकेट बुकों और कॉमिकों से, 'दृश्य' की चमक-दमक, भाग-दौड़ की तेज गति वाली खेल प्रतियोगिताओं से। चालू बहसों और सैमिनारों से। अखबारी परिचर्चाओं से, या विदेश-विकसित उपभोक्ता सामग्रियों से...अखबारों को नियंत्रित करते हैं बड़े औद्योगिक घराने, विज्ञापनदाता, सरकारी सुविधाएं या दबाव, नेता या राजनैतिक संगठन...वे उस अर्थ में बिल्कुल स्वतंत्र नहीं हैं। जिस अर्थ में किताब हो सकती है ...या कहें कि रचना और विचार के लिए जिस खुले, बेदबाव, बेलाग मानसिक माहौल की ज़रूरत है, वह सिर्फ किताब में ही संभव है और सरकारी नीतियों ने (यानी कागज और डाक-खर्च ने) उसके सारे पंख कुतर दिये हैं...अब या तो अभिनंदन-ग्रंथ और संकलन छपते हैं या ऐसी किताबें जिन्हें मंत्री-मुख्य-मंत्रियों से 'विमोचित' कराया जा सके—और सूचना के रूप में दूरदर्शन या अखबरों में बताया जा सके। किताब नहीं, किताब की सूचना...

हिंदी में तो बरसों से किसी ऐसी किताब का जिक्र (या शोर ?) नहीं सुना जिसे मुझे-आपको पढ़ना चाहिए था...और इसके लिए मैं मूलतः हिंदी लेखक को दोषी मानता हूं। वह किताब लिखकर प्रकाशक को दे देने के बाद या तो रायल्टी का रोना रोता है या किताब न बिकने का...यानी प्रकाशक की बेईमानी या असमर्थता का...उसके पास अमेरिका, रूस या योरुप के आंकड़े हैं कि कौन-सी किताब कितने समय में कितने लाख बिकी या प्रकाशक ने लेखक को क्या दिया—उसके पास बंगला,

मलयालम, मराठी के 'सुसंस्कृत' पाठकों की पुस्तक-रुचियों के झूठे-सच्चे अतिशयोक्तिपूर्ण उदाहरण हैं—अगर नहीं हैं तो अपनी सचाई का सामना कर सकने और अपने आपसे साहसपूर्वक यह पूछने की हिम्मत कि उसकी किताब आखिर बिकती क्यों नहीं है ? भाषा, समाज और राजनीति की वह क्या वास्तविकताएं हैं जो किताब को असंभव बना रही हैं। और इस दिशा में वह खुद कुछ कर सकता है (या उसे करना चाहिए) या सिर्फ बैठकर रोता ही रहेगा ? हिंदी के किसी भी लेखक को शायद ही यह सवाल बेचैन करता हो कि घूस और रिश्वत के बल पर सरकारी गोदामों में चले जाना ही क्या किताब का बिकना भी है ? या उसे जो कुछ मिलता है, वह 'लूट' में हिस्सेदारी है या पाठकों की हिस्सेदारी से आया लेखकांश ?

इन सवालों के जवाब में एक प्रतिष्ठित लेखक ने भन्नाकर पूछा था, "क्या आप चाहते हैं कि हम एक-एक पाठक के पास जाकर उसे किताबें बेचें ? फिर प्रकाशक किसलिए है ?" मन तो हुआ कि कहूं, "हुजूर, अगर किताब को, यानी अपने लेखक को बचाना है तो यह भी करना पड़ेगा..." मगर यही सोचकर सन्न रह गया कि इस लेखक के लिए पाठक कितना जलील, नीच और घटिया प्राणी है। शायद उसके सामने कोई पाठक है भी नहीं—या तो अपने जैसे साथी लेखक-समीक्षक हैं या प्रकाशक—(जो किताब का क्या करते हैं इससे लेखक को कोई मतलब नहीं) लेखक की पाठक के प्रति अजहद घृणा (या डर ?) ही किताब की मौत का कारण है। वर्ना जिस क्षेत्र और भाषा में लाखों की संख्या में दर्जनों दैनिक, साप्ताहिक, पाक्षिक और मासिक बिकते हों वहां पाठक के न होने की शिकायत सिर्फ वही कर सकता है जो न पाठक की वास्तविक सामाजिक स्थिति को समझना चाहता है न उसकी मजबूरियों को। जहां किताब को बचाने की चिंता होती है वहां लेखक ही आगे बढ़कर 'ग्रंथाली' जैसा आंदोलन करते हैं। सड़कों पर निकलकर पाठकों तक पहुंचते हैं—गांव-गांव, घर-घर !

लेखक या रचनाकार पाठकों तक पहुंचे, यह न कोई अनहोनी बात है न अनहुई ...क्या नाटक को बचाने के लिए पृथ्वीराज कपूर, बलराज साहनी जैसों ने शहर-शहर यात्राएं नहीं कीं, झोलियां फैलाकर नहीं खड़े हुए ? या गुरुशरण सिंह जैसे लोग गांव-गांव की खाक नहीं छान रहे ? हुसैन हों या राजकुमार—बड़े से बड़ा ऐसा कौन-सा चित्रकार है जो अपनी प्रदर्शनियों में रुचि नहीं लेता। या खुद नहीं रहता ? कौन-सा ऐसा संगीतज्ञ है जो सम्मेलनों और समारोहों में श्रोताओं के जीवंत-संपर्क से बचना चाहता हो ?—ये सब भी कमरों और स्टुडियो में बैठकर अपने चित्रों की प्रतिलिपियां और संगीत के कैसेट निकलवाते रह सकते हैं। फिर लेखक ही क्यों अपने पाठक से रू-ब-रू होने से कतराता है ? क्यों उसने पाठक को सिर्फ भड़ैती के कवि-सम्मेलनी श्रोताओं में रिड्यूस कर दिया है ? हममें से शायद ही किसी ने कभी सीधे पाठक के सामने होने के किसी तरीके पर विचार किया हो...और तो और, किताबें सस्ती

हों, आसानी से पाठक तक पहुंच सकें–इसे भी हम लेखकीय नहीं, प्रकाशकीय समस्या मानने की कुंठा के शिकार हैं...

इसलिए किताब को तो मरना ही है। हां, अब दूरदर्शन, फिल्में और पत्रकारिता ही निर्धारित करेंगी कि 'लेखकीय-स्वतंत्रता' का अर्थ क्या है ? यानी लेखक और बुद्धिजीवी का अर्थ होगा हिंदी विभागाध्यक्ष। हिंदी ऑफिसर, स्क्रिप्ट-राइटर और बड़े पत्रों के संपादक। वे ही मुंह में पान, दिमाग में दंभ और बैंक में रुपया भरकर तय करेंगे कि प्रेमचंद, निराला, अज्ञेय, मुक्तिबोध, नागार्जुन को क्या 'स्थान' दिया जाये ...क्यों दिया जाये ?

इसलिए नेशनल बुक ट्रस्ट द्वारा आयोजित ही सही, ऐसे पुस्तक मेलों का स्वागत होना चाहिए जहां अच्छी-बुरी किताबों के दर्शन तो हों...और यही सवाल उठता है कि रचना और विचार से जुड़े हुए लेखक (या उसके लेखन की) आज प्रासंगिकता क्या रह गयी है ? क्या यही उपयोगिता रह गयी है कि उसकी सारी सर्जना या तो गोष्ठियों-सेमिनारों की उत्सवधर्मी समारोहिता बढ़ाये। या अनपढ़, असंस्कृत, असुरक्षित डरी हुई दूरदर्शनी नौकरशाही और पोंगापंथी, अहंकारी, गैर-रचनात्मक संपादकों की इच्छा, 'बाजार की समझ' या सनक की सूप-छलनी का शिकार हो ?

['मेरी तेरी उसकी बात', हंस, फरवरी, 1988]

किताब पर एक प्रहार और

भारतीय बुद्धिजीवी को एक और जबर्दस्त झटका लगा है–सोवियत संघ द्वारा भारतीय भाषाओं में पुस्तकें न छापने का निर्णय। पिछले सत्तर वर्षों में सामाजिक संघर्ष और स्वप्न को जीवित रखने में, इन पुस्तकों की क्या भूमिका रही है इसका अंदाजा हमें पहले शायद नहीं था। सारी भारतीय राजनीति में पार्टी के बुनियादी कार्यकर्ताओं से लेकर उच्चतम नेताओं तक अगर कहीं पढ़े-लिखे लोग थे तो वह था कम्युनिस्ट कैडर। करोड़ों और अरबों खर्च करके जो साक्षरता और शिक्षा आज तक सरकार उपलब्ध नहीं कर पायी वह इन्हीं लोगों ने किया था–वर्ना बाकी पार्टियां अनपढ़ भेड़ों और भेड़ियों का झुंड ही रही हैं। जीवन और संघर्ष से जुड़ी इस राजनीति और सैद्धांतिक शिक्षा के साथ-साथ सुंदर, सर्वसुलभ, सुरुचिपूर्ण और बेहद सस्ती इन पुस्तकों ने विश्व के महानतम साहित्य को जिस तरह जन-जन तक पहुंचाया या साहित्यिक बौद्धिक संस्कार दिये हैं–उन्हें मार्क्सवाद के दुश्मन तक स्वीकार करेंगे। गोर्की, चेखव, तुर्गनेव, पुश्किन, गोगोल, दोस्तोयेव्स्की, कोरेलेंको, तोल्सतोय जैसे न जाने कितने साहित्य दिग्गजों को घर-घर पहुंचाने का श्रेय सिर्फ इन्हीं पुस्तकों को है। ये पुस्तकें न समाज-विरोधी थीं न घटिया, कुरुचिपूर्ण। वे उच्चतम मानवीय मूल्यों से प्रतिबद्ध विश्व की सर्वश्रेष्ठ मनीषा की प्रांजल अभिव्यक्ति थीं। विकृत-कुंठित अश्लील और मानव विरोधी साहित्य का गुणगान करने वाले अमरीकन कूड़े से अगर मानसिक और बौद्धिक धरातल पर कोई लड़ रहा था तो वे यही पुस्तकें थीं। अब वे नहीं आयेंगी। यानी भयानक हिंसा की कान-फोड़ फिल्मों की तरह पढ़ने-लिखने का मैदान भी अब सिर्फ मौत के सौदागरों के लिए खुला है। आह्लादकारी यह है कि हमारे या हमारी सरकार के पास इस बौद्धिक लड़ाई के लिए कोई विकल्प नहीं है–पॉलिसी, न फौजें ...अपनी पुस्तक पहले ही गायब हो चुकी है। देश को साक्षरता देना हमारी मजबूरी है, मगर पढ़ने की सस्ती सामग्री के नाम पर या तो बाजार में भरे हैं विज्ञापन-प्रेरित पत्र-पत्रिकाओं के नवरंगी अचार या फिर ब्लैक-मनी से उपजा 'धार्मिक साहित्य'। स्टैनगनों और बमों से फिट 'फाइव स्टार' राम रथों पर सवार होकर ही अब हम इक्कीसवीं सदी में प्रवेश करेंगे।

['मेरी तेरी उसकी बात', हंस, जून, 1991]

एक प्रारब्धवादी इंतजार

प्रसिद्ध आधुनिक लेखक और 'राइटर्स गिल्ड आफ ग्रेट ब्रिटेन' के सेक्रेटरी, विलियम ऐश ने व्यक्तिगत पत्र में लिखा है, "हमारे आम चुनाव बेहद निराशाजनक रहे। धनियों को और भी धनी बनाने, ट्रेड यूनियनों को समाप्त कर डालने की प्रतिक्रियावादी नीतियोंवाली श्रीमती थैचर और पांच साल के लिए हमारी छाती पर जम गयीं," आगे लिखते हैं, "मैं अभी भी गिल्ड में काफी सक्रिय हूं। आज की सरकार खुले-खजाने लेखकों पर सैंसरशिप लगा रही है और हम उन्हें बचाने के लिए जो कुछ भी कर सकते हैं, कर रहे हैं। न जाने कितने लेखक बी. बी. सी. जैसी संस्थाओं में काम कर रहे हैं और हम उन्हें बंधुआ होने से बचाने में लगे हैं। गैस या बिजली की तरह के किसी भी उपक्रम को पब्लिक-सेक्टर में लेकर, मुनाफा कमाने के लिए व्यापारियों की झोली में डालने का नाम ही बंधुआ बनाना (प्राइवेटाइजेशन) कहलाता है।"

तीसरी दुनिया के देशों के मुकाबले इंगलैंड समृद्ध देश है, जाहिर है, वहां के लेखकों को बंधुआ बनाये जाने वाला संघर्ष वही नहीं है, जो हमारा है। लेकिन सरोकार हमारे भी वही हैं—लेखकीय स्वतंत्रता। मुझे लगता है, भारतीय लेखक अस्तित्व और व्यक्तित्व के इसी भयानक संकट से गुजर रहा है। व्यावसायिक पत्रकारिता में 'लेखन' के लिए अब सजावटी जगह भी नहीं है—वहां चाहिए सिर्फ रिपोर्टिंग...सरकारी नीतियों ने पुस्तक को असंभव बना दिया है। अब तो पुस्तक का दिखाई देना भी लगभग बंद हो गया है—वह सिर्फ लिखने वालों के बीच के आपसी आदान-प्रदान की वस्तु रह गयी है। फिल्में पहले भी लेखक की अभिव्यक्ति का माध्यम नहीं थीं, आज भी नहीं हैं। रेडियो बूढ़ा और अप्रासंगिक है। सारे परिदृश्य पर छाया हुआ है दूरदर्शन—यानी सरकारी बंधुआ माध्यम...आंदोलनों के नाम पर तात्कालिक उत्तेजना पैदा करते हैं चुनाव या सांप्रदायिक दंगे, जातियों के कत्लेआम, और स्वतंत्र प्रांतों की मांगें। भीतरी भ्रष्टाचार और बाहरी हमलों के बीच सत्ता की बाजीगरी भी अब रचनात्मक उत्तेजना पैदा नहीं करती। इस सारे हुड़दंग में 'लेखक' की जगह और ज़रूरत कहां है, किसे है ? वह कहां और किसके लिए बोले ? कहां हैं वे लोग जो उसके कहानी-उपन्यास-नाटक-कविताएं या विचार दर्शन पढ़ेंगे ? जिन्हें वह अपना पाठक मानता है वे तो दूरदर्शन या कैसेटों से चिपके हैं, राम-जन्म भूमि और बाबरी

मस्जिदों के लिए कफन बांधकर सड़कों पर निकल आये हैं, ऊंची और नीची जातियों में बदलकर एक दूसरे के घर जला रहे हैं, बीवी बच्चों को मार रहे हैं, प्रांतों, स्तानों या लैंडों के लिए पड़ोसियों और परिवारियों को फूंक या भून रहे हैं। नशों और रिश्वतों के पांच सितारा स्वर्गों से उतरकर वे आपका लिखा पढ़ने आयेंगे ? यह सवाल आज हर संवेदनशील लेखक को अपने आपसे पूछना होगा कि उसका पाठक आखिर है कहां ? क्या वह सचमुच उसे पढ़ रहा है ? कब तक वह अमूर्त पाठक वर्ग और निराधार भविष्य को संबोधित होता रहेगा ? मूलतः यह संकट छपे हुए शब्द का नहीं, लेखकों के अस्तित्व का संकट है। कब तक वह इन सवालों से कतरायेंगे ? क्या उसे नहीं लगता कि वह अप्रासंगिक, छठी उंगली की तरह फालतू और घर के अपाहिज बूढ़े की तरह बोझ बन गया है ?

उसके सामने यही तो कुछ विकल्प हैं कि वह सरकारी उत्सवों, सांप्रदायिक उन्मादों, अखबारी उत्तेजनाओं, जातिगत मारकाट का हिस्सा बने और 'भीतर कहीं अपने रचनाकार को बचाये रखने के स्थगित संतोष' को पोसता रहे या फिर चुप होकर सही अवसर की प्रतीक्षा करता रहे...कि जब भी क़भी यह व्यवस्था बदलेगी तो शायद उसे भी खोई प्रतिष्ठा मिलेगी...एक प्रारब्धवादी इंतजार...

['मेरी तेरी उसकी बात', हंस, अगस्त, 1987]

चंडूखाने की गप

"दुनिया बहुत छोटी हो गयी है" यह बात हम लोग न जाने कब से सुनते आये हैं। शायद इसके पीछे हमारे मन में यातायात और संचार के तीव्रतम साधन ही होते हैं। मगर जिस एकमात्र धुरी पर दुनिया छोटी होकर घूम रही है, वे हैं संचार-माध्यम ! संसार के किसी भी हिस्से में कुछ भी घटित होता है, सोचा जाता है और अगले ही क्षण वह आप तक आ पहुंचता है–आज यही माध्यम सारी दुनिया को हम से और हमें सारी दुनिया से जोड़े हुए है। इसीलिए आज घटनाएं किसी विशेष अक्षांश और देशांतर बिन्दु नहीं, विश्व-स्तर पर होती हैं–अपनी प्रतिक्रियाओं और प्रतिध्वनियों के साथ। इस अर्थ में 'वसुधैव कुटुंबकम' अब केवल आकांक्षा के स्तर पर नहीं, वास्तविकता के रूप में स्थापित स्थिति है। यह दूसरी बात है कि इस कुटुम्ब में सत्तर चूल्हे और सात सौ कोठरियां हैं, और यहां माध्यम सिर्फ जोड़ता ही नहीं तोड़ता भी है; विश्व चेतना के साथ-साथ वह व्यक्ति-चेतना, राष्ट्रीय सीमाबद्धता को भी उसी तीव्रता से उकसाता और बढ़ावा देता है। एक 'सार्वभौमिक गांव' आपस में लड़ते हुए कबीलों में बंट जाता है।

क्योंकि माध्यम आज अपने आप में कुछ भी नहीं है। भाषा का माध्यम शब्द है, लेकिन वस्तुतः शब्द का अपना अर्थ कुछ नहीं होता। उसे अर्थ तो संदर्भ और प्रयोजन से मिलता है। अपनी विकास-यात्रा में सामाजिक दबावों और व्यक्तिगत मंतव्यों के कारण शब्दों के अर्थ वही नहीं रह जाते जो प्रारंभ में निर्धारित किये गये थे। इसलिए कहा गया है कि माध्यम ही मन्तव्य है, संचार ही संदेश है। निरीह और निर्दोष लगने वाला माध्यम, किन गहरे और दूरगामी प्रयोजनों से प्रेरित है, यह हम सब रोज देखते हैं। सारे संचार-माध्यमों को पिछले दिनों शीतयुद्ध के कैसे बारीक और कारगर प्रयोजनों के लिए इस्तेमाल किया जाता रहा है, यह भी आज किसी से छिपा नहीं है। उसे राजनीति के उतने ही खतरनाक हथियारों में माना जाता है जितना कोई भी प्रक्षेपास्त्र। सत्ता, उद्योग और व्यवसाय ने जिस तरह संचार-माध्यमों का कुत्साकरण किया है, उसके शिकार हम सब हैं। जुल्फों या चांद से चेहरे पर कहा गया निहायत खूबसूरत शेर, हो सकता है, अगले ही क्षण आपसे कोई विशेष

तेल या क्रीम इस्तेमाल करने का आग्रह करने लगे। व्यक्ति की चेतना पर पड़ने वाले ये सारे दबाव निरन्तर हर क्षण हथौड़े मार-मार कर ठोका जाने वाला कोई न कोई संदेश, रक्तचाप, स्नायविक खींचतान और वैचारिक उलझावों को ज़्यादा जन्म देता है। इसीलिए आज तो यह तय करना ही असंभव हो गया है कि संचार-माध्यमों की यह सार्वभौमिक व्यापकता मनुष्य-जाति के लिए वरदान है या अभिशाप। मानसिक और बौद्धिक जागरूकता अगर मनोवैज्ञानिक रोगों और विस्फोटों को जन्म देती है तो स्थिति शोचनीय ही अधिक है। संचार-माध्यम दुनिया भर की सूचनाएं और जानकारियां देने के साथ-साथ हमारी समझ और सूझ-बूझ को खा जाते हैं।

लेकिन संचार-माध्यमों के प्रति यह दृष्टि एकांगी ही नहीं, सपाट भी है। सारी दुनिया आज विकसित और विकासशील दो हिस्सों में बंटी है। दोनों ही जगहों पर माध्यमों के उपयोग को समझे बिना हम इनकी सही भूमिका नहीं समझ पायेंगे। विकसित और समृद्ध देशों में सारे संचार-माध्यम प्रायः राजनीति या व्यवसाय प्रेरित है। विकासशील देशों में उनकी ज़रूरत है—सामाजिक उन्नयन में भागीदारी को उकसाने के लिए। यह दृष्टि जब तक साफ नहीं होगी, तब तक हम इन संचार-माध्यमों को भी समझ नहीं पायेंगे। अगर विकासशील देश विकसित देशों के उन्नत संचार-माध्यमों की चमक-दमक से अन्धे होकर वहीं की प्रेरणाओं और उद्देश्यों सहित उन्हें अपने ऊपर लाद लेंगे तो मूलतः बौने या रुद्ध-विकास रह जायेंगे; लम्बे अरसे के लिए वे या तो भटक जायेंगे...या फिर समृद्ध देशों की राजनीति के अखाड़े और उद्योगों के बाज़ार बनने के सिवा कुछ भी नहीं रह जायेंगे। उनका अपना व्यक्तित्व हो, इस बात का तो कोई सवाल ही नहीं है। देखना यह है कि इन संचार-माध्यमों से हम जागरूकता की जिस ऊर्जा को जन्म दें, उसका उपयोग आत्महत्या के लिए करें या अपने और सामूहिक विकास के लिए...

उदाहरण के लिए टी. वी. या फिल्मों को लें। आज दुनिया भर के संचार-माध्यमों में सबसे अधिक प्रभावशाली और सशक्त माध्यम है, फिल्म। दृश्य-माध्यम वैसे भी अन्य माध्यमों के मुकाबले अधिक असरदार होता है, फिर फिल्भ ! मनुष्य या समूह को अपनी सम्पूर्णता में जो माध्यम सबसे अधिक आकर्षित, प्रभावित और आंदोलित कर सकता है वह यही माध्यम है। फिल्म हमारे सारे ज्ञान-विज्ञान, तकनीक और जानकारियों, कला, संस्कृति सभी की एक समग्र और साझी उपलब्धि है; वह ज़िंदगी की सम्पूर्णता और सक्रियता में ज्यों का त्यों पुनर्प्रस्तुत करती है। उसका प्रहार या संबोधन हमारे सारे संवेदनों पर एक साथ होता है। रस, स्वाद, स्पर्श और गंध चाहे उसमें न हों, मगर इन सबको भी वह दर्शक के भीतर 'जगा' सकने में सक्षम है। यही कारण है कि जहां भाषा, वेश-भूषा, नस्ल और धर्म अपनी बात पूरी तरह नहीं पहुंचा पाते, वहां फिल्म की भाषा, सच्चे अर्थों में सार्वभौमिकता प्राप्त कर लेती है। वह आज की विश्व-भाषा है जिसे प्रायः हर कोई समझता है। यह अपील नाटक

में भी है; मगर नाटक में न ज़िंदगी का इतना खुला विस्तार आ सकता है और न ही ऐसी सर्वव्यापकता। उसे एक ही समय चार जगह नहीं देखा जा सकता, उसमें हवाई जहाज़ की उड़ान की या तो सूचना दी जा सकती है या एवज़ी का भ्रम। वह युद्ध या खेल का पुनर्सृजन कर सकता है, हमें खेल या युद्ध के बीच ले जाकर दिखा नहीं सकता। शायद उसे हम मनचाहे समय देख भी नहीं सकते। वीडियो कैसेट से आप आराम से बिस्तर में लेटे-लेटे फिल्म देखते हैं। देश और काल के पारदर्शकों और अभिनेताओं की शारीरिक सीमाएं फिल्म में प्रायः आड़े नहीं आतीं। मगर...

और यही वह 'मगर' है जहां फिल्म या कोई भी और संचार-माध्यम महत्त्वपूर्ण नहीं है। महत्त्वपूर्ण है वह शक्ति और व्यक्ति, जो इसका इस्तेमाल कर रहा है। हमारे यहां सिनेमा या तो घिनौना और वीभत्स है या बेजान और प्रभावहीन। बिना अपनी स्थिति और ज़रूरत समझे हमने समृद्ध देशों की सारी विकृतियां और रोगाणु अपने यहां आयोजित कर लिये हैं। वर्तमान फिल्मों को आज हम मोटे रूप में तीन वर्गों में बांट सकते हैं। मनोरंजन के लिए तैयार की जाने वाली फिल्में, उत्पादनों की खपत बढ़ाने वाली फिल्में और सरकारी सूचनाओं, समारोहों, विशेष अवसरों या संदेशों और विकास योजनाओं को जनता तक पहुंचाने वाली फिल्में।

लगता ऐसा है कि देश में जागृति, शिक्षा, जागरूकता और सामाजिक विकास का एकमात्र ज़िम्मा इन सरकारी फिल्मों का ही है। बाकी दोनों वर्ग खुले और निरंकुश छोड़ दिये गये हैं। विज्ञापन फिल्में आपको यह बताती हैं कि कितनी तरह के साबुन, टूथपेस्ट या क्रीम आप एक साथ इस्तेमाल करें तो आप कामदेव, यूसुफ या कैसेनोवा हो सकते हैं, और लड़कियां आप पर शहद के छत्ते की तरह मंडरा सकती हैं; या चार रेफ्रीजरेटर और तीन एयरकण्डीशनर रखने के क्या लाभ हैं; या फिर मोटर का टायर, हजामत का ब्लेड और ट्रैक्टर का अनिवार्य हिस्सा साथ खड़ी निर्वस्त्र सुन्दरी के सिवा कुछ और हो ही नहीं सकता। साफ ही है कि ये सब एक विशिष्ट वर्ग और विशेष आमदनी वाले लोगों का आपसी लेन-देन है। सामान्य जन शीशों की बड़ी-बड़ी दीवारों के बाहर खड़ा होकर हसरत से उन्हें देखता है और तालियां बजाता है। ये सारे विज्ञापन अमीरों को अपनी अमीरी के प्रति अत्यधिक सजग और गरीबों के, अपने अभावों के अहसास को भारी ही बनाते हैं। यानी सामान्य जन मुग्धभाव से इस सबको भौंचक्का होकर देखता है और 'यह सब हमारे भाग्य में कहां' की लाचार सांस छोड़ कर ढीला पड़ जाता है। या फिर उन सबको प्राप्त करने की ऐसी दुर्दमनीय हिंस्र आकांक्षा की गिरफ़्त में होता है जहां न कोई नैतिकता आड़े आये न कानून।

सरकारी सूचना-फिल्मों की स्थिति इस मामले में सबसे सुरक्षित है। लाल फीताशाही, सबको खुश रखने की सद्‌भावना, केवल कर्तव्य पालन की दृष्टि से महान उद्देश्यों के नारे लगाती ये फिल्में शायद जनता तक पहुंचने के लिए नहीं;—एक विशेष

बजट के निपटान के लिए बनायी जाती हैं। यह सही है कि सामाजिक परिवर्तन और विकास में सबसे कारगर भूमिका निभाने की जिम्मेदारी इन्हीं फिल्मों की है : मगर २ इतनी उबाऊ, बेजान और ठस्स भाव से बनायी जाती हैं कि अफसर लोग आपस में देखकर ही खुश हो लेते हैं। ये भूमिहीनों को फसल और नस्ल सुधारने के जटिल तरीके, अंग्रेजी या अंग्रेजी जैसी दुरूह, अनुवाद-भ्रष्ट किताबी भाषा में समझाती हैं। शायद उसके पीछे यही सदाशयी विश्वास है कि फिल्म सब देखते और समझते हैं, इसलिए उसे किसी भी भाषा में कैसा भी बनाया जा सकता है। गरीबी की रेखा से नीचे सांस लेने वाली आधी से अधिक जनता सरकारी आंकड़ों, प्रगति और उत्पादन की सर्पाकार उठती लकीरों से अप्रभावित इन प्रचार फिल्मों के प्रति एकदम प्रतिक्रियाहीन और उदासीन बनी रहती है। समस्याएं तो ज़रूर जनता की वहां होती हैं, मगर वे इतनी किताबी और हवाई बनाकर पेश की जाती हैं कि दिये गये समाधान कतई व्यावहारिक नहीं लगते। गेहूं और गन्ने का उत्पादन दुगुना और चौगुना बढ़ जाने के कारण भावों में आई गिरावट का हवाला जब वह अपने दुकानदार को देता है तो जवाब मिलता है कि इस भाव पर अमुक वस्तु फिल्म बनाने वालों से ही लीजिए। सब मिलाकर सरकारी सूचना-फिल्में निरन्तर अविश्वसनीय, अप्रमाणिक और अप्रासंगिक होती चली जा रही है। जब तक नियम-कायदे, सरकारी विधि-निषेध उनकी सीमाएं तय करते रहेंगे, उनकी नियति यही है। स्वतंत्र और साहसिक हुए बिना वे न तो जनता को सही दशा बता पायेंगी, न कोई दिशा दे पायेंगी। मगर साहस का अर्थ वह मूर्खता और गुस्ताखी नहीं है, जिसका फूहड़ प्रदर्शन दूरदर्शन के मंत्री अक्सर यह कह कर करते हैं कि जनता ने हमें चुनकर सत्ता सौंपी है, इसलिए हम हर सरकारी चीज का जैसे चाहे वैसे इस्तेमाल करेंगे...

अब आइए इस माध्यम के सबसे खतरनाक पहलू व्यावसायिक सिनेमा पर ...किसी ने फिल्मों को 'सपनों का सौदागर' कहा था—ये व्यावसायिक फिल्में बेहद प्रभावशाली ढंग से वे सपने बेचती हैं, जो हमारे अवचेतन में हैं तो सही, मगर न कभी सच हो सकते हैं और न हमारी स्थितियों की तार्किक परिणति हैं। शानशौकत और चमक-दमक भरे मकान-बंगले, स्वप्न-लोक जैसी साज सज्जा, फर्नीचर-पर्दे, झटकों में आते-जाते बोलते-लड़ते सचेष्ट लापरवाह नायक, नाचती-गाती, प्रेम करती, रोती सुन्दरियां; नायक-नायिका को कष्ट पहुंचाने को ही अपने जीवन का महान लक्ष्य बना लेने वाले दुष्ट तस्कर, दस-दस पहलवानों को देखते-देखते बिछा देने के करिश्मे, सांस रोक कार-दौड़ और फिर अन्त 'सच्चे का बोलबाला, झूठे का मुंह काला !' शहनाइयों की गूंज। दो ढाई घंटों में ही नायक फुटपाथ पर फटेहाल, भूख-प्यास की स्थिति से उछलकर शानदार मर्सिडीज़ और बहुमंजिली इमारत का मालिक ! कभी गरीब-अमीर का वर्ग-संघर्ष तो कभी राष्ट्र और शोषितों के प्रति निष्ठा के लफ़्फ़ाज भाषण...शब्द, संगीत, स्थापत्य और सारे तकनीकी कमाल इस झूठ के दो चार करोड़

की लागत के ताश-महल को कन्धा देने को हाज़िर...संयोग और संभावना के तर्क पर हिन्दी की व्यावसायिक फिल्मों में वह सब कुछ हो सकता है, जो ज़िन्दगी में कभी नहीं होता। इधर तो सैक्स और हिंसा ही इन फिल्मों की एकमात्र जान है। नारी के वही सामंती विभाजन–या तो वेश्या, कैबरे डांसर या फिर देवी–त्याग, तपस्या, क्षमा समर्पण की मूर्ति...भारतीय संस्कृति की महानता पर पुरजोश भाषण। स्थिति यह हो गयी है कि जब हम किसी से ये कहना चाहते हैं, कि आप झूठी और शेखचिल्लीपने की बातें कर रहे हैं, बकवास बंद कीजिए...तो एक शब्द में कह देते हैं, "यह फिल्मी झटके किसे दे रहे हैं ?' परीलोक की असंभव अतिशयोक्तियों का दूसरा नाम है चण्डूखाने की ग़प–यानी हिन्दी की व्यावसायिक फिल्म। कहना झूठ न होगा कि देश के अस्सी प्रतिशत अपराधों, समाज विरोधी कार्यों या दुस्साहसिकताओं की एकमात्र पाठशाला ये फिल्में ही हैं।

जब दूरदर्शन को घर-घर और गांव-गांव में पहुंचाने की योजना शुरू हुई तो सिनेमा के क्षेत्र में तहलका मच गया था कि अब तो 'सिनेमा' बैडरूम में पहुंच गया है, हमारी फिल्मों का क्या होगा ? ठीक इसी स्थिति में दूसरे देशों के सिनेमा ने–आत्मनिरीक्षण किया था और अपने को बदला था। हमारे देश में सिनेमा स्वयं दूरदर्शन में घुस गया–तम्बू में ऊंट की तरह फिल्मों को चुनौती देने की जगह दूरदर्शन स्वयं उस पर निर्भर करने लगा–और देखते-देखते 'लोकप्रियता' और माध्यम को समझने के नारे का सहारा लेकर सिनेमा के सारे दिग्गज दूरदर्शन में घुस आये। पहले से ही सारा हिसाब-किताब फ़िट, न लागत के लौटने की चिंता न दूसरे सिरदर्द। आज तो यह सारा माध्यम विज्ञापनदाताओं और बम्बइया फिल्मकारों के हाथों की कठपुतली है।

हमारे देश का एकमात्र नियमित मनोरंजन ये फिल्में ही हैं और इन्हें पांच साल के बच्चों से लेकर पचासी साल के बूढ़े तक समान निष्ठा से देखते हैं। पलायन, विकृतियों-पुनरावृत्तियों से गंधाता यह सबसे सशक्त माध्यम कांच के बर्तन-बाजार में पागल सांड की तरह खुला छोड़ दिया गया है। कभी-कभार अखबारी आलोचना या संसद में इक्की-दुक्की आवाज़ के सिवा इनका कोई कुछ नहीं बिगाड़ पाता...यह तय कर पाना बेहद मुश्किल है कि देश का सारा जायज, नाजायज पैसा यहां आकर सार्थकता पाता है या यहां से पैदा होकर सारे देश में फैलता है। सही है कि स्वतंत्र व्यवसाय की सबको छूट है, मगर व्यवसाय जब निरंकुश, भ्रष्ट, असंस्कृत और चरित्रहीन हाथों में छोड़ दिया जाता है तो वह दवाओं के नाम पर पानी या ज़हर बेचता है, अपराध और बलात्कार बेचता है, बड़ी से बड़ी सत्ता और सरकार को खरीदता और ब्लैकमेल करता है। जो लोग नियम-क़ायदे बनाते हैं, वे ही मलाई से चिकने हाथों से भाग निकलने के चोर-दरवाजे बता देते हैं। नकली शराब या मिलावटी दवाओं से जब दस-बीस लोग मर जाते हैं तो एक बार हंगामा मचता है, लेकिन लगातार

नियमित रूप से ज़हर बेचने वाले इन फिल्म व्यवसायियों का कोई कुछ नहीं बिगाड़ सकता। इनकी खालें बहुत मोटी और हाथ बहुत लम्बे हैं। वर्ष में दुनिया की सबसे अधिक फिल्में बनाने वाले इस देश में इस माध्यम की जो दुर्गति है उससे विस्तार का कहीं कोई रास्ता नहीं दिखायी देता।

यह भी विडम्बना ही है कि इस भयानक अपराध-गढ़ को चुनौती देने का दुस्साहस भी कुछ साधन हीन व्यक्तिगत प्रयासों से ही हुआ है–सरकार तो उसकी मदद को बाद में आयी है। इस मद में भी कितनों के घर और जीवन बिके हैं, इसका लेखा-जोखा किसी के पास नहीं है। फिर भी इस माध्यम की शक्ति और अनन्त संभावनाओं को समझने वाले कुछ प्रबुद्ध लोगों ने सार्थक फिल्में बनाकर समानान्तर आवाज़ उठाने की कोशिश की है। अजीब भयावह और संत्रासपूर्ण स्थिति है कि एक सार्थक और सही फिल्म देखकर पहला विचार यही उठता है कि इसके बनाने वाले के गहने और मकान बिके या नहीं ? आशंका होती है कि दुखी परेशान, क्षुब्ध और खिन्न होकर अब यह व्यक्ति शुद्ध बाजारू फार्मूला फिल्म तो नहीं बनाने लगेगा...? जाने कितने हैं जो इस व्यवस्था को बदलने की क़समें खाकर आये थे, लेकिन एक या दो सोद्देश्य और सुन्दर फिल्म बनाकर टूट गये। असल में यह पूरी एक सुदृढ़ व्यवस्था के खिलाफ कुछ सिर-फिरे व्यक्तियों की लड़ाई है। व्यवस्था के पास शक्ति, साधन, सुरक्षा सभी कुछ होता है–व्यक्ति के पास एकमात्र हथियार होता है विचार...सही और सार्थक विचार बहुत धीरे-धीरे, टूट-टूट कर अपनी समानान्तर व्यवस्था बना पाता है। इस माध्यम को लेकर हम शायद इसी तकलीफदेह प्रक्रिया से गुज़र रहे हैं। इस प्रक्रिया में जल्दबाज़ियां हैं, भटकाव और बिखराव है, साधन और सामर्थ्य-हीनता है, स्थितियों का गलत मूल्यांकन है–सभी कुछ है मगर यह तड़प कि विकासशील समाज को अपनी सीमाओं और ज़रूरतों के हिसाब से ही इस माध्यम का उपयोग करना है, इसे बनाये रखने और बढ़ावा देने का बल देती है।

विकासशील समाज, अनिवार्यतः साधनों के अभाव से अधिक मानसिक अवरोधों का शिकार होता है। अपनी प्रगति में वह समस्याओं और विषमताओं का भी समाज होता है : जब तक हर उपलब्ध साधन और माध्यम इन समस्याओं और अवरोधों से नहीं जूझता–वह सिर्फ ऐय्याशी है। ऐसे मानसिक उलझाव में जब तक हम अपने साधनों और माध्यमों को इस लड़ाई में एकाग्रभाव से नहीं लगाते तब तक प्रगति के नाम पर लौट-लौट कर वापस उसी बिन्दु पर आते रहेंगे जहां से लड़ाई शुरू हुई थी। हो सकता है तब हम पायें कि स्थितियां हाथ से निकल चुकी हों और मर्ज ला-इलाज हो चुका हो, और 'अब कुछ नहीं हो सकता है' के सिवा हमारे पास कोई विकल्प न बचे...

कोयले की दलाली में...

पता नहीं घर-घर में घुसा हुआ दूरदर्शन सरकारी दलाल है, व्यापारियों का गुमाश्ता है या फिल्मवालों की 'फ्रीस्टाइल' कुश्तियों का अखाड़ा है। बहुराष्ट्रीय कंपनियों के कंधों पर चढ़ी सारी फिल्म इंडस्ट्री विभिन्न सीरियलों के माध्यम से इस नन्हे पर्दे पर चढ़ी चली आ रही है। रामानंद सागर के राम और सीता सूटिंग-शर्टिंग से लेकर कील-मुहासों की क्रीम, साबुन, शैम्पू तो बेच ही रहे हैं, हर रविवार ढ्रशंग-ढ्रशंग मार्का फिल्में भी एक के बाद एक लगातार दर्शकों के गले उतारी जा रही हैं। हर कहीं वे ही फार्मूले, वही लटके और वही तकनीकी कमाल...'दूरदर्शन' के प्रारंभ में सोचा गया था कि शायद बंबइया फिल्मों का विकल्प यही माध्यम होगा।

प्रारंभ में गीतों के कार्यक्रमों से लेकर फिल्मों और फिल्मी सितारों के घरेलू रहन-सहन, बातचीत पर ही 'दूरदर्शन' अपने सारे कार्यक्रम बुनता था तो समझ में आता था। फिर रंगीनी के साथ विज्ञापनों और प्रायोजित कार्यक्रमों की बौछार हुई तो लगा अब दूरदर्शन वयस्क हो रहा है, अपने पैरों पर खड़ा होगा। समझ में नहीं आता कि आज ऐसी क्या मजबूरी है कि बाज़ारू फिल्में या फिल्मी लोग ही वहां घुसे रहें ? बंबइया फिल्में शुद्ध व्यवसाय के लिए दकियानूसी रूढ़ियों और हजार बार दुहराये फार्मूलों पर बनायी जाती हैं–हर रविवार को उन्हें दिखाना कौन-सी मजबूरी है ? करोड़ों कमाने वाला 'दूरदर्शन' प्रतिभाशाली निर्देशकों से अपनी फिल्में नहीं बनवा सकता ? साहित्यिक रचनाओं को नहीं चुन सकता ?

लेकिन लगता है वहां या तो कूढ़मग्ज बैठे हैं या व्यवसायियों से सांठ-गांठ वाले घूसखोर ! शायद सबसे अधिक दुर्दशा 'दूरदर्शन' में साहित्यिक और सांस्कृतिक कार्यक्रमों की है। सात दिनों के कोड़ियों प्रोग्रामों में पच्चीस-तीस मिनट की एक 'पत्रिका' भी है, जिसमें 'साहित्य' होता है। वहां कभी कोई पर्वताकार साधु परलोक सुधरवाता है तो कभी किसी अफसर की पत्नी 'तथाकथित' कविताएं रोती हैं। गालीचे बुनने से लेकर खिलौने बनाने तक सब कुछ वहां होता है–अगर नहीं होता तो साहित्य ! और अगर साहित्य का अर्थ रीतिकाल, या सत्ता समर्थक भाट-चारण ही हैं तो फिर हमें अपना सारा पढ़ा-लिखा भूल जाना होगा। साहित्य और संस्कृति के

स्तर पर यह 21 वीं सदी की बातें करने वाले प्रधानमंत्री के मुंह पर थप्पड़ है। उन्हें समझना होगा कि हिंदी साहित्य का अर्थ है पोंगा-पंथी रीति-भक्ति साहित्य, फिल्मी और कवि सम्मेलनी गीत, दूसरे और तीसरे दर्जे के सरकारी अधिकारी या चोटीधारी अनपढ़ प्राध्यापक...

['मेरी तेरी उसकी बात', हंस, दिसम्बर, 1987]

स्वायत्तता की बात

संचार माध्यमों की स्वायत्तता पर इस समय देशव्यापी बहसें चल रही हैं। नाम उसका कुछ भी हो, बहस मूलतः दूरदर्शन और आकाशवाणी पर है। पिछली सरकार के प्रो. के. के. तिवारी की गुस्ताख़ दहाड़ अभी भी हम सबके कानों में गूंज रही है, "हम जनता के चुने हुए प्रतिनिधि हैं, सत्ता हमारे हाथ में है, हम जैसे चाहें दूरदर्शन का इस्तेमाल करेंगे।" ग़नीमत थी कि वे सिर्फ दूरदर्शन के मिनिस्टर थे–कहीं बिजली-पानी या रेल के मंत्री होते तो विपक्ष का जीना मुहाल कर देते। लेकिन अब जो बहस चल रही है उसमें बहुत से मुद्दे उलझ गये हैं : हम दूरदर्शन को स्वाधीन करना चाहते हैं या स्वतंत्र ? झक्की या कुछ ज्यादा ही नमकख्वार मंत्रियों, स्वार्थी डरपोक नौकरशाहों, विज्ञापनों के माध्यम से घुसपैठ करने वाली बहु-राष्ट्रीय कंपनियों और अंधाधुंध पैसा पीटने वाले बंबइया फिल्म प्रोड्यूसरों से इस बेहद प्रभावी माध्यम को मुक्त करना एक बात है और स्वयं आत्मनिर्भर या स्वायत्त होना दूसरी। अभी तक जितनी भी बहसें हो रही हैं वे या तो सरकार और दूरदर्शन के संबंधों को लेकर हैं। या उस तंत्र की बनावट को लेकर जहां सरकारी दबाव, हस्तक्षेप या धोंस कम से कम हों। एक स्वायत्तता यू. जी. सी. (यूनिवर्सिटी ग्रांट कमीशन) जैसी है जहां विश्वविद्यालयों में पढ़ाने वाले किसी भी प्राध्यापक को न अपने विचारों-विश्वासों को लेकर कोई डर है, न लिखने बोलने पर पाबंदी–इन सबके कारण प्रायः उसकी नौकरी नहीं जाती। दूसरी स्वायत्तता नेशनल बुक ट्रस्ट या साहित्य अकादमी जैसी संस्थाओं की है जहां वह कुछ भी नहीं हो सकता जो तत्कालीन सत्ता के विरोध में जाये। उनकी स्वायत्तता या तो तटस्थता है या समर्थन। हंसराज रहबर या रघुबीर सहाय को पुरस्कार इसलिए रोक दिया जाता है कि वे कांग्रेस सरकार के समर्थक नहीं हैं।

संस्थान जो भी बने–उसके स्वरूप, बनावट, कार्यप्रणाली और सरकार के साथ संबंध सभी कुछ केवल इस बात पर निर्भर करता है कि उसकी आर्थिक व्यवस्था क्या है। क्योंकि निगम हो या न्यास–सारी चीज को वही नियंत्रित करेंगे जो पैसा देंगे। दुर्भाग्य से दूरदर्शन इधर सौ-पचास करोड़ सालाना लाभ देने वाला 'कमाऊपूत' हो गया है, इसलिए ऐसा कोई भी कदम उठाना भी संकोच पैदा करेगा जहां यह

आर्थिक-स्रोत समाप्त हो जाये। इसे बनाये रखने या ढ़ाने का अर्थ विज्ञापनदाताओं के हाथों में गिरवी हो जाना है। सबसे ज्यादा जरू है कि जो कुछ दूरदर्शन पर दिखाया जाये वह कैसा और किसके लिए हो ? मेरा खयाल है कि सबसे ज्यादा सावधानी हमें यहीं बरतने की जरूरत है। सूचना, …रंजन और विकास तीनों के अलग विभाग होने चाहिए—इन्हें नियंत्रित-निर्देशित करने वाली अलग कमेटियां और सलाहकार मंडल। कोई भी प्रोग्राम—विशेषकर मनोरंजन के प्रोग्राम आज तीन सेंसरों से गुजरते हैं; सबसे पहला सेंसर स्पांसर या प्रायोजित करने वाली विज्ञापन एजेंसी करती है, फिर दूरदर्शन की नौकरशाही और सर्वोपरि है स्वीकृत किये जाने की लेन-देन ...या राजनैतिक हस्तक्षेप। इन तीनों को साधकर एक से एक रद्दी और भोंडे प्रोग्राम आप प्राइम टाइम में ठूंस सकते हैं। खेद की बात है कि जिन बाज़ारू और बंबइया फिल्मी फूहड़ताओं के खिलाफ दूरदर्शन की परिकल्पना की गई थी—आज वह सबसे अधिक उन्हीं पर निर्भर है। 'वे इस कला और तकनीक के माहिर हैं' के नाम पर वे कभी हनुमान को उड़ता हुआ दिखाते हैं तो कभी कृष्ण का विराट रूप...हमारी प्राथमिकता 'भारत की छाप' और 'भारत की खोज' जैसे प्रोग्राम होने चाहिए, रामानंद सागर या बी. आर. चोपड़ा के पोंगापंथी, चमत्कारवादी बंबइया राम और कृष्ण नहीं। अधिक से अधिक बुद्धिजीवियों और स्वतंत्र कलाकर्मियों को जोड़ने वाला केंद्र आज दूरदर्शन ही हो सकता है। खैर, इसके और पक्षों पर बहसें अभी चलेंगी।

['मेरी तेरी उसकी बात', हंस, फरवरी, 1990]

हिंसा की मुक्त पाठशाला

इतिहास की अब तक की सबसे बड़ी प्राकृतिक दुर्घटना हमारी आंखों के सामने हुई है। बंगलादेश के चक्रवाती अंधड़ तूफान में पांच लाख मरे हैं या दस लाख अभी इसके तखमीने लगाये जा रहे हैं। प्रकृति विस्फोट की चपेट में घटित मानवीय त्रासदी सिर्फ एक लाचारी और असहायता का भाव जगाती है। नियति या प्रारब्ध की ओर ले जाती है। रह जाता है बार-बार बजता एक प्रश्न; ज्ञान-विज्ञान के इतने विकास के बाद भी हम आज सिर्फ इसी स्थिति में हैं कि इन दुर्घटनाओं के बारे में पहले से जान लें या सावधान हो जायें ? इन्हें नियंत्रित या समाप्त करना हमारे बस में नहीं है।

मगर जहां बस में हैं, वहां ही रोक कहां पाते हैं ? खाड़ी-युद्ध को हमने अनिवार्यता की हद तक ले जाकर ही छोड़ा और वहां भी मरने वालों की संख्या को लाखों तक पहुंचा दिया—उससे दस गुने विस्थापित कर दिये। अफ्रीकन देशों की कबाइली लड़ाइयों की तरह अपने देश में सांप्रदायिक या जातिगत युद्ध अब नयी बात नहीं रह गयी है। इस सबको हमने एक जीवन-प्रणाली की तरह स्वीकार कर लिया है। आंकड़ों और संख्याओं की संवेदनाहीन जिज्ञासा बनाकर। मगर शायद इतना ही काफी नहीं था।

जब तक यह अंक आपके हाथों में पहुंचेगा तब तक सारा देश चुनाव नामक हिंसा के एक और चक्रवर्ती प्रदर्शन के दौर से गुजर चुका होगा। खूनी सैलाब पार करके कुछ लोग दिल्ली के सिंहासनों तक पहुंच रहे होंगे और चारों तरफ से घिर जाने के बाद कोई और रास्ता न देखकर हताश 'गैंगस्टर' (अपराध-सरगना) सुधीश पचौरी के शब्दों में, "अपने ही द्वीप को उड़ाने वाले टाइम बम का बटन दबाता पैशाचिक हंसी हंस रहा होगा—आने वालों के लिए एक धधकता लाक्षागृह पेश करते हुए—लो, संभाल लो कुर्सियां। पंजाब, सिंधु, गुजरात, मराठा, द्राविड़, उत्कल, बंग. ..जय जय हे। कोई ताज्जुब नहीं होगा। अगर चलते-चलते चंद्रशेखर महाराज आने वाली सरकार को विरासत में भारत-पाक युद्ध ही पकड़ा जायें।"

हम अक्सर ही वैध-अवैध, देशी-विदेशी ऐसे कारखानों और कुटीर उद्योगों की

बात करते हैं जहां रात-दिन पिस्तौलें, बंदूकें, कट्टे और बम तैयार किये जाते हैं। आज क्यों न उन कारखानों की बात की जाये जहां इन्हें बनाने और इस्तेमाल करने की व्यापक मानसिकता तैयार होती है ? पंद्रह-बीस वर्ष पहले एन्थोनी वर्गेस का उपन्यास और उस पर बनी क्यूब्रिक की फिल्म 'क्लॉक़ वर्क आरेंज' बहुत प्रसिद्ध हुई थी। उसमें नायक को गिनी-पिग की तरह इस्तेमाल करते हुए एक 'प्रशिक्षण' से गुजारा जाता है। कमरे में बंद करके उसे लगातार हफ्तों हिंसा, बलात्कार और हत्याओं की एक से एक भीषण फिल्में दिखायी जाती हैं, पहले वह इन सबको बर्दाश्त नहीं कर पाता, रोता-चीखता और उल्टियां करता है, फिर 'अभ्यस्त' और अनुकूलित होने लगता है, उसके भीतर मानवीय-अमानवीय, गलत-सही, हिंसा-अहिंसा की चेतना ही मिट जाती है—वह अब शुद्ध 'रोबो' में तब्दील हो गया है और कुछ भी इत्मीनान से देख सकता है, कर सकता है। मार्क्विस द साद का नायक इस सबमें सुख और आनंद लेता था—यह एकदम काठ है।

आइए इस रूपक की रोशनी में भारतीय-समाज नाम के विराट 'प्रशिक्षण-केंद्र' पर एक सरसरी नज़र डाली जाये।

मुझे हॉल में बाकायदा टिकट लेकर फिल्म देखे शायद पांच साल हो गये। इस ज़रूरत को दूरदर्शन पूरा कर देता है। कभी किसी फिल्म की बहुत चर्चा सुनी तो लगता है वी. सी. आर. पर देख लेंगे। इधर चार-पांच फिल्में लगातार देखनी पड़ीं। इनमें प्रधानमंत्री चंद्रशेखर द्वारा उद्घाटित अमिताभ बच्चन की शाहकार 'हम' से लेकर सभी वे फिल्में थीं जो काफी लोकप्रिय हो गयी हैं। अंकुश, योद्धा, प्रतिघात, घायल, शिवा, परिंदा, मैंने प्यार किया इत्यादि। इनमें एक भी फिल्म ऐसी नहीं थी जिसमें हर पांच-दस मिनट बाद ढुशुंग-ढुशुंग की भरपूर खुराक न हो...वही भरी पिस्तौल या मशीनगन के सामने बेहद आत्मविश्वास से मुकाबला करता, दस-पचास गुंडों या शत्रुओं को पलक झपकते ही धराशायी कर डालने वाला हीरो, रिरियाती और डरी-सहमी हीरोइन और भयानक मुक्के या दोहत्थड़ खाकर फिर से खड़ा हो जाने वाला विलेन। थीम या कथानक कुछ भी हों, हिंसा और सिर्फ हिंसा की धुआंधार भरमार—लगता है कि डायरेक्टर की एकमात्र चिंता या कला अधिक से अधिक और अजीब से अजीब 'फाइटसीन' और फाइट सीक्वेंस देने में ही है—इसके लिए खतरनाक जगहें, सांस रोक स्थितियां और रोंगटे खड़े कर देने वाले दृश्यों में जो जितना कमाल करता है वह उतनी ही सफल फिल्मों का निर्देशक है। विलेन अब अकेला नहीं होता (अक्सर वह स्मगलर होता है और दल के साथ काम करता है) पीपों, डिब्बों से भरे रहस्यनय गोदाम, सूने खंडहर या बहुमंजिला इमारतों की छतें ही इन फाइटों की सबसे अच्छी जगहें हैं। इन सबकी एक ही छाप दिमाग में है—धायं-धायं करती बंदूकें, (पहले की तरह पिस्तौल बंदूकों की नहीं) ठक-ठक करती मशीनगनों या स्टेनगनों से एक ही सांस में सौ पचास गोलियां ढुशुंग-ढुशुंग और ढम-ढम करते जूडो कराटे वाले मुक्के

या दुश्मन को उठा-उठाकर पटकने वाले दांव पेंच, आंधी की रफ्तार से एक दूसरे का पीछा करती, चिचियाते ब्रेकों वाली मोटरें और फिर वही ढ्शुंग-ढ्शुंग यानी ढाई तीन घंटे का शुद्ध हिंसा-कल्प !

गहराई और वैज्ञानिक तरीके से यह तो समाज-शास्त्री और समाज मनोवैज्ञानिक ही बतायेंगे कि लगभग हर भाषा में बनने वाली ये हजारों फिल्में, वीडियो और दूसरे माध्यमों से आने वाली हिंसा की बाढ़ समाज में व्याप्त हिंसा का प्रदर्शन है या कि यह अनवरत और धुआंधार हिंसा-पाठ समाज को बर्बर खूनियों में बदल रहा है ? बिना किसी मिलावट के शुद्ध अपराध, हिंसा और सैक्स की ये अतिशयोक्तिपूर्ण मनोरंजन-पाठशालाएं हमारे युवावर्ग को किस रूप में ढाल रही हैं ?

एक पल को यह भूल जायें कि इनमें कितनी विदेशी नकलें हैं और कितनी अपनी सचाइयों पर आधारित, तो कुछ दिलचस्प बातें सामने आती हैं। इन सभी में कथानक या स्टोरी-लाइन या तो एक सिरे से गायब है, या फिर इतनी क्षीण है कि ध्यान ही नहीं रहता कि यह सारी मार-धाड़, भाग-दौड़, मुक्का-मुक्की या धायं-धायं आखिर हो क्यों रही है ? कोई दो लोग या दल हैं जो एक दूसरे के खून के प्यासे हैं और एक दूसरे को पूरी तरह खत्म करने के लिए सारी फिल्म को तीन घंटे तक दौड़ा रहे हैं। जिन आठ-दस फिल्मों के नाम मैं याद कर पाता हूं उनमें कौन-सी बात, किस फिल्म में हुई थी, यह भी ध्यान नहीं, सब एक दूसरे में गड्डमड्ड है और लगता है आपने सिर्फ एक ही फिल्म देखी है। शायद सबकी एकमात्र थीम है—बदला, खूनी और खूंखार बदला। प्रतिहिंसा और प्रतिशोध !

अपने मूल में ये गहरे सामाजिक लगाव या इन्वाल्वमेंट को बेचने की फिल्में हैं और कहीं न कहीं नायक के साथ हुए अन्याय के खिलाफ हिंस्र-विद्रोह को दहाड़ की भाषा में प्रस्तुत करती है। बेकारी, पक्षपात, धौंस, अन्याय और बेशर्म अत्याचारों के नीचे पिसता युवा अकसर पहले कानून, व्यवस्था, नैतिकता और राष्ट्रीयता की शरण में जाता है और पाता है कि वह सब भी ताकतवरों के हाथों की कठपुतलियां हैं। सब बिके और डरे हुए हैं, पुलिस और न्यायाधीश घूसखोर और भ्रष्ट हैं, राजनेता पैसे वालों के हाथों गिरवी हैं और पैसे वाला हर प्रकार के अपराध या गैर-कानूनी काम करने के लिए स्वतंत्र हैं। वह स्मगलर, ड्रग सप्लाई करने वाला, चल और अचल संपत्ति हड़पने वाला निरंकुश राक्षस है। उसका एकमात्र भगवान है—पैसा और उसके लिए वह कुछ भी कर सकता है। कानून और व्यवस्था को खरीदने वाला यह व्यक्ति गुंडों, हत्यारों और बलात्कारियों की सशस्त्र फौज भी रखता है। गरीबी, भुखमरी, बेकारी और लाचारी का मारा नायक परिश्रम तथा ईमानदारी से जीने के लिए जिधर भी कदम बढ़ाता है, वहीं कोई न कोई सांप या बिच्छू बैठा है। और यह समाज की गहराई या ऊंचाइयों में बुने सिलसिले की एक कड़ी है। राजनीति, कानून, पुलिस यानी समाज को चलाये रखने वाली सारी शक्तियां लालच और भय के चंगुल में

फंसी किसी एक सर्वशक्तिमान के इशारों पर नाचती हैं, जिस दिन भी इनमें से कोई बेसुरा होगा उसे निर्ममता से हटा दिया जायेगा। एक हद तक नायक सब बर्दाश्त करता जाता है, मगर जब बार-बार उन्हीं लोगों पर हमला होता है जिनसे वह भावनात्मक गहराइयों से जुड़ा है (जैसे भाई, प्रेमिका, पत्नी, बेटी, या दोस्त) तो उसके भीतर फुफकारता गुस्सा उसे बंदूक उठा लेने को मजबूर कर देता है। कोई कानून, पुलिस, नेता या महाबली न उसे न्याय दिला सकता है, न सुरक्षा। या तो वह भी औरों की तरह गलत, सही और उचित को छाती में दबाये गलत और गैर-कानूनी हथकंडों में घुट-घुटकर मर जाये, मार डाला जाय या फिर खुद कानून अपने हाथों में ले, व्यवस्था के चम्बल में उतर जाये और अपना न्याय खुद करे...अपराधियों को उनके किये की सजा दे...और इस प्रक्रिया में वह पाता है कि वह खुद दुश्मन से बड़ा गुंडा या गिरोह का सरगना बन बैठा है।

भ्रष्ट व्यवस्था और स्वार्थी राजनीति के खिलाफ हक और न्याय पाने के लिए जन-जन के मानस में उबलता गुस्सा ही इन फिल्मों को कहीं सामाजिक अर्थ देता है और नायक के रूप में इस सबका बदला लेने वाले 'उद्धारकर्ता' का स्वागत जनता तालियां बजाकर करती है। शुरू में अमिताभ बच्चन के रूप में उसने इसी गुस्सैल नौजवान को कंधों पर उठाया था। मगर आज अधिकांश फिल्मों में यह सामाजिक आक्रोश सिर्फ अपराध और हिंसा की सनसनीखेज रोमांचक दुनिया में उतरने का प्रस्थान-बिंदु है। इस निष्कर्ष में कुछ सच्चाई हो सकती है कि पूंजीवादी गलाकाट अंधी-दौड़ और होड़ में अपराध एक अनिवार्यता है, क्योंकि एक ठहरे और बीते हुए समाज के नियम-कायदे और नैतिक अंकुश इस 'विकसित और गतिशील' समाज में छिलके की तरह टूटने और छूटने लगते हैं। यहां तो अपने 'उद्यम' का फल तत्काल चाहिए और वह सीधे रास्ते संभव नहीं है। अगर सफल होना है तो अपने विरोधियों और विपक्षियों को हटाना या ठिकाने लगाना ही होगा...यह अड़ंगा प्रतियोगी उद्यमी लगा सकता है, कानून और नियम कायदे लगा सकते हैं या कोई ऐसा सिरफिरा लगा सकता है जिसके साथ अन्याय हुआ है या जो मानव-कल्याण जैसे कीड़े का काटा हुआ है। पूंजी-निवेश के तत्काल परिणाम प्राप्त करने के लिए सारे ही वैध-अवैध तरीके इस्तेमाल करने होंगे। इसीलिए मारियो पूजो ने कहा है कि "हर सफल व्यवसायी के पीछे कोई न कोई अपराध होता है।" यानी अपराध्ध पूंजीवादी व्यवस्था को गति देने वाला अनिवार्य तत्त्व है और बदले में वह सारे समाज को एक दूसरे को फाड़ खाने वाले हत्यारों और अपराधियों में बदल देने को अभिशप्त है। यानी समाज को अमानवीय और हिंस्र तो होना ही है, चाहे स्मैक खाने, खरीदने-बेचने को लेकर हो, दवाओं में पानी मिलाकर हो या छुरों, मुक्कों और मशीनगनों की धायं-धायं में हो। यहां सब एक दूसरे के 'दुश्मन' हैं, अविश्वास और असुरक्षा के मारे...एक बुलडोज़र है जो रास्ते में आने वाले हर अच्छे-बुरे को कुचलता हुआ, मस्त हाथी की तरह निर्द्वंद्व

दौड़ रहा है। यहां तक जिनके आदेश से चल रहा है या जो बैठकर चला रहे हैं वे खुद सुरक्षित नहीं हैं, पता नहीं कब विरोधी झपट्टा मारकर आये और कमरों में बंद बैठे संचालकों को भूनकर तंत्र और यंत्र दोनों को हथिया ले...

और इस दौड़ में सही और गलत दोनों का भेद सिमट गया है। जो गलत है, वह भी व्यवस्था के हाथों घायल हुआ है। यानी सभी कुछ सही है और सभी कुछ गलत। हीरो ही विलेन है, और विलेन हीरो। दोनों ही एक-दूसरे को जड़ से खत्म करने की लड़ाई में जुटे हैं, इस उन्मत्त द्वंद्व में परिवार कहीं पीछे छूट गये हैं। साथ हैं सिर्फ अपराधी सहकर्मी या इसे भुगतते हुए सहयोगी। सैक्स या तो मज़ा लेने के लिए है या सजा देने के लिए...औरत अपराध के साथ है या उसकी शिकार. ..वह इठलाती हुई बॉस की गोद में बैठी है या बलात्कारियों से चीरहरण करा रही है। यह ऊर्जा से बलबलाते युवाओं की दुनिया है जिनका कोई परिवार नहीं है। इन फिल्मों से पारिवारिक दृश्य गायब हो गये हैं, क्योंकि हत्याओं और प्रतिहिंसाओं की जिस अंधी दौड़ में ये फंस गये हैं वहां कोमल भावनाओं की जगह नहीं है। हीरोइन अब इन फिल्मों की सबसे गैर-जरूरी शोभा पात्र है। वह कहीं दूर-दराज की कोठी कोठरी या गांव में बैठी बिसूरती-सिसकती औरत है, उसकी याद तभी आती है जब 'दुश्मन' नायक को ब्लैक-मेल करना चाहता है, यह पता लगा लेने पर कि नायक की सबसे कमजोर नस कहां है ! वर्ना सारी फिल्म में मुक्के खाकर उछाले जाते हुए प्रतिद्वंद्वी, लुढ़कते पीपे, टूटते-बिखरते ठेले, उलटती मेजें और खुलते बंद होते दरवाजे हैं, लाशों की लाइनें बिछाती मशीनगनें हैं और चक्करदार सीढ़ियों पर हांफते-दौड़ते दुश्मन हैं–छतों पर फिर वही ढ्शुंग-ढ्शुंग के लिए। ढाई घंटे की फिल्म से अगर ये थोक एक्शन सीन निकाल दिये जायें तो कहानी मुश्किल से आध घंटे भी न चले। नायिका के साथ-साथ इन फिल्मों ने दूसरी जिस चीज से छुट्टी पायी है वह है कहानी और संवाद। शुरू के दस मिनट में पात्रों की स्थितियां साफ कर देने के बाद तो एक-दूसरे को खत्म करने की घटनाओं का सिलसिला ही रह जाता है। संवाद या डायलॉग के नाम पर धमकियां, घोषणाएं या कोर्ट में दिये जाने वाले भाषण ही हैं। चूंकि पात्रों के ढले-ढलाये दो ही टाइप हैं, इसलिए किसी का कोई व्यक्तित्व नहीं रह गया है। परिणामतः अभिनय की सारी गुंजायशें समाप्त हैं। हीरो एक की जगह चार भी हो सकते हैं मगर इन फिल्मों का एकमात्र नायक है एक्शन मास्टर। नायक, नायिका, कहानी, संवाद, अभिनय, निर्देशन सबकुछ इसी के लिए होता है–इसे जो जितना 'ग्लैमरस' बना दे। निर्माता (व्यक्ति या संस्था) के बाद नायक, फिर निर्देशक की अभिव्यक्ति का माध्यम बन चुकने के बाद अब भारतीय फिल्म फाइट-मास्टर के हाथों का खिलौना हो गयी है।

तो यह है हिंदी-फिल्म का मूल व्याकरण। अपराध, पैसा और राजनीति की जो जोड़-तोड़ समाज में दिखायी देती है वही सब यहां है, या कहिए उसी के ये चौबीसों घंटे चलने वाले प्रशिक्षण केंद्र हैं। घर-घर में वीडियो आने का ही परिणाम है कि

अपने मनोरंजन के लिए परिवार अब घरों में दूरदर्शन से चिपके हैं, यह सुरक्षित भी है और सस्ता भी। ऐसे में फिल्म वाले क्या करें ? जब तक वे ऐसा कुछ नहीं देते जो दूरदर्शन अपने नियम-कायदों के कारण और वीडियो, खर्चों या छोटे पर्दे के कारण नहीं दे सकता तब तक दर्शक क्यों देखने आयेगा ? दर्शक के नाम पर उनके पास अब सिर्फ वही लुम्पेन (लम्पट ?) युवा-वर्ग बचा है जो इन्हीं सपनों और कुंठाओं का मारा है। वही इन फिल्मों का नायक भी है और दर्शक भी। यहां उसके लिए भरपूर एक्शन है, लड़ाइयां हैं, दौड़ती कारें और मोटर साइकिलें हैं, छातियां और कूल्हे मटकाती निर्वस्त्र औरतें हैं, शराब और लकदक करते होटल हैं, यातनाएं और यंत्रणाएं हैं और इस सबको जायज ठहराती सामाजिक-राजनैतिक पृष्ठभूमियां हैं।

यही है आज का समाज और अपने मूल आकार से बहुत बड़ी उसकी तस्वीरें ...फिर वापस उन्हीं तस्वीरों में अपने आपको फिट करता, नकल करता और एक विशेष ढांचे में ढाला जाता युवा...मूल्यों, मान्यताओं और विश्वासों को पीछे धकेलकर पूंजी की दौड़ और होड़ में तात्कालिक समीकरण बनाता, उन्हें तोड़ता, व्यक्ति को अकेला, असामाजिक बनाता समाज...इस समाज के आपसी संबंध अब विश्वास, भरोसे और सुरक्षा पाने की इच्छा से नहीं, अविश्वास, भय और असुरक्षा से निर्धारित होते हैं। हर नागरिक अब धीरे-धीरे एक-दूसरे के 'दुश्मन' के रूप में बदल रहा है। विश्वास नहीं, उन्हें अब आपस में भय या शक ही 'जोड़ता' है।

चिंता और अफसोस का विषय यह नहीं कि समाज के नैतिक और मानवीय मूल्य, अंकुश या नियंत्रण समाप्त हो गये हैं और हिंसा की चक्रवाती बाढ़ गांव-शहर, खेत-खलिहान, घर-परिवार सबको चूर-चूर किये डाल रही है। चिंता का विषय सिर्फ यह है कि कोई विकल्प नहीं दिखायी देता। परिणामतः जीने और लड़ने के उद्देश्य और अर्थ गायब हो गये हैं। चूंकि जिंदगी को अर्थ देने वाला कोई आदर्श, कोई विजन या स्वप्न-भविष्य नहीं है इसलिए वह कसौटी ही खो गयी है जो 'सही और गलत' तय करती है, हमारे भीतर संघर्ष का संकल्प जगाती है या जिसे कभी विवेक या आत्मा के नाम से जाना जाता था।

निस्संदेह व्यापक ऐतिहासिक समझ और सामूहिक संघर्ष की प्रेरणा-शक्ति के रूप में शताब्दी के प्रारंभ से यह स्वप्न या विजन रहा है समाजवाद। अंतर्राष्ट्रीय स्तर पर इसके विखंडन से हमारी संघर्ष चेतना को जबर्दस्त धक्का लगा। इस सत्य को समझने में अभी समय लगेगा कि जो टूटा और बिखरा है वह मार्क्सवाद नहीं, उसके आधार पर समाज निर्माण का एक प्रयोग भर है। मार्क्सवाद आज भी दुनियाभर में, स्वतंत्रता, समता और न्याय के लिए लड़ने वालों का एकमात्र दर्शन है। इस स्वप्न के टूटने का ही परिणाम यह हुआ है कि परलोक में, स्वतंत्रता, समता और न्याय के आश्वासन देने वाले धर्मोन्मादी भेड़ियों के झुंड के झुंड अपनी-अपनी मांदों से निकल आये हैं। आखिर आदमी को एक सपना तो चाहिए ही...

['मेरी तेरी उसकी बात', हंस, जून, 1991]

साहित्य और सिनेमा

फिल्म 'मूवी' से 'टॉकी' हुई। मैं नहीं कह सकता कि यह उसका विकास था या पतन। लेकिन यह भी सही है कि उस समय 'शब्द' के अभाव में भी बहुत-सी प्रतिभाओं ने फिल्म की अपनी जबान खोजने की कोशिश की थी और आज भी यही कोशिश है कि 'शब्द' के बिना भी फिल्म की अपनी एक भाषा हो। बहरहाल, मुझे यह लगता है कि फिल्म जब तक 'शब्द' का सहारा लेगी, वह साहित्य से मुक्त नहीं हो पायेगी। जब शब्द है तो वह लिखा और बोला भी जायेगा, समझनेवाले तक पहुंचाया भी जायेगा, कहने और पहुंचाने यानी असर और प्रतिक्रिया की गहराई से पड़ताल भी होगी और यह भी कोशिश होगी कि वह एक थीम या योजना का एक हिस्सा हो—प्रस्तुत किये जा रहे पात्रों की जिन्दगी को उद्‌भासित (आर्टिकुलेट) और प्रक्षेपित (प्रोजैक्ट) करता हो। सब मिलाकर नाटक हो या सिनेमा, साहित्य से उसका छुटकारा नहीं है। इसलिए मैं बासु चटर्जी जैसे लोगों से बिल्कुल सहमत नहीं हूं कि फिल्म पहले साहित्य का सहारा लेगी, लेकिन बाद में विकसित हो जाने पर उसे साहित्य की जरूरत नहीं पड़ेगी। उस हिसाब से तो यह मानना पड़ेगा कि हिन्दी-फिल्म काफ़ी विकसित रही है, क्योंकि उसने कभी साहित्य की परवाह नहीं की। जहां फिल्मवालों ने साहित्य की परवाह नहीं की है, वहां फिल्म बनाने से पहले उन्होंने खुद 'साहित्यकार' का कर्तव्य निभाया है, यानी 'कहानी और संवादों' पर काम किया है।

लेकिन हिन्दी-फिल्मों का यह दुर्भाग्य रहा है कि उसे कभी भी साहित्य का संस्कार नहीं मिला—वह मोटे रूप में बेपढ़े-लिखे और जाहिल लोगों के चंगुल में रही है। गंवार आदमी को साहित्य और संस्कृति निहायत फालतू चीज़ें लगती हैं और उसकी समझ में नहीं आता कि क्यों कुछ लोग इस पर रात-दिन अपना सिर खपाया करते हैं। अरे, कहानी लिखना या डायलॉग तैयार करना भी कोई काम है ? एक कहानी हमारी साली ने लिख ही रखी है, बाकी विदेशी फिल्मों से आइडिया लो, डायलॉग तो हीरो साहब बोल ही देंगे। नतीजे में हिन्दी-फिल्मों को संगीत-निर्देशक से लेकर कैमरामैन तक सभी के विशेषज्ञों की तो जरूरत पड़ती है, किसी चीज की जरूरत नहीं पड़ती तो वह है कहानी...वहां दिलीप-मनोज से लेकर रल्हन तक, सभी

कहानीकार हैं और भी हैं जो दूसरों की लिखी कहानी के साथ बलात्कार करने का हक रखते हैं। सही बात तो यह है कि इन्हें सिर्फ मुंशी चाहिए जो हॉलीवुड की फिल्मों के दृश्य चुराकर हीरो-हीरोइन, गाने-कैबरे सब चस्पां कर सके। मुझे लगता है कि बम्बइया फिल्मों में राजकपूर के सिवा किसी को भी कहानी की तमीज़ या जरूरत नहीं है और बलराज साहनी के सिवा कोई भी पढ़ा-लिखा अभिनेता नहीं है। आलमारी में सस्ते अमेरिकन उपन्यास या दिखाने के लिए भारी-भरकम पोथे रखकर तस्वीरें सब खिंचवाते हैं, राष्ट्रीय-अन्तर्राष्ट्रीय विषयों पर भाषण देते हैं और हर झूठी और सतही ज़िन्दगी जीनेवाले की तरह डूबने के दिनों में अध्यात्म घोटने लगते हैं। आज से पांच-सात साल पहले तक हिन्दी फिल्में सिर्फ दो तरह के लोगों के हाथों में थीं : मरी हुई संस्कृति से जुड़े हुए उर्दू-भाषी लोग या बंगला-भाषी कलाकार—जिनका रवैया बंगला-संस्कृति के लिए वही था जो घर की बहू-बेटी के लिए होता है, लेकिन हिन्दी फिल्म एक बाज़ारू चीज़ थी—जहनियत में एक नवाब था तो दूसरा ज़मींदार। यानी आधुनिक कोई नहीं था।

मैं यह मानता हूं कि दोनों ने कुछ बहुत अच्छी हिन्दी फिल्में दीं, क्योंकि वे दो संस्कृतियों की ऐसी कहानियों पर आधारित थीं जो थोड़ी-बहुत फेर-बदल के साथ बार-बार घटित होती थीं : यानी उमराव जान 'अदा' और उसके आस-पास की कहानी या 'देवदास' जैसे आंसू और भावुकता-भरे मैलोड्रामा। इन कहानियों में रिस्क नहीं था। एक जैसी ज़बान होती थी, एक-सा माहौल था और वे ही दुहरायी जानेवाली स्थितियां होती थीं। इस एक ही कहानी को कोई भी लिख लेता था—एक के लिए आसान था कि बंगला कहानियों या सफल फिल्मों को हिन्दी का रूप दे दे, तो दूसरे को सुविधा थी कि नवाबों, जमींदारों या कोठों की कहानी को नये नाचों, शेरो-शायरी, कव्वाली और झटकेदार डायलॉग के साथ पेश करता रहे—वहीं से शायद हिन्दी-फिल्म को कहानी या साहित्य की जरूरत नहीं रह गयी।

इस सारे माहौल और ट्रेनिंग में पले हुए इन लोगों ने जब-जब आधुनिक होने की कोशिश की तभी सारी गड़बड़ी पैदा हुई—आधुनिक के लिए इनका मतलब हॉलीवुड हो गया। जैसे हमारी पिछली पीढ़ी के लिए आधुनिक का मतलब इंग्लैण्ड था और वे परांठा तक छुरी-कांटे से खाते थे। इन लोगों को अलग तरह की कहानियों और लेखकों की जरूरत तो महसूस हुई, लेकिन मजबूरी यह थी कि न शिक्षा थी न विचार। इसलिए या तो दस फिल्मों का घोटाला तैयार किया गया या 'फलां तरह की' कहानियां गढ़ी गयीं—अगर 'हाउ टु स्टील ए मिलियन' वहां बना तो यहां 'ज्वैल-थीफ' तैयार है, वहां 'साउण्ड आफ़ म्यूजिक' आया तो लीजिए 'परिचय'। हॉलीवुड या अब इटैलियन फिल्म वाले अपने लिए जैसे नये-नये क्षेत्रों और कहानियों की तलाश या प्रयोग करते हैं, वह सब तो इन बेचारों के बस का रोग़ नहीं है, उसमें अक्ल की जरूरत पड़ती है या अक्लमन्दों का सहारा लेना पड़ता है। इनकी तो नियति ही यही

है कि किसी-न-किसी सफल फिल्म की नकल तैयार करते रहें–वहां की तरह की कहानियां, वहां की तरह के एक्टर, वहां की तरह की घटनाएं–अगर कुछ नहीं है तो वहां की तरह नये की तलाश...या जीवन।

हां, हिन्दी फिल्मों में आठ-दस सालों में ऐसे लोग जरूर आये हैं जो बाकायदा शिक्षित हैं, साहित्य और कला की बारीकियों को समझते हैं और जिन्होंने अपने साथवाली कलाओं के संस्कार पाने की कोशिश की है। ये नौजवान समझने की कोशिश तो कर रहे हैं कि अगर अपनी जिन्दगी और उसकी समस्याओं को ही प्रस्तुत करना है तो उनकी ज़ुबान और मुहावरे को समझना होगा–सब मिलाकर साहित्य की तरफ जाना होगा। कला को अगर जिन्दगी को समझने के माध्यम के रूप में इस्तेमाल करना है तो सबसे पहली शर्त यही है कि वह प्रामाणिक हो, विश्वसनीय या काबिलेमक़बूल हो। माध्यम को 'वसूल' करने से पहले उसे समझने की ज़रूरत पड़ती है। उम्मीद तो यही की जानी चाहिए कि खुद ही लकड़ी काटकर, चारपाई बनाने, बुनने और सिर पर लादकर घूमने की टटपूंजिया जहनियत से अब निजात मिलेगी और 'प्रोड्यूस्ड रिटिन, डायरेक्टेड एण्ड ऐक्टेड बाई दारा सिंह या जोगेन्द्र सिंह' की बेहूदगियों को नहीं झेलना पड़ेगा। घरेलू उद्योग और बड़े औद्योगिक प्रयास में यही फर्क है कि यहां हर विभाग अपने-अपने विशेषज्ञ को ही देना पड़ता है और यह संयोजन रखना पड़ता है कि एक दूसरे को निगले बिना हर विशेषज्ञ अपना-अपना सर्वश्रेष्ठ दे सके। यानी इन लोगों के साथ यह माना जा सकता है कि सचमुच हिन्दी-फिल्म ने एक नये युग में प्रवेश किया है, औद्योगिक युग के साथ अपने-आपको बदला है। सामन्ती युग देश के हर भाग में पीछे छूटने को मजबूर है।

फिल्म का एक युग बदल रहा है इसके सबसे पहले लक्षण इसी बात से प्रकट हैं कि 'फलां जैसी' नहीं, नयी-नयी कहानियों की अपनी जिन्दगी से उपजनेवाली कहानियों की तलाश शुरू हुई है। निश्चय ही यह चेतना लाने में फिल्म-इन्स्टीट्यूट का बहुत बड़ा हाथ है। यहां मैं फिल्म-वित्त निगम से बनी फिल्मों की सराहना करूंगा। ये फिल्में खुद भले ही असफल रही हों, लेकिन इतना श्रेय तो इन्हें देना ही होगा कि इन्हीं का तैयार किया हुआ वातावरण है जो हमें आनन्द, खामोशी, अनोखी रात, बावर्ची, पिया का घर जैसी साफ-सुथरी व्यावसायिक फिल्में देखने को मिलती हैं।

उम्मीद यही थी कि वित्त-निगम की सहायता से पैदा हुए नये दौर में ईमानदारी से भारतीय फिल्मों की तलाश होगी। भुवन-शोम, सारा आकाश, बदनाम बस्ती, अधूरी कहानी, दस्तक, अनुभव इस दिशा में निश्चय ही ऐसे प्रयास थे जिनमें व्यावसायिकता से हटने की कोशिश थी, कुछ कहने की छटपटाहट थी और सब मिलाकर भारतीय सिनेमा अपना व्यक्तित्व खोज रहा था। लेकिन उसी स्रोत से आनेवाली फिल्मों ने एक दूसरी तरह की समस्या खड़ी कर दी है और डर यह लगने

लगा है कि क़हीं यह सारा आन्दोलन कुछ बचकाने हाथों में गलत प्रोत्साहन का शिकार होकर अकाल-मृत्यु न पा ले और बाजारू फिल्मों से कण्डीशण्ड नहीं, 'डिस्गस्टेड' जिस बड़े दर्शक-वर्ग को इधर खींचा है वह कहीं फिर उधर ही न लौट जाये। इसलिए ज़रूरत साहस और बेबाकी से कुछ कहने की है।

और यह खतरा पैदा हुआ है फिल्म-इन्स्टीट्यूट से निकले मणिकौल और कुमार साहनी जैसे लोगों से जो एक बौद्धिक-आक्रामकता (इण्टलैक्चुअल बुलीइंग) की मुद्रा लेकर आये हैं और जिन्होंने 'उसकी रोटी' और 'माया दर्पण' जैसी खूबसूरत कहानियों को अपने प्रयोग के लिए चुना है। खतरनाक यह भी है उसी बौद्धिक ऊंचाई से वित्त-निगम के कर्ता-धर्ता उनका बचाव कर रहे हैं। मुझे न इन लोगों की प्रतिभा में शक है, न ईमानदारी में—मुझे आपत्ति है इनके अधकचरेपन को लेकर, अपने किताबी या स्कूली ज्ञान से ऊपर न उठ पाने से। यह सही है कि जिन्हें मैंने भारतीय सिनेमा के खोजी कहा है वे सब फिल्म इन्स्टीट्यूट से नहीं निकले हैं—मृणाल सेन, हृषीकेश मुकर्जी, बासु चटर्जी, बासु भट्टाचार्य, राजेन्द्र सिंह बेदी, शिवेन्द्र सिन्हा, सथ्यु, श्याम बेनेगल, अब्बास या प्रेमकपूर और यह भी सही है कि इनके अपने माध्यम की समझ और प्रौढ़ता की तुलना नये-नये निकले नौजवानों से नहीं की जानी चाहिए। शायद इनमें से किसी ने भी मणि और कुमार की तरफ फिल्म की 'आधुनिक चुनौती' का सामना करने का साहस नहीं दिखाया है। लेकिन क्या यह भी सही नहीं है कि आधुनिक चुनौती का अर्थ इन लोगों के लिए केवल उसके रूप या फार्म, की बाजीगरी ही नहीं रह गया है, इनमें से किसने मृणाल सेन की तरह एक लीक से हटी राजनैतिक आस्था, या समझ के साथ इस चुनौती का सामना किया है।

क्या यही भारतीय सिनेमा है, या और आगे चलकर 'निजी सिनेमा' है ? ब्रेसों, गोदार्ट या रॉब-ग्रिये हो जाना क्या 'निजी हो जाना' भी है। बाज़ारू फिल्म अगर हिचकॉक की नकल करती है तो नफरत की चीज़ है और ये फिल्में बौद्धिक पलोथन के साथ 'किसी और जैसी' बनायी जाती हैं तो 'महान' हैं—यह कहां का तर्क है ? इस 'किसी जैसा' बन जाने की भेड़िया-धसान से आखिर हम लोग कब छुटकारा पायेंगे ? क्या सत्यजित राय, कुरोसावा और फैलिनी ने 'निजी फिल्में' नहीं बनायी थीं ? क्या उनकी 'निजी फिल्में' कहीं 'अपनी फिल्म' की तलाश नहीं थी ? मैं जानता हूं, यह सब कहकर मैं कुछ बौद्धिक-स्नॉब किस्म के लोगों की नाराज़ी मोल ले रहा हूं, लेकिन इस बात को मैं और भी दृढ़ता से कह सकता हूं कि साहित्य में भी हम लोग खुद इस फिज़ा के शिकार रहे हैं। कानन-डायल, हार्डले चेज, इयान फ्लैमिंग या हजारों गुमनाम विदेशी लेखकों की नकल करनेवालों को हम लोग घटिया और बाज़ारू लेखक कहते थे, जबकि कामू, सार्त्र या काफ़्का की भारतीय नकलें हमें आधुनिक और अन्तर्राष्ट्रीय साहित्य लगता था। इन नामों की ऊंचाई से बड़े-बड़े बौद्धिकों को धराशायी किया जा सकता था—यह कहकर कि बाजारू साहित्य ने

आपकी रुचि भ्रष्ट कर दी है। लेकिन वस्तुतः क्या इन दोनों के पीछे 'नकल की पहुंच' का ही तो फर्क नहीं था ? कहीं और से नकल करके बौद्धिक धमकी का हथकण्डा नहीं था ? और आगे बढ़कर अपने भीतरी दीवालियेपन को बाहरी आक्रामक मुद्रा से छिपाने की अदा नहीं थी ? फॉर्म हमें निश्चय ही सारी दुनिया से लेना होगा, लेकिन बात और कहने का अन्दाज़ तो अपने ही होंगे।

हो सकता है अत्यन्त विकसित सिनेमा, डॉयलाग और संवाद से छुटकारा पा ले या उन्हें अपने ढंग से इस्तेमाल करे। हो सकता है कल बिम्बों और इमेजों की भी ज़रूरत न पड़े और सब कुछ इतना 'उन्नत और शुद्ध' हो जाये कि हम हॉल में दो घण्टे केवल एक ही चेहरे का एक ही क्लोज़-अप देखते रहें, या खाली पर्दे से पात्रों के मानसिक खालीपन को अपने भीतर जीते रहें या, सारी फिल्म में एक ही जमुहाई में खुला-मुंह पात्र की अस्तित्वभेदी 'बोरडम' से हमें भी उसका हिस्सेदार बना दे—लेकिन क्या आज यह गति और बिम्ब को खोज पाने की असमर्थता, प्रतिभाहीनता और अनुभव-शून्यता के लिए एक बहाना नहीं है ? शुद्ध संगीत का चरम लक्ष्य शब्दों से छुटकारा पाना और फिर ध्वनि और नाद को पकड़कर 'मौन के संगीत' को बांधना हो सकता है, लेकिन क्या इसी आधार पर हमें तानपूरा लेकर दो घण्टे स्टेज पर बैठे 'मौन संगीतज्ञ' को बर्दाश्त करने की यातना से गुजरना चाहिए ? 'लास्ट इयर इन मारियानाबाद' मेरी समझ में पूरी तरह नहीं आता, लेकिन इतना तो महसूस कर ही सकता हूं कि वहां डायरेक्टर गति और बिम्बों से जूझ रहा है। 'उसकी रोटी' या 'माया दर्पण' में ऋत्विक घटक जैसा बिम्बों से जूझना ही होता...निर्देशक की प्रयत्नहीनता और फिल्म में दिखायी जाने वाली जिन्दगी की प्रयत्नहीनता एक ही चीज़ नहीं हो सकती...बेहद सक्रिय और सूझ-बूझवाला (इन्वेण्टिव) होकर ही निर्देशक जिन्दगी की प्रयत्नहीनता को साकार कर सकता है। जिन्दगी की जड़ता, एकरसता, गतिहीनता, ऊब, बोरडम फिल्म की जड़ता और गतिहीनता का दूसरा नाम नहीं है। प्रयोग हों, और जरूर हों—लेकिन अपनी परिस्थितियों की संगति में किये गये प्रयोग ही 'अपना सिनेमा' खोजने में मदद देंगे। देब्रे और हरबर्ट मारकुस सचमुच झकझोर देनेवाले क्रान्तिकारी चिन्तक हैं, लेकिन अपनी क्रान्ति हमें अपने लिए खुद ही तलाश करनी होगी। ठीक 'वन डाइमैन्शनल मैन' जैसी ही किताब, या उसका अपने ढंग का मौलिक अनुवाद ले जाकर, हो सकता है, मैं खुद मारकुस से ही अपनी प्रतिभा का सर्टिफिकेट ले आऊं—लेकिन यह उसकी ही महानता होगी, इससे मेरा अपना बौद्धिक दीवालियापन कम नहीं होता...आश्चर्य ही है कि 'आक्रान्त' के निर्माता ने अभी तक 'स्ट्रेन्जर' के निर्माता से अपनी फिल्म की महानता का सर्टिफिकेट क्यों नहीं लिया ?

बंगाल की तरह हिन्दी में भी साहित्य और सिनेमा का निकट आना इस नयी लहर की तरफ निश्चय ही आशा बंधाता है। लेकिन हम जिस तरह यह मानते हैं

कि स्क्रीन को ध्यान में रखकर कहानी की स्वतन्त्र कलात्मकता को सुरक्षित नहीं रखा जा सकता, उसी तरह यह भी मानना चाहिए कि स्क्रीन पर कहानी नहीं लिखी जा सकती...किताब में वह कहानी कितनी ही खूबसूरत क्यों न हो...सम्पूर्ण कला अभिव्यक्तियों के पीछे एक ही धारणा है। सिद्धान्ततः यह मानते हुए भी यह नहीं भूला जा सकता कि दोनों दो स्वतन्त्र कलाएं हैं, दोनों की 'ज़ुबान' और व्याकरण अलग हैं–दोनों के स्वतन्त्र और अलग दो अनुशासन हैं। कहानी व्यक्तिगत हो सकती है, उसको दूसरा व्यक्ति अपने निजी स्तर पर ग्रहण भी कर सकता है और बीच में किताब बन्द करके रख भी सकता है–सिनेमा उस अर्थ में व्यक्तिगत नहीं हो सकता–वह कहीं-न-कहीं टीम और फिर दर्शक-समूह से बंधा है। फिल्म, कहानी के ढांचे और संवेदना में जन्म लेने वाली स्वतन्त्र रचना है। इन सारी सीमाओं को ध्यान में रखकर ही बाकी सारी छूटें ली जा सकती हैं...

काश, राकेश और निर्मल वर्मा 'अपनी फिल्म' के गौरव और सम्मोहन से मुक्त होकर कमलेश्वर की तरह सब कुछ साफ बातें कह सकते...'तलाश' कहानी का संवेदना-बिन्दु था–मां-बेटी का बदलता रिश्ता। 'फिर भी' में संवेदना-बिन्दु दो हो गये हैं–मां बेटी का बदलता रिश्ता और 'फादर-फिक्सेशन' –यानी कहानी का कोण कहीं तय नहीं हो पाता और वह इन दो बिन्दुओं के बीच भटकती है। अन्त के सर्वोदयी भाषण, तस्वीर के बोलने का चमत्कार और 'गर्ल ऑन ए मोटर बाइसिकल' के थोपे गये स्टण्ट उतनी झुंझलाहट पैदा नहीं करते जितना इस एक कोण या बिन्दु का न होना। इसी तरह 'उसकी रोटी' कहानी का संवेदना-बिन्दु वह बिल्कुल नहीं है जो फिल्म देना चाहती है। अगर 'उसकी रोटी' कहानी के मूल-कथ्य यानी औरत की सामाजिक नियति को रेखांकित करने के लिए ही फिल्म के सारे प्रयोग किये जाते तो वह शायद ज्यादा भारतीय और सार्थक होती। 'आषाढ़ का एक दिन' की मूल समस्या, राज्याश्रय और कलाकार को ही साहसपूर्वक सामने लाने की दिशा में प्रयत्न किया जाता तो क्या वह कम आधुनिक, तीखी और प्रासंगिक होती ? 'आषाढ़ का एक दिन' का मूल संवेदना-बिन्दु न असफल प्रेम से किशारों को अभिभूत करना है, न कालिदास के युग को बड़े ऐतिहासिक प्रामाणिकता के साथ रखना है–किसी भी तरह की शिल्पगत बाजीगरी तो कतई नहीं है–मूल समस्या है सत्ता और कलाकार का रिश्ता...हम लोगों की कहानियों के सामयिक और सामाजिक सन्दर्भ या प्रामाणिकताएं काटकर क्या ये फिल्में अपने व्यक्तित्व की सही तलाश कर पायेंगी ? इन कहानियों की शक्ति यह नहीं थी कि इनमें प्रयोग के लिए प्रयोग किये गये थे या कलात्मक बाजीगरी (फार्मेलिस्टिक-एक्रौबेटिक्स) दिखायी गयी थी। कहीं कोई सामाजिक और सामयिक दबाव, गुस्सा या अपने समय से जूझने का अहसास था जिन्होंने कहानियों को तीखापन दिया था। हो सकता है सरकारी पैसों से होने वाले इन प्रयत्नों में 'आपत्तिजनक' बातों को दरगुज़र करके निरामिष किस्म के

टैक्नीकल कमाल या इस तरह के लिजलिजे व्यक्तिगत अर्थ (इण्टरप्रेटेशन्स) ही दिये जा सकते हों। मेरा विश्वास तो यही है कि कहानी के मूल चौखटे और संवेदना को बरकरार रखकर ही अगर ये प्रयोग होंगे तभी 'अपने सिनेमा' या 'निजी सिनेमा' की तलाश की जा सकेगी। हमारी कहानियों को उनकी जमीन से उखाड़कर 'प्रयोगशाला के अन्दरूनी' स्कूली प्रयोगों और अधकचरे प्रयत्नों को नयी फिल्म के नाम पर चालू कर देना—सारे लक्ष्य और आन्दोलन को ही समाप्त कर देगा।

ज़रूरत है कि साहित्य और सिनेमा के इन व्यावहारिक खतरों को हम हिम्मत के साथ समझें और कहें।

['प्रेमचंद की विरासत' से]